1

Le printemps avait depuis peu succédé à l'hiver ; un hiver plutôt rude qui avait laissé quelques cicatrices bien visibles dans les ramures des savonniers et des aulnes de Corse bordant la rivière aux eaux émeraude. Quelques décennies plus tôt, c'étaient de vénérables platanes qui dispensaient leur ombre rafraîchissante sur ces berges séculaires. C'était avant que la maladie, venue par bateau des Amériques, ne les transforme en poussière. L'air sentait la verveine et le citron. La Sorgue coulait paresseusement sous les innombrables ponts enjambant les canaux qui découpaient la ville en une multitude d'îlots reliés par des rues étroites et des traboules exiguës.

Toute l'architecture n'avait, à L'Isle-sur-la-Sorgue, qu'un seul but : protéger les habitants des excès du climat. Lorsque soufflait le mistral, il venait se briser contre les murs épais des maisons et perdait toute sa force dans ces ruelles labyrinthiques. Quand le soleil d'été incendiait la Provence, sa chaleur ne trouvait aucun passage entre ces murs si proches que l'on pouvait presque se toucher la main d'une habitation à l'autre.

Kristi Grangers avait décidé de flâner un peu sur les quais après avoir déjeuné à la terrasse du Grand Café de la Sorgue. Elle était arrivée des États-Unis six mois plus tôt, après une séparation douloureuse qui avait littéralement fait voler son petit monde en éclats. *Exit* la jolie maison avec une barrière blanche qui entourait le jardin dans la banlieue chic de New York, la Jeep Grand Cherokee flambant neuve... Même FBI, son labrador qui prenait un malin plaisir à déterrer les fleurs de Miss Jonson, la voisine, avait préféré partir avec Vince, son ex-mari, lieutenant de police au New York Police Departement. Étant donné la conduite exemplaire de son père avec sa mère, elle avait cru jouer la sécurité en épousant le partenaire de son paternel. Mauvaise pioche.

Après presque vingt années de mariage, ce salaud s'était tiré avec une fille plus jeune de dix-huit ans qui, de plus, était sa sœur.

Total, à quarante-cinq ans, elle s'était retrouvée à se bagarrer un soir comme une ado sur un trottoir avec celle dont elle avait changé les couches, bien des années plus tôt. Tout ça au moment où passait une voiture de patrouille. Elle avait écopé d'une nuit en cellule avec trois ivrognesses qui puaient le vin bon marché, récolté un œil au beurre noir et une amende pour rébellion. Sans oublier le regard furieux de son père lorsqu'il l'avait fait libérer, le lendemain matin.

Le point positif, c'était le nombre de types qui l'avaient courtisée après le divorce. Il faut dire que Kristi assurait côté physique : un mètre soixante-dix, un visage d'ange encadré par de beaux cheveux d'un blond doré tout à fait naturel, des yeux couleur d'eau claire et une silhouette craquante malgré une taille, selon elle, trop épaisse qui la complexait un peu, mais lui donnait réellement encore plus de charme.

— Excusez-moi, vous êtes d'ici ?

Kristi dévisagea le grand type mince à lunettes qui venait de l'aborder avec à son bras une jeune femme aux joues pleines de taches de rousseur. L'accent ne trompait pas. C'étaient des Anglais, probablement du sud-est de l'île. Elle hésita sur la réponse à donner. Après tout, elle avait décidé de s'installer ici pour couper les ponts avec son ancienne vie, alors elle n'était plus vraiment américaine.

— Mais bien sûr, affirma-t-elle avec aplomb en masquant parfaitement ses intonations anglo-saxonnes.

Kristi parlait cinq langues, presque sans accent.

— Nous cherchons le Village des antiquaires. Est-ce que vous connaissez ?

Il s'agissait du plus vieux regroupement de brocanteurs professionnels de L'Isle-sur-la-Sorgue, troisième capitale européenne de la brocante après Londres et Saint-Ouen. Ce n'était pas très loin. Elle leur expliqua rapidement le trajet. Ils la saluèrent d'un « *thank you* » et prirent la direction qu'elle leur avait indiquée.

Kristi soupira en les regardant s'éloigner main dans la main : *Dans combien de temps te laissera-t-il tomber pour une plus jeune, ma pauvre fille ?*

Les premiers touristes étaient déjà là, en avance pour profiter de la douceur précoce de la saison.

La cloche de la Collégiale sonna trois coups. Kristi avait rendez-vous dans moins de dix minutes avec l'artisan qui retapait la petite boutique d'antiquités qu'elle avait achetée avec la prime versée par Vince pour éviter un long et coûteux procès. Depuis toujours elle se passionnait pour les vieux objets. Alors, quoi de mieux que de venir s'installer dans cette cité qui avait été le berceau de sa famille, les Monier, un peu plus d'un siècle plus tôt ?

Elle pressa le pas et fit le tour de la ville par les quais. Elle arriva dans la rue Carnot et poussa un profond soupir de dépit en constatant que les ouvriers n'étaient pas à l'œuvre. Les travaux d'aménagement avaient déjà pris trois semaines de retard. À chaque fois, Maurice Ramirez, dont la carte de visite affichait pompeusement « Vos murs lui diront merci », avait une bonne excuse : pénurie de matériaux, employés malades, le petit qui faisait les dents et l'avait empêché de dormir…

Le bâtiment était un très vieil immeuble à un étage et demi dont la façade, grossièrement crépie, l'avait tout de suite séduite. À l'origine, les murs étaient teintés en rouge et elle avait décidé de leur redonner leur couleur première. Le nom de l'établissement s'était imposé de lui-même : « La Maison rouge ».

Kristi leva les yeux au ciel en apercevant la silhouette replète de Maurice Ramirez dont la démarche chaloupée ne laissait aucun doute sur le fait qu'il sortait du Café de l'industrie, juste au coin de la rue. Qu'allait-il encore inventer pour justifier que les travaux n'avançaient pas ?

— Attention, la voit…

Kristi n'eut pas le temps de terminer son avertissement avant le choc. Une vieille Peugeot 205 rouge à la peinture écaillée, qui arrivait sur la droite, percuta l'artisan. Celui-ci fit une roulade sur le capot et s'étala sur l'asphalte.

Une jeune femme descendit, paniquée, du véhicule et se précipita vers la victime qui tentait de se relever en poussant de petits cris d'oiseau :

— Aïe, aïe, aïe ! Elle m'a toué ! Yé suis mort... Aïe, aïe, aïe...

Kristi, qui avait accouru, aida l'artisan à se remettre sur ses pieds.

— Allons, Ramirez, vous n'avez rien !

— Yé crois qué yé le bras cassé !

Kristi l'examina attentivement, mais à part quelques égratignures sur la paume de la main et sur les avant-bras, elle ne releva aucune blessure sérieuse. Ramirez devrait tout de même consulter un médecin.

La conductrice paraissait effondrée :

— Je suis désolé, Monsieur, je ne vous ai aperçu qu'au dernier moment, lorsque vous sortiez de la rue...

— Aïe, aïe, aïe ! répondit-il seulement.

Kristi lança un regard assassin à la jeune femme. Elle avait bien vu que Ramirez avait traversé sans faire attention, mais ce qui la mettait en colère, c'était qu'elle était sûre que l'entrepreneur allait profiter de cet accident pour faire durer les travaux.

— Je... je suis assurée, bredouilla la conductrice. Ne vous inquiétez pas, mon assurance prendra tout en charge.

Une dizaine de minutes plus tard, une ambulance des pompiers emmenait Ramirez qui poussait toujours ses drôles de petits cris, tandis que les gendarmes, qui apparemment connaissaient la conductrice, contrôlaient son alcoolémie.

— Négatif ! dit le militaire. Tu as de la chance, Linda.

La conductrice haussa les épaules, signa le constat et remonta dans sa voiture. Le moteur toussa deux ou trois fois puis resta muet. Linda s'écroula sur son volant et se mit à pleurer.

Kristi s'approcha par la fenêtre ouverte :

— Pas notre jour, pas vrai ? Allez, calmez-vous, on va trouver deux ou trois costauds pour pousser votre tas de ferraille sur une place de stationnement et je vous invite à boire un café. Au fait, je m'appelle Kristi Granger… Monier.

— Linda Tomaso !

2

Les deux femmes s'installèrent sur la terrasse du Café de l'industrie qui dominait la Sorgue.

Elles attendirent quelques secondes, sans parler, qu'un serveur vienne prendre leur commande.

— Le gendarme était l'un de vos amis ? questionna Kristi.

— Un ami de mon mari, enfin de mon ex-mari, plutôt. Il est militaire.

— Ah, je vois. Je suis divorcée d'un flic, également !

— Bienvenue au club. Et le monsieur que j'ai… renversé ? C'était…

— Juste le type qui devait terminer l'agencement de ma boutique et qui avait déjà presque un mois de retard.

Linda fit une grimace :

— Je suis désolée, vraiment !

— Je crois qu'il ne me reste plus qu'à relever mes manches et à m'y mettre.

— Et si je vous donnais un coup de main ? Gratuitement bien sûr. Je vous dois bien ça après tout ! s'exclama Linda avec un tel entrain qu'elle bouscula la table et envoya valdinguer son verre sur un client qui occupait la place voisine.

— Oh, désolée, Monsieur, je suis tellement maladroite.

L'homme contempla avec consternation sa chemise blanche sur laquelle s'étalait une large tache jaune et collante de jus de fruits. Galant, il fit signe qu'il n'y avait pas de mal, tandis que le serveur lui apportait quelques feuilles d'essuie-tout et passait un coup de torchon devant la gaffeuse.

Linda se tourna vers Kristi :

— Alors, que pensez-vous de ma proposition ? De toute manière je suis au chômage. Je n'ai rien de mieux à faire.

Kristi fit la moue. Cette femme lui paraissait être un vrai chat noir :

— C'est une offre alléchante, mentit-elle, je vais y réfléchir.

Linda, toujours aussi enthousiaste, poursuivit :

— Vous savez, je suis une excellente bricoleuse. J'ai refait toute la déco chez moi.

Après tout, pourquoi pas ? pensa Kristi en s'apercevant qu'elle était en France depuis six mois déjà et qu'elle ne connaissait grand monde. Un peu d'aide serait la bienvenue, à condition qu'elle ne se transforme pas en catastrophe. Elle lui tendit la main par-dessus la table en prenant garde au seul verre encore debout.

— Marché conclu !

— Alors, d'accord, le temps de faire dépanner ma voiture, de passer chez moi pour me changer et je vous retrouve à votre commerce. Ça va être chouette, je suis sûre que l'on va s'entendre comme larrons en foire.

Kristi lui fit signe qu'elle ne connaissait pas cette expression.

— Je vous expliquerai, répondit Linda en se levant brusquement. Et au fait, si on se tutoyait ?

Kristi repartit vers sa boutique en se demandant si elle n'avait pas fait une erreur en acceptant l'aide de Linda. Elle monta à son appartement qui se trouvait au-dessus du local encore encombré d'échelles et de pots de peinture et se changea. Salopette à la Charlot, casquette des Yankees renversée sur la tête et gants de ménage roses, quelques minutes plus tard, elle était fin prête pour prendre la suite de Ramirez. Finalement, l'artisan avait tout de même avancé et il ne restait que quelques finitions, et surtout un énorme nettoyage suivi d'un méga-rangement. Deux jours de boulot au moins.

— Salut, me revoilà !

Au bout d'une heure, Linda arriva en bleu de travail et bandana rouge pour cacher son abondante chevelure noire, remontée en chignon sur sa nuque.

Kristi, juchée en haut d'un escabeau, lui fit signe de prendre un pinceau.

— Il faut finir toutes les plinthes… sans déborder, hein ?

Linda leva un pouce pour signifier que c'était dans ses cordes.

Les deux femmes travaillèrent tout l'après-midi en parlant de choses et d'autres, sans toutefois s'étendre sur leur vie privée. Vers dix-huit heures, le boulot était pratiquement terminé.

— Eh bien ce n'était pas si terrible, dit Kristi. On se retrouve demain matin pour nettoyer et ranger ?

— Pas de problèmes ! Mais pas avant dix heures, car j'ai rendez-vous avec le principal du collège de ma fille.

— Comment s'appelle-t-elle ?

— Liliane, mais elle déteste ça. C'était une idée de son père. Alors on l'appelle Lilou, elle a quatorze ans. Et toi, tu as des enfants ?

Kristi fit la moue :

— Non, Vince et moi, on travaillait trop. Lui avait son boulot de flic et moi, je bossais dans la pub. On n'a jamais trouvé le temps de s'y mettre.

Linda décela une pointe de tristesse dans la voix de l'Américaine.

— Tu sais, c'est du bonheur, mais aussi tellement de soucis.

Kristi hocha la tête. Ce qu'elle ne dit pas à Linda ce jour-là, c'est que Vince avait trouvé le temps d'en faire un, de gamin, à Abigaïl, sa sœur. Et puis zut après tout, pourquoi ressasser tout ça ?

— Et si on allait prendre un verre ! proposa-t-elle. À condition de ne rien casser !

Linda éclata de rire. Elle était consciente de sa maladresse et savait se moquer d'elle-même.

— Promis, juré ! Allez, viens mon larron. Allons faire la foire.

3

Une semaine après sa rencontre avec Linda, Kristi inaugurait enfin La Maison rouge. À cette occasion, elle avait invité tout le voisinage : le boucher, dont la boutique était attenante à la sienne, le coiffeur d'en face, l'agent immobilier, le restaurateur et une dizaine d'autres commerçants.

Linda, qui était venue prêter main-forte, circulait dans le petit local en portant un plateau chargé de coupes de champagne. À chacun de ses pas, Kristi craignait de la voir répandre la précieuse boisson sur les convives. Mais Miss Catastrophe fit preuve d'une inhabituelle dextérité.

— Alors, voisine, prête pour la grande aventure ? L'ouverture c'est demain matin, n'est-ce pas ?

Kristi sourit au vieux monsieur qui lui tendait un verre qu'il venait de prendre sur le plateau de Linda.

— Mais oui, monsieur Dreyfus, prête à vendre tout ce qui se trouve ici. J'espère que je pourrai vous compter parmi mes plus fidèles clients.

M. Dreyfus sourit à son tour, dévoilant deux rangées de dents trop blanches pour être naturelles.

— Vous pouvez en tout cas compter sur moi pour boire le café tous les matins. C'est une excellente idée de mêler la vente d'antiquités, de souvenirs avec le fait de faire terrasse. Je vous prédis un beau succès.

— Dieu vous entende !

Kristi ne savait pas grand-chose de cet homme, sinon qu'il avait été professeur d'histoire au collège local, mais il lui avait tout de suite inspiré de la sympathie. Un sentiment plutôt rare chez elle concernant la gent masculine, depuis ses déboires avec Vince.

Elle serra les dents en pensant à ce salaud. Cela faisait deux ans qu'ils étaient séparés, mais elle ne pouvait toujours pas lui pardonner.

Kristi se sentit soudain happée par le bras. C'était Linda qui paraissait surexcitée.

— Regarde ! C'est lui, c'est lui, c'est lui ! J'arrive pas à y croire débita-t-elle à la vitesse d'une mitrailleuse Gatling, en désignant un homme mince, élégant, aux airs de dandy anglais.

Kristy dégagea doucement son bras et fit signe à Linda qu'elle ne comprenait pas de quoi elle parlait.

— Quoi ! Ne me dis pas que tu ignores qui c'est !

Linda fit semblant de s'évanouir.

— Non, je ne connais pas ce type.

— Alexander, Doug Alexander !

— Le romancier ?

Linda pinça les lèvres pour paraître méchante :

— Le romancier, le romancier ? Mais ma pauvre Kristi, tu débloques ou quoi ? Ce n'est pas le romancier, c'est LE romancier : *Le Tueur de l'aube*, *Quand la glace se brise*, *Buffet froid*…

Kristi fit mine de grelotter :

— Brrr, mais arrête donc, je vais finir par m'enrhumer, plaisanta-t-elle.

Linda leva les yeux au ciel :

— Un des mecs les plus canons, des centaines de milliers de livres vendus et ça donne froid à Madame, alors que moi, je suis prête à fondre ? En plus il a une maison incroyable à la sortie de la ville. Il y a eu un reportage sur lui dans le magazine *Maison de Provence* de dimanche dernier.

— En tout cas, tu peux te refroidir, je ne pense pas que tu intéresseras ce type. Il est gay, ça se voit comme le nez au milieu de la figure.

Linda ouvrit des yeux horrifiés et fit un signe cabalistique en direction de Kristi, comme si elle voulait lui jeter un sort.

— Tu n'es qu'une sorcière médisante. Au Moyen Âge on t'aurait brûlée vive pour avoir critiqué un si beau mec.

— Mais je ne critique pas, je n'ai aucun problème avec ça. Je te dis juste qu'il est gay, un point c'est tout.

— Mais vous savez, cela arrive à des gens très bien !

Les deux femmes sursautèrent. Toutes à leur conversation, elles n'avaient pas vu Doug Alexander s'approcher.

Kristi demeura bouche bée :

— Monsieur Alexander… Je… nous… ne parlions pas de vous… enfin je veux dire…

L'écrivain ne put réprimer un sourire devant l'embarras adolescent de cette femme d'âge mûr si mignonne. Linda passa derrière lui et fit signe à Kristi qu'elle avait envie de la griffer.

Doug Alexander poursuivit :

— Ce matin, j'ai vu une très jolie petite commode dans votre vitrine qui serait du plus bel effet dans le hall de ma maison. J'aimerais être votre premier client.

Kristi, toujours rouge de honte, trouva là une échappatoire. Elle força son côté professionnel.

— Mais bien sûr, je vais vous la mettre de côté. Vous pourrez passer la prendre dès demain, à partir de neuf heures.

Linda sauta sur l'occasion. Elle s'accrocha au bras de l'écrivain :

— Mais non, nous la livrerons directement chez vous, ce sera beaucoup mieux !

— Vous pourriez faire cela, Mesdames ? Ce serait vraiment très gentil, car je crains qu'elle ne rentre pas dans le coffre de ma petite voiture.

— Une Maserati ! murmura discrètement Linda à l'oreille de Kristi.

Cette dernière parut ennuyée :

— C'est-à-dire que je n'ai pas encore de véhicule d'entreprise et personne pour garder la boutique…

— Pas d'inquiétude ! dit Linda, j'irai moi-même.

Doug Alexander s'inclina de manière un peu théâtrale :

— Alors c'est parfait, je vais vous laisser l'adresse. Mon ami est là, justement, je le préviendrai de votre visite.

Linda crut que son cœur allait manquer un battement.

— Vous ne serez donc pas chez vous ? questionna-t-elle.

— Hélas non, je viens rire à neuf heures précises.

Kristi fit signe qu'elle ne comprenait pas.

— Vous ne connaissez pas les fameux ateliers de Sandrine Laurent, la rigologue locale ? Je participe à ses séances de plein air tous les jeudis matin, au parc Gautier. Ça fait un bien fou, vous devriez essayer.

Kristi se demanda si ce type n'était pas en train de se payer sa tête.

Il fit mine de sortir son portefeuille.

— Je vais vous régler la commode tout de suite, si vous le voulez bien.

Kristi l'arrêta d'un geste de la main.

— Nous ferons ça demain. Je dois préparer la facture.

— Comme il vous plaira. Je passerai donc après la séance de rigologie, vers dix heures trente, par exemple ?

Après avoir salué Kristi et Linda, l'écrivain prit congé.

— Je crois que je vais pleurer, gémit Linda en voyant la porte se refermer. Je me suis fait avoir. Il a bien dit « mon ami ».

Kristi tapota l'épaule de la jeune femme et afficha un air compatissant. Puis elle alla rejoindre ses invités dont certains, après avoir bu quelques coupes de champagne, commençaient à parler un peu fort.

Elle fut happée au passage par une charmante rouquine à la chevelure flamboyante.

— Bonjour, madame Monier, dit-elle en tendant la main. Je suis Laetitia Albaron, vous vous souvenez de moi ?

Kristi chercha un instant dans sa mémoire ; effectivement, ce nom lui semblait familier.

— Mais oui ! dit-elle. Je vous ai contactée quand je suis arrivée, pour faire les travaux dans la boutique.

— Exactement ! Mon mari n'avait pas pu s'occuper de vous. Il était sur un autre chantier pour l'agence

Carpentier, dit la rouquine avec un petit rire à la limite du gloussement. Je crois d'ailleurs que vous aviez rencontré Stéphane Carpentier, l'agent immobilier avec qui je travaille. Il m'a justement demandé si je savais où en étaient les travaux dans votre local.

Kristi eut l'air surprise que l'agent s'intéresse ainsi à ses affaires. Elle acquiesça avec un sourire. Elle n'avait pas envie de s'étendre sur son ressenti concernant cet homme qui lui avait paru extrêmement louche.

— Et j'ai regretté que votre époux ne puisse accepter le chantier, car je dois dire que votre concurrent, M. Ramirez, n'est pas vraiment un foudre de combat.

Mme Albaron sourit à son tour, mais se garda de reprendre Kristi sur l'inexactitude de l'expression. Les deux femmes discutèrent encore un peu, puis l'Américaine poursuivit la tournée de ses invités.

4

Le lendemain, Kristi fut réveillée à l'aube par le brouhaha des commerçants ambulants qui installaient leurs étals sur la placette en bas de chez elle. On était jeudi et, ce jour-là, avait lieu l'un des deux marchés hebdomadaires – mais celui du dimanche était bien plus important – qui occupaient toute la ville et attiraient des milliers de visiteurs. Le jeudi, l'ambiance était plus familiale, plus cosy.

Elle regarda l'heure – son réveil indiquait six heures dix –, s'étira voluptueusement, paressa encore quelques minutes, puis se leva et alla à la fenêtre qu'elle ouvrit pour laisser entrer l'air frais du petit matin.

Elle s'accouda à la barre d'appui et observa longuement la scène sortie tout droit d'un livre de Pagnol, un auteur qu'elle aimait beaucoup. De l'autre côté de la placette, près de chez le coiffeur, un charcutier ambulant pendait ses cochonnailles. Kristi avait remarqué que les Français étaient très attachés à ces mets. À gauche du charcutier, un vendeur de légumes installait des poivrons rouges et jaunes, des concombres et des aubergines dans des caisses en carton. Sous sa fenêtre, un marchand de fromages de chèvre installait des bûches, des boutons de culottes et des briques dont l'odeur montait jusqu'à elle.

C'était, pour l'Américaine de New York, un véritable enchantement de voir cette population évoluer sans hâte, s'invectiver avec humour et, même si le verbe était un peu trop haut pour espérer faire la grasse matinée, c'était toujours mieux que les hurlements des sirènes de police et des ambulances dans Bleecker Street.

Ce qu'elle préférait, c'était, sans conteste, lorsqu'arrivait le saxophoniste, qu'il déballait son instrument doré et se mettait à jouer des airs de jazz, comme *Fly Me to the Moon.* Le moment fut toutefois gâché quand il interpréta *Someday my Prince will come*, car c'était sur cet air que Vince l'avait séduite, le soir de son vingt-cinquième anniversaire. Et ce salaud, sur quel air avait-il emballé Abi ?

Elle sentit monter une froide colère en elle, comme à chaque fois qu'elle repensait à cette double trahison.

Allez, ma vieille, un petit café avec un croissant au bar d'en face te fera le plus grand bien, songea-t-elle. Elle passa devant la glace de son armoire et s'observa avec un regard en biais, comme si elle découvrait une autre femme. Elle était en débardeur noir et culotte en dentelle de la même couleur. Elle soupira. Ses seins s'étaient un peu alourdis avec l'âge et sa taille… eh bien, n'en parlons pas. De toute manière, elle n'avait jamais eu les mensurations d'un mannequin. Finalement, elle repoussa l'idée du croissant. Le café suffirait !

Elle prit une douche rapide, enfila un jean slim, un tee-shirt blanc et descendit au magasin qui n'attendait que les premiers clients de la première journée.

Au moment où elle allait ouvrir la grille, elle aperçut Linda qui faisait de grands signes à travers la vitre. Elle avait presque oublié que Miss Catastrophe devait venir chercher la commode pour Doug Alexander.

La veille au soir, après avoir rangé la boutique, Kristi avait trouvé, dans sa bibliothèque, un bouquin de l'écrivain anglais, dans une édition française, qu'elle avait lu jusqu'au bout. Pas mal, finalement !

— Je suis un peu matinale, dit la jeune femme, mais j'ai pensé que si je me dépêchais, j'aurais le temps d'aller livrer le meuble et d'être revenue vers dix heures trente, pour croiser M. Alexander.

Au grand dam des forains qui avaient déjà déployé leurs étals, Linda vint garer sa voiture tout près de La Maison rouge. Les deux femmes chargèrent la petite commode qui s'encastra parfaitement dans le coffre de la vieille 205 après avoir abaissé les sièges arrière.

Kristi regarda Linda s'éloigner, hayon ouvert, et disparaître sur l'avenue encore déserte à cette heure. Elle alla ensuite s'installer, comme prévu, à la terrasse du Café de l'industrie et se fit servir un double petit noir qu'elle dégusta en s'amusant des canards qui s'ébattaient sur la Sorgue. Elle flemmarda ainsi un bon moment.

Soudain, sur l'autre rive, une voiture des pompiers, suivie par un break de la gendarmerie, arriva toutes sirènes hurlantes.

Elle suivit des yeux les éclats psychédéliques des gyrophares bleus et constata avec surprise que l'équipage s'engouffrait dans le parc Gautier, à une centaine de mètres de là.

Kristi n'était pas sujette à une curiosité morbide. Pourtant, elle régla son addition et décida d'aller jeter un coup d'œil.

Quand elle fut devant l'entrée du parc, quelques minutes plus tard, de nombreux badauds s'étaient déjà agglutinés le long des grilles gardées par un jeune gendarme.

On distinguait, près d'un petit castel en briques rouges qui avait accueilli en son temps l'école de musique, plusieurs pompiers rassemblés autour d'une forme allongée sur le sol. Un groupe avait été mis à l'écart, sous la surveillance de deux autres militaires. Enfin, un homme qui lui tournait le dos se tenait devant un gros break bleu nuit des forces de l'ordre. Il conversait avec deux militaires.

Un pompier s'approcha de la voiture et s'adressa à l'un des gendarmes en secouant la tête. C'est à cet instant que le troisième individu se retourna et que Kristi reconnut Doug Alexander.

Dans la foule des curieux, l'Américaine aperçut la femme du boucher.

— Bonjour, madame Maurin, dit-elle. Savez-vous ce qui se passe ?

— Stéphane Carpentier a fait une crise cardiaque durant l'atelier de Sandrine Laurent, à ce qu'il paraît. C'est mon beau-frère, qui est pompier volontaire, qui me l'a dit. Il est mort de rire, en quelque sorte.

— Carpentier, l'agent immobilier ? s'étonna Kristi.

Lors de l'unique contact qu'elle avait eu avec lui, l'homme lui avait vraiment déplu. Il avait commencé par la draguer lourdement et, de plus, il sentait la magouille à plein nez. Mais il lui avait paru en parfaite santé. Il s'était d'ailleurs vanté de ses performances physiques dans tous les sports, y compris le sport en chambre. Un gros lourdingue en somme !

Quoi qu'il en soit, Kristi était tout de même compatissante face à cette mort brutale.

Elle consulta sa montre. Il était neuf heures vingt-huit et elle ouvrait à neuf heures trente. Être en retard pour son premier jour n'était pas très professionnel. Elle courut donc vers La Maison rouge et poussa la porte à neuf heures trente et une. Une minute, cela restait acceptable. *Mais il ne faudrait pas que ça devienne une habitude, hein ?* se dit-elle.

Presque immédiatement un couple arriva. Elle reconnut les deux touristes qu'elle avait renseignés, la veille, sur les quais. Ils achetèrent une jolie lampe aux formes vintage et sortirent au moment où Doug Alexander entrait.

L'écrivain était souriant, mais on le sentait tracassé derrière ce masque qu'il affichait. Il venait de voir une personne mourir, on l'eût été à moins.

— Votre note est prête, monsieur Alexander, dit-elle en plongeant la main dans son tiroir-caisse. Et je pense qu'à l'heure actuelle, la commode doit déjà être chez vous. Et la livraison est offerte.

Elle déposa le document sur le comptoir. Doug Alexander sortit son chéquier, consulta la facture et inscrivit le montant correspondant sur son chèque.

— Et encore merci pour la livraison. Vous remercierez votre collaboratrice pour son zèle.

— Je crois que vous allez pouvoir le faire vous-même, pour son plus grand plaisir.

Kristi désigna Linda qui arrivait au pas de charge, excitée comme une puce :

— Sais-tu ce qui vient de se passer au parc Gautier ?

Elle s'arrêta net en apercevant l'écrivain dans la boutique.

— Oui, je suis au courant.

— C'est terrible de voir un homme dans la force de l'âge s'effondrer ainsi, dit Doug Alexander.

Kristi le regarda en plissant les sourcils. Le ton paraissait décalé et manquait de sincérité. Elle mit cela sur le compte du fameux flegme britannique.

L'écrivain salua les deux femmes et sortit.

— J'ai encore gaffé, gémit Linda.

Kristi haussa les épaules. Linda poursuivit :

— Monsieur Alexander semblait secoué.

— Inquiet, plutôt, précisa Kristi. Il avait une conversation animée avec les gendarmes tout à l'heure.

— Tiens, Frank ne m'en a rien dit !

— Frank ? s'étonna l'Américaine.

Linda prit un air mystérieux :

— Frank Dangelo, il est lieutenant à la brigade de gendarmerie de L'Isle. Il travaillait avec mon ex-mari.

— Un amoureux secret ?

Linda balança la tête d'une épaule sur l'autre.

— Je crois qu'il voudrait bien me mettre dans son lit.

— Mais tu n'es pas prête à y entrer ?

— Hum, faut voir !

— Et au fait, l'ami de M. Alexander, comment est-il ?

Linda fit mine de se poignarder en plein cœur :

— Beau comme un Dieu, il n'y a pas de justice.

La clochette tinta de nouveau à l'entrée d'un autre client. Linda fit signe qu'elle s'éclipsait, puis elle revint soudain sur ses pas :

— Je suis libre jusqu'à midi, expliqua-t-elle. Veux-tu que je reste pour t'aider ?

Kristi hésita un instant.

— Tu arriveras à ne rien détruire ? demanda-t-elle le plus sérieusement du monde.

Linda leva la main droite :

— Je jure de faire tout mon possible.

Vers midi, elle n'avait effectivement encore rien cassé mais s'était révélée une aide précieuse, car la nouvelle boutique avait été prise d'assaut par les touristes. Les clients avaient défilé en continu.

Linda regarda sa montre :

— Il faut que j'y aille, boss, je dois récupérer ma fille au collège. On prend un verre, un de ces jours ?

Kristi l'arrêta au moment où elle allait passer la porte.

— Un instant. Tu m'as dit que tu étais au chômage, n'est-ce pas ? Il me semble qu'on ne serait pas trop de deux ici pour bosser.

Linda ouvrit de grands yeux.

— Oh oui, ce serait génial. Mais tu es sûre…

— Bien sûr, si tu ne fais pas trop de casse. Sans quoi, je retiendrai les pertes sur ta paie !

Linda frappa dans ses mains, comme une gamine qu'on emmène pour la première fois voir un spectacle de cirque.

— Marché conclu, dit-elle. Je serai là à quatorze heures.

Elle partit en courant et percuta au passage un vieux monsieur qui faillit chuter.

Kristi soupira en pinçant les lèvres. Elle n'était pas sûre d'avoir eu une bonne idée, mais elle trouvait cette fille vraiment sympa.

5

Le lendemain, le lieutenant Dangelo adressa un sourire à Linda en lançant un « salut » qui se voulait décontracté, mais qui dissimulait une véritable tension nerveuse comme à chaque fois qu'il se trouvait en présence de la jeune femme. De l'autre côté du comptoir encombré de babioles, de livres et de revues locales, Linda lui rendit son sourire.

— Hello, Frank, qu'est-ce qui t'amène ? Tu veux faire un cadeau à ta chérie ?

Frank se sentit piqué au vif. Linda savait très bien qu'il était célibataire. Il se demanda si elle l'asticotait gentiment ou si elle était en train de dresser une barrière entre eux. Il était amoureux de la jolie antiquaire, et cela depuis longtemps. Depuis l'époque où elle vivait encore avec Nicolas Tomaso, son supérieur à la brigade.

Linda et Nicolas semblaient être un couple parfait : belle situation, jolie maison, une fille adorable… Mais le démon de la quarantaine était passé par là et Nico avait succombé. Lors de sa mutation administrative, il avait annoncé à Linda qu'il partait, mais sans elle. Bien sûr, il assumerait ses frais et ceux de sa gamine, mais il avait besoin de réinventer sa vie, selon ses propres dires.

— Alors, qu'est-ce que je peux faire pour toi ? insista Linda en constatant avec amusement le trouble du gendarme.

— En fait je dois parler à ta patronne. Est-ce qu'elle est là ?

— Kristi ? Elle est sortie pour aller voir un meuble chez une vieille dame, tu sais, Mme Machin.

— Ah oui, la sorcière ! plaisanta Frank Dangelo.

Tout le monde appelait ainsi la vieille femme acariâtre et méchante dans l'âme qui téléphonait au moins une fois par jour aux services de police municipale pour se plaindre de ses voisins, des jeunes qui faisaient du bruit dans la rue, des canaris du locataire du dessus qui chantaient trop fort… Bref, une belle emmerdeuse.

— Qu'est-ce que tu lui veux à ma patronne ? Rien de grave j'espère, demanda Linda.

— C'est dans le cadre de l'enquête sur le décès de Stéphane Carpentier.

Linda fut étonnée mais elle n'en montra rien. Elle ne voyait pas trop ce que Kristi avait affaire avec ce type :

— J'ai entendu dire qu'il ne s'agissait pas d'une mort naturelle ?

Le lieutenant Dangelo fit la grimace. Impossible de garder quoi que ce soit secret dans cette ville.

— Qui t'a raconté ça ? questionna-t-il en fronçant les sourcils.

Linda fit mine de fermer sa bouche à l'aide d'une fermeture Éclair :

— Si je te le disais, je serais ensuite obligée de te tuer, plaisanta-t-elle.

— Linda, c'est sérieux, il y a eu mort d'homme !

— Oui, c'est vrai, excuse-moi. C'est Lilou ! Elle le tenait de la sœur de Camille Leblond, qui fait partie du Club de rigologie. Elles vont au collège ensemble.

Frank Dangelo soupira :

— Donc tout le monde est au courant en ville !

Kristi arriva à ce moment-là.

— Que fait la police chez moi ? demanda-t-elle sur un ton enjoué.

Dangelo qui était en civil la regarda, surpris. Elle désigna la bosse sous sa veste.

— Je crois distinguer un Sig-Sauer là-dessous. Alors soit vous êtes venu pour me braquer, ce qui n'a pas l'air d'être le cas, soit vous êtes policier. Difficile de tromper une fille de flic et ex-femme de flic.

— Madame Granger…

— Monier, j'ai repris mon nom de jeune fille.

— Madame Monier, je voulais savoir quels étaient vos liens avec Stéphane Carpentier ?

Kristi demeura un instant interloquée :

— Mes liens ? Mais je ne le connaissais même pas. Je ne l'ai rencontré qu'une seule fois à mon arrivée en France, lorsque je recherchais un local. Il m'a fait une très mauvaise impression et je n'ai finalement pas traité avec lui pour l'achat de mes murs. Mais pourquoi ces questions ?

— Vous êtes bien certaine que vous ne le connaissiez pas plus que cela ?

Kristi se renfrogna. Ce type commençait à l'agacer.

— Je sais encore qui je connais ou pas ! Vous allez m'expliquer ce qui se passe ?

— Eh bien nous aimerions simplement comprendre pourquoi cet homme que vous prétendez ne pas connaître a fait rédiger un testament en votre faveur, trois jours avant de mourir dans des conditions suspectes.

l'Américaine resta bouche bée :

— Mais il doit s'agir d'une erreur. Je vous répète que je ne connaissais pas ce monsieur, finit-elle par dire.

— Et vous ne l'avez vu qu'une seule fois !

Le ton était ironique.

— Exactement !

— Très bien, madame Monier, vous n'avez donc aucune explication à me fournir ?

Kristi écarta les bras en signe d'impuissance :

— Je vous le dis et je vous le redis, c'est forcément une erreur !

Dangelo secoua la tête.

— Je sors de chez le notaire et il n'y a aucun doute, c'est bien votre nom qui figure sur le document.

La situation paraissait tellement irréelle que Kristi ne parvenait plus à penser.

— Et puis-je savoir de quoi j'hérite ? questionna-t-elle.

— D'une maison, mais le notaire vous en apprendra plus lors de la lecture du testament.

— À mon avis, cet homme était complètement fou ! s'exclama Kristi.

— Cela fait partie des possibilités. En tout cas, je vous remercie de m'avoir accordé un peu de votre temps. Je sais où vous joindre si nécessaire. Et ce que je viens de vous dire est confidentiel, l'épouse de Carpentier n'est pas encore au courant. Je vous demanderai donc la plus grande discrétion, surtout à toi, Linda.

Kristi était atterrée.

Dangelo adressa un ultime sourire à Linda et allait sortir lorsque Kristi le rappela :

— Et au fait, où est-elle, cette maison ?

— Dans un petit village tout proche qui se nomme Lagnes. Mais vous devrez attendre que l'affaire soit éclaircie pour en profiter. Le notaire vous tiendra au courant.

Lorsque les deux femmes furent seules, Linda s'exclama :

— Eh bien, quelle histoire. Une maison… Tu es sûre…

— Ne me demande pas toi aussi si je le connaissais ou si j'ai couché avec lui, la coupa Kristi, sinon tu es virée. J'aimerais quand même bien comprendre pourquoi ce type m'a fait ce cadeau.

— Va savoir. C'était un coureur de jupons patenté. Tu lui auras peut-être tapé dans l'œil quand vous vous êtes rencontrés.

— Comme le lieutenant Dangelo avec toi ?

Linda prit un air entendu :

— Il est beau mec tout de même.

— Ça, je te le concède.

— Il ne t'a rien dit sur la mort de Carpentier ?

— Rien de plus que ce que je savais déjà par Lilou, c'est-à-dire qu'il ne s'agit pas d'une mort naturelle.

— Un meurtre donc ?

La clochette de la porte d’entrée ne permit pas à Linda de répondre. Doug Alexander entrait, pâle comme un linge.

— Mesdames… Il… il m’est arrivé un malheur. J’ai besoin de votre aide, c’est une question de vie ou de mort.

6

Le lieutenant Dangelo s'installa confortablement dans le fauteuil ergonomique en cuir de son bureau, un investissement personnel que son dos ne regrettait pas. Il cala ses mains derrière sa nuque et se laissa aller contre le dossier.

Son instinct lui disait que cette Kristi Monier lui avait dit la vérité en affirmant qu'elle ne connaissait pas la victime. Pourtant, on ne couche pas une inconnue sur son testament, à moins d'être le père Noël peut-être. Et puis, pourquoi Carpentier avait-il fait rédiger cet acte trois jours avant de mourir ? S'attendait-il à être agressé ? Avait-il reçu des menaces ?

Frank Dangelo alluma son vieil ordinateur portable Lenovo Think Pad. La machine moulina quelques instants et la page bleue de Windows 10 s'afficha.

Il se connecta à Internet et au Google américain et entra « Kristi Granger ». Plusieurs résultats apparurent, mais aucun ne concernait l'Américaine de La Maison rouge.

Il eut l'idée d'ajouter ensuite les mots-clés « Monier », « police » et « New York ». Bonne pioche. Quelques pages s'affichèrent, non pas avec le prénom de Kristi, mais avec celui de Robert Monier, son père. D'ailleurs, on le voyait poser sur une ou deux photographies avec sa fille.

Il y avait de nombreux articles de journaux sur Robert Monier. L'homme était un haut gradé du NYPD. Décoré à plusieurs reprises pour des actes de bravoure, il coulait à présent une retraite paisible tandis que son épouse collaborait à la gestion d'une grande maison d'édition new-yorkaise. Il allait pousser plus loin ses investigations quand on frappa à la porte vitrée de son bureau. Il leva les yeux de son écran et découvrit la silhouette imposante du docteur Adjib Salim, le médecin légiste.

Dangelo lui fit signe d'entrer. Salim quittait rarement sa morgue, il était donc étonné de le voir là. L'homme à l'embonpoint prononcé salua le gendarme d'un hochement de tête. Il tenait à la main sa serviette de cuir noir qui avait contenu tant de résultats d'autopsie. Un véritable cimetière en peau de vachette.

— Salut, Dangelo !

— Salut toubib, qu'est-ce qui me vaut l'honneur ?

— Il y avait un truc qui me turlupinait avec Carpentier, du coup j'ai refait des examens.

— Vous avez trouvé du nouveau ?

— Plutôt, oui. Une magnifique tumeur cérébrale, de la taille d'un œuf de poule.

Dangelo le regarda, effaré.

— Qu'est-ce que ça implique ?

— Ça implique que le tueur s'est donné du mal pour rien. Il lui aurait suffi d'attendre au maximum un mois ou deux.

— À condition qu'il ait été au courant.

— À moins qu'il n'ait été pressé par le temps.

Dangelo hocha la tête.

— Est-ce qu'il aurait pu devenir fou et faire un testament en faveur de la première personne qui lui venait à l'esprit ? demanda-t-il.

— En aucun cas ! Il restait parfaitement lucide et sain d'esprit, comme on dit.

— Cette maladie ne risque pas d'annuler ses dernières volontés ?

Le docteur Salim tira une chaise en face du bureau du flic et laissa tomber ses cent vingt kilos d'un seul coup sur l'assise qui gémit.

— Pour ça mon vieux, il faudra consulter un juriste. Je suis toubib moi, pas avocat.

— Et pour le poison utilisé, vous avez des précisions ?

Salim lança sur le bureau une chemise cartonnée qu'il avait extirpée de la serviette posée à ses pieds.

— Tout est là !

Dangelo soupira et repoussa le dossier.

— Allez, toubib, je préfère quand vous me racontez tout en direct. J'adore le son de votre jolie voix pleine de soleil.

— Si vous espérez que je vous chante un air de la *Traviata*, vous vous fourrez le doigt dans l'œil ! Soit ! le poison est une hémotoxine dont le labo n'a pas pu déterminer l'origine.

Dangelo le regarda comme s'il venait de dire un gros mot :

— Vous plaisantez ! Avec le pognon qu'ils reçoivent ils ne sont pas capables d'identifier votre hémo-machin ? C'est un poison synthétique ?

— Non !

— Naturel alors ?

— Pas plus !

Le gendarme s'impatienta :

— Bon, toubib faut savoir !

— Si je vous dis boomslang, ça vous parle ?

Dangelo inspira profondément :

— C'est une danse ?

— Un serpent extrêmement venimeux, très répandu en Afrique.

Le gendarme ouvrit de grands yeux :

— Ne me dites pas qu'il a été mordu par un serpent africain !

— Non, le toxique ressemble au venin du boomslang, mais ça n'en est pas.

— Merde ! Toubib. Crachez le morceau maintenant, sinon c'est moi qui vous mords.

— Eh bien je suppute que le poison provient de l'hybridation entre un boomslang et un autre serpent.

Dangelo demanda candidement :

— C'est possible, ça ?

Salim répondit avec un hochement de tête :

— Je pense que vous devez rechercher un propriétaire de NAC, les nouveaux animaux de compagnie, comme on dit. Ces gars-là font régulièrement des croisements interespèces pour obtenir de plus jolis spécimens.

— Et comment le poison a-t-il été inoculé ?

— J'ai trouvé plusieurs égratignures dans la paume de la main droite.

— On lui aurait fait une injection à cet endroit ? Ça me paraît difficile à mettre en œuvre. Au bout de combien de temps le poison agit-il ?

Salim secoua la tête :

— Non, ce n'est pas aussi net qu'une piqûre d'aiguille. Et pour répondre à votre deuxième question, en général, le venin du boomslang a une action très lente. Il peut se passer plusieurs heures sans qu'aucun symptôme apparaisse, ce qui laisse souvent croire à la victime que la morsure est sans gravité. Et puis d'un coup, c'est tout l'organisme qui s'effondre. Mais dans notre cas, avec ce croisement, la structure chimique du venin a été totalement modifiée. L'effet a dû être plus bref : trente à quarante-cinq minutes maximum.

Dangelo réfléchit un instant.

— Ça lui donnait tout de même le temps de prévenir les secours.

— Ça n'aurait servi à rien. Nouveau venin, nouvel antidote, on n'aurait pas su quoi lui administrer.

Le gendarme secoua la tête :

— Il faut être givré pour élever ces bestioles et jouer à l'apprenti sorcier avec. C'est compliqué à faire ?

— Pas vraiment, mais quelques bases sont requises. Et je pense en outre que votre tueur a des connaissances en chimie. C'était nécessaire pour extraire le venin et le préparer.

Dangelo se redressa d'un seul coup. Il fouilla dans l'un des tiroirs de son bureau et en extirpa plusieurs chemises cartonnées :

— Des connaissances en chimie, vous dites ?

Il ouvrit l'un des dossiers et tapota du doigt un document administratif :

— Voilà, Nicole Chastang, soixante-huit ans, ancienne prof de chimie au collège local. Elle était présente sur les lieux lorsque Carpentier est mort. Elle fait partie du Club de rigologie. Elle pourrait être notre coupable, elle en avait les moyens et la capacité. Reste le mobile. Je vais tenir cette charmante dame à l'œil, en attendant de trouver un meilleur suspect.

— J'en ai peut-être un à vous proposer, dit le légiste, en fouillant une nouvelle fois dans sa sacoche d'où il tira cette fois un livre. Que diriez-vous d'un expert en méthode de meurtre ?

Dangelo regarda, un peu surpris, l'exemplaire de *Un éclat de rire dans la gorge*, le roman de Doug Alexander.

— Le romancier british ? Et alors ? Je l'ai interrogé l'autre jour et il ne m'a pas paru plus suspect que les autres.

Le docteur Salim lui désigna l'ouvrage :

— Lisez la page que j'ai marquée par un Post-it !

Le gendarme s'exécuta et lut en silence durant quelques instants. Puis il releva lentement la tête vers le médecin, les yeux écarquillés.

7

Kristi, alarmée par le teint pâle et la voix tremblante de Doug Alexander, se précipita vers lui :

— Mais qu'est-ce qui vous arrive ?

L'écrivain prit une profonde inspiration :

— Voilà, c'est au sujet de la commode. Elle a tant plu à mon ami que j'ai décidé de la lui offrir pour sa maison de campagne, en Bretagne. Or cette nuit, Monsieur Stephen King l'a totalement lacérée.

— Stephen King est chez vous ! s'étrangla Linda, en proie à une crise de tachycardie.

Kristi lui lança un regard sévère.

— Je pense que M. Alexander nous parle d'un animal de compagnie, probablement son chat.

— Mon chat, confirma l'écrivain. Il a plus de dix ans, mais il joue parfois comme un chaton. Et là, il s'en est pris à la commode. Philippe, mon ami, est parti trois jours pour un rendez-vous professionnel. J'ai peur qu'il soit terriblement déçu lorsqu'il verra son cadeau dans cet état.

Kristi réfléchit quelques secondes :

— J'ai un marché à vous proposer, monsieur Alexander…

— Je vous en prie, appelez-moi Doug, Mesdames ! l'interrompit l'écrivain.

Linda se sentait prête à défaillir. Jamais elle n'aurait espéré être autorisée à une telle familiarité avec le romancier à succès.

— Soit, poursuivit Kristi. Voilà donc ce que je vous propose, Doug. Je viendrai personnellement et gratuitement réparer votre commode, à condition que vous me disiez ce que vous savez sur Stéphane Carpentier.

Doug parut extrêmement surpris par cette requête. Kristi lui rapporta l'histoire du testament.

— C'est effectivement troublant. Vous êtes sûre de n'avoir jamais eu de relations avec lui ?

— Qu'entendez-vous par là, s'insurgea Kristi.

— Je voulais dire : êtes-vous sûre de ne jamais avoir été en relation avec lui, corrigea-t-il.

— J'ai dépassé la quarantaine, mais je crois avoir toujours ma tête, Doug. Je suis en France depuis six mois et le seul voyage que j'aie fait dans ce pays, avant mon arrivée, date d'il y a cinq ans.

— Soit, mais avouez tout de même que c'est curieux.

Kristi réfléchit un instant.

— Je dois quand même vous dire que, lorsque je l'ai rencontré à son agence, j'ai eu un sentiment étrange, comme une impression de déjà-vu. Mais cela n'explique pas pourquoi il m'a couchée sur son testament.

Doug Alexander hocha gravement la tête. Il observa Kristi un moment. Cette histoire était digne d'un roman à suspense. Il tendit la main à l'Américaine :

— J'accepte votre marché, madame Monier. Vous venez réparer ma commode et, en échange, je vous dis tout ce que je sais sur Carpentier.

— Marché conclu, mais appelez-moi Kristi.

— Et moi, Linda, s'imposa Miss Catastrophe.

Kristi et Doug s'assirent autour d'une table dans la salle, tandis que Linda apportait trois tasses de café. Elle s'installa à son tour. Ils avaient ainsi des airs de conspirateurs en train de préparer un mauvais coup. Doug but une gorgée de café, droit comme un I sur sa chaise. Veste en lin blanc, pantalon léger et chemise de grand couturier, l'écrivain possédait un charme et une classe incontestables. Le très british auteur entama son récit :

— Je connaissais Carpentier depuis une dizaine d'années. Je suis passé par son entremise pour acheter ma maison. J'ai été assez surpris de le retrouver, il y a quelques semaines, aux ateliers de Sandrine.

— Pourquoi ? questionna Kristi.

Doug répondit avec un haussement d'épaules :

— Il n'était pas très volubile ni amical et je ne le voyais pas dans une telle activité, c'est tout.

— Pas le genre, donc, à laisser un bien à une inconnue ?

— Ça m'étonnerait, mais je dois dire que récemment quelque chose avait changé dans son comportement. Il semblait plus à l'écoute, moins axé sur lui-même.

Kristi tenta de se représenter mentalement cet étrange personnage qui lui avait d'emblée déplu.

— Et avec sa femme, comment s'entendait-il ?

Doug émit un ricanement qui en disait long :

— Il changeait de maîtresse comme de chemise, c'était patent !

— Je vois ! Est-ce que vous voulez bien nous raconter ce qui s'est passé, au parc ?

— Nous sommes arrivés tous ensemble, à l'exception de Carpentier qui avait quelques minutes de retard. Comme d'habitude, nous avons laissé nos affaires à l'intérieur du château Giraud et puis nous avons commencé la séance par une petite promenade dans les allées. Nous sommes revenus devant les marches du château et Sandrine nous a donné des instructions. Nous avons commencé à rire, lorsque soudain Carpentier a paru désorienté, en proie à une vive douleur au niveau du cœur. Et puis il s'est effondré, d'un seul coup.

— Mort de rire, en quelque sorte, dit Kristi.

Du coin de l'œil, elle aperçut Linda qui, le menton appuyé sur ses poings fermés, n'écoutait pas la conversation. Elle était en admiration devant l'écrivain, perdue dans ses pensées. Elle lui donna un coup de pied sous la table.

— Aïe, mais tu es folle ? s'insurgea Miss Catastrophe.

Doug poursuivit sans se préoccuper de l'incident :

— Apparemment il s'agissait d'une crise cardiaque. Mais quand j'ai essayé de le ranimer, j'ai remarqué qu'il avait du sang dans la bouche.

— Vous lui avez fait du bouche-à-bouche ? interrogea Linda d'un air dégoûté.

— Le bouche-à-bouche ne fait plus partie des standards de réanimation depuis des années, grâce à Dieu. Mais cela m'a amené à me demander si Carpentier n'avait pas ingéré un produit toxique. Et j'ai immédiatement fait part de cette observation au lieutenant Dangelo.

Kristi réfléchit quelques secondes.

— Il s'est passé combien de temps entre le début de la séance et le moment où Carpentier s'est effondré ?

— Seize minutes, exactement.

Les deux femmes le dévisagèrent.

— Comment pouvez-vous être si précis ? s'étonna Kristi.

— Connaissant l'importance de l'heure de la mort dans les enquêtes, à force d'écrire des romans policiers, c'est devenu un réflexe : je consulte automatiquement ma montre quand survient un événement inhabituel. J'avais également regardé l'heure lorsque Carpentier est arrivé.

Kristi se demanda si elle n'avait pas affaire à un maniaque.

— De retour devant le château, vous avez directement entamé votre séance de rigolade ?

— De rigologie, corrigea Doug. Non, nous avons pris quelques minutes pour nous hydrater.

— Donc, durant votre absence, quelqu'un aurait pu mettre du poison dans la bouteille de Carpentier ?

— La porte des vestiaires du château reste toujours fermée à clé pendant l'atelier.

— Je vois, dit Kristi en soupirant. Si tant est que Carpentier ait ingéré du poison à ce moment-là, y a-t-il quelqu'un dans votre groupe qui aurait pu souhaiter sa mort ?

— À part moi, vous voulez dire ?

Devant l'air ahuri des deux femmes, Doug marqua un temps d'arrêt. Il s'y était peut-être mal pris :

— Vous savez, c'est normal d'avoir envie de tuer certaines personnes. Ce qui ne l'est pas, c'est de passer à l'acte. Mais rassurez-vous, moi, je ne tue que dans mes romans.

— Et pourquoi aviez-vous envie de tuer Stéphane Carpentier ? questionna Kristi.

— Comme je vous l'ai raconté, j'ai eu recours à ce monsieur il y a cinq ans, lorsque j'ai acheté ma maison. Et disons que nous étions convenus de certains arrangements avec l'ancien propriétaire…

— Vous avez proposé un dessous-de-table pour tenter de payer moins d'impôts à l'État français, le coupa Kristi.

L'écrivain éclata de rire :

— Et finalement, mon dessous-de-table s'est évaporé dans la poche de Carpentier. Le mas m'a au final coûté cinquante mille euros de plus que prévu.

Linda ouvrit de grands yeux. C'était un tiers du prix de la maison qu'elle et son ex-mari avaient achetée dix ans plus tôt. Elle n'osait imaginer combien devait valoir la somptueuse villa de Doug Alexander. Elle aurait dû se lancer dans l'écriture.

— Effectivement, dit Kristi. Si les gendarmes apprennent ce détail, ils penseront que vous avez un mobile.

— Mais pourquoi aurais-je attendu cinq ans ?

— Parce que vous saviez pertinemment qu'un meurtre sur le coup vous aurait désigné et aussi parce que l'on dit que la vengeance est un plat qui se mange froid.

Doug acquiesça. Le raisonnement se tenait. Et tôt ou tard, les enquêteurs finiraient par avoir vent de ce « petit » détail.

8

Stéphane Carpentier était décédé depuis une semaine déjà et personne n'avait vraiment remarqué sa disparition, mis à part quelques clients qui avaient des dossiers en cours, Alice Carpentier, son épouse et sa jeune secrétaire et maîtresse de vingt-huit ans, Camille Leblond.

Les deux femmes qui se détestaient cordialement ne se croisaient en principe jamais, grâce au sens développé de l'organisation de Stéphane Carpentier. Mais, par la force des choses, elles étaient à présent obligées de cohabiter dans le même bureau pour mettre en ordre les affaires du défunt.

Alice était une belle femme dans la cinquantaine avec quelques pattes d'oie au coin des yeux qui rehaussaient son regard vert. Elle n'entendait pas grand-chose au fonctionnement d'une agence immobilière. C'était une artiste peintre et elle était plutôt bonne dans son domaine, selon elle en tout cas. Seul le public n'était pas de cet avis comme le prouvait le faible chiffre de ses ventes à chaque exposition, financée avec les subsides que lui octroyait généreusement son époux. C'était d'ailleurs pour cela qu'elle avait accepté ses frasques durant toutes ses années. Elle menait une vie confortable de petite-bourgeoise, une belle maison, une belle voiture, ses entrées dans tous les cercles de la ville et, de plus, comme le sexe ne l'intéressait pas outre mesure, la situation l'arrangeait. Et puis, elle se disait qu'un jour, avec la vie que menait Stéphane, il pourrait bien lui arriver malheur ; elle avait même plusieurs fois songé à aider le destin, mais tout cela était resté du domaine du fantasme.

Cependant elle n'avait pas envisagé son veuvage de cette manière. Depuis quelques jours, chaque fois que Camille ouvrait un livre de comptes, c'était pour lui annoncer une catastrophe. Les caisses de la société étaient totalement vides. C'était la banqueroute.

La jeune secrétaire était en panique. En effet, les écritures avaient de toute évidence été trafiquées au cours des derniers mois. Lors du bilan de fin d'année, quatre mois plus tôt, les actifs de l'agence Carpentier s'élevaient à près de deux millions d'euros qui avaient fondu comme neige au soleil. Il ne restait absolument rien. L'entreprise florissante avait été littéralement pillée. Et c'était bien sûr à elle que le fisc ne manquerait pas de demander des comptes, puisque désormais le patron n'était plus là pour répondre de ses malversations.

C'est dans ce contexte que le lieutenant Frank Dangelo poussa la porte de l'agence Carpentier.

Au rez-de-chaussée, des cartons étaient entassés un peu partout, des dossiers ouverts encombraient les bureaux, des papiers traînaient sur le sol ; on aurait dit une scène de pillage. Il appela :

— Il y a quelqu'un ? C'est la gendarmerie !

La tête blonde d'Alice apparut dans l'encadrement d'une porte.

— Bonjour, dit-elle. Vous êtes venu me dire quand je pourrai récupérer le corps de mon mari ?

Cela faisait plus d'une semaine qu'il se trouvait à la morgue, et la veuve n'avait pas pu le voir. Frank Dangelo fronça les sourcils. Il ne venait pas exactement pour ça.

Il aperçut Camille Leblond dans la pièce voisine.

— Y a-t-il un endroit où nous pourrions discuter, madame Carpentier ? demanda-t-il.

Cette dernière lui fit signe de le suivre à l'étage où se trouvait le bureau personnel de son mari. Elle le pria de s'installer et s'assit en face de lui.

— Alors ? Que se passe-t-il, lieutenant Dangelo ? Pourquoi tous ces secrets ?

Le ton désinvolte déplaisait fortement au gendarme, mais il prit sur lui :

— Vous avez bien déposé une demande de crémation pour votre époux, n'est-ce pas ?

Cette fois, le visage de la femme en face de lui refléta l'étonnement.

— Effectivement, et alors…

— Maître Bourcheix, le notaire de votre mari, nous a transmis les dernières volontés de celui-ci. Il avait expressément demandé à être inhumé au cimetière de L'Isle-sur-la-Sorgue, dans le caveau de sa famille.

Alice Carpentier écarquilla les yeux :

— Vous vous moquez de moi, lieutenant ? Ne me dites pas que vous m'empêchez de récupérer le corps de mon époux pour une telle raison ? Et d'abord, pourquoi Bourcheix vous a-t-il donné des informations confidentielles ? Il va entendre parler le moi !

On la sentait prête à exploser. Dangelo poursuivit :

— Maître Bourcheix n'a fait qu'obéir à une injonction du procureur. Je vous rappelle que votre mari a été assassiné.

Cette fois, Alice Carpentier demeura bouche bée. Le lieutenant Dangelo la fixa longuement. Peu à peu les paroles du flic se mirent en ordre dans son esprit. Comprenant qu'il était presque en train de l'accuser de meurtre, elle balbutia :

— Pour la crémation, je trouvais simplement cette démarche plus écologique. Mais un meurtre ? Il doit y avoir une erreur…

— J'ai bien peur que non. Voyez-vous quelqu'un dans votre entourage qui aurait pu lui en vouloir au point de…

— Au point de le tuer ? Prenez l'annuaire et suivez l'ordre alphabétique. Il n'y a pas une personne à L'Isle à qui il n'ait fait une crasse.

— Et vous ? Vous étiez mariés sous le régime de la communauté, n'est-ce pas ?

Alice Carpentier explosa de rire :

— Vous n'aurez qu'à passer voir la petite pute, au rez-de-chaussée. Elle vous expliquera que les caisses sont vides. Il ne reste que des dettes.

Finalement, elle lui raconta elle-même ce qu'elle venait de découvrir dans la comptabilité de son époux. Dangelo plissa les yeux comme s'il tentait de voir dans l'esprit de cette femme.

— Mais d'après ce que vous me dites, vous n'étiez pas au courant. À quelle heure votre mari est-il parti à sa séance de rigologie, le jour de sa mort ?

Elle réfléchit quelques secondes puis répondit :

— Il est parti très tôt, vers sept heures. Il avait un client à voir à Saumane.

— Le nom de ce client ?

Elle prit un Post-it sur le bureau et y inscrivit un nom et une adresse, puis elle lui tendit le petit carré de papier qu'il empocha.

Il fut tenté de lui parler du testament mais préféra garder secrète l'information pour l'instant.

Après avoir interrogé Camille Leblond, qui ne lui apprit pas grand-chose de plus, Dangelo se retrouva dans la rue, devant l'agence. Il inspira profondément l'air qui avait des senteurs d'algues. L'ambiance chez les Carpentier était étouffante. Il prit le temps de s'acheter un cône chez le glacier tout proche et regagna sa voiture garée un peu plus loin.

En chemin, il se demanda à combien pouvaient s'élever les détournements de l'agent immobilier. Il faudrait évidemment enquêter dans cette direction aussi.

9

— Allons, Stephen King, ne reste pas dans mes pattes ! Laisse-moi réparer tes bêtises.

Kristi repoussa doucement le matou gris en surpoids qui se frottait contre elle, tandis qu'elle ponçait le meuble couvert de griffures. L'animal revint à la charge en ronronnant.

— On dirait qu'il vous apprécie ! En général il est plutôt distant avec les étrangers, s'étonna l'écrivain en lui tendant une tasse de thé.

Elle la saisit délicatement et huma le contenu avant d'en déguster une gorgée. Le breuvage était excellent.

— C'est un mélange que je fais réaliser spécialement à The Tea House de Londres expliqua Doug en constatant le plaisir qu'elle éprouvait.

— Délicieux ! conclut-elle en détaillant son interlocuteur.

Jean, polo Lacoste saumon… cet homme était aussi élégant et raffiné en habit de ville qu'en tenue décontractée. Mais de toute façon, avec son allure, il serait encore passé pour un dandy en bleu de travail.

Un silence un peu gêné s'installa entre eux. Soudain, la sonnette de la porte d'entrée retentit.

Doug alla ouvrir et se retrouva face au lieutenant Dangelo.

— Entrez donc ! Que puis-je faire pour vous ? s'exclama-t-il d'une manière faussement joviale, car il n'appréciait que modérément le militaire.

Dangelo le salua d'un signe de tête et s'avança dans le hall. Il fut surpris de voir Kristi :

— Tiens, madame Monier, vous ici ? Je ne savais pas que vous vous connaissiez.

Le ton était suspicieux.

— Bonjour Lieutenant. M. Alexander est un client.

Dangelo hocha le menton. Il ne paraissait pas convaincu.

— Monsieur Alexander, pourrais-je vous parler en privé ? demanda-t-il à l'écrivain.

Ce dernier lui fit signe de l'accompagner et se dirigea vers son bureau. Kristi ne put résister à l'envie de les suivre pour écouter leur conversation. La curiosité est un vilain défaut dont l'Américaine était affublée depuis sa plus tendre enfance. De toute façon, Doug n'avait pas pris la peine de refermer la porte derrière eux. Elle ne violait donc pas vraiment son intimité.

— Monsieur Alexander, dit le gendarme. Vous avez acheté cette sublime demeure en passant par l'agence Carpentier, n'est-ce pas ?

— Tout à fait, Lieutenant !

— Aucun problème durant la transaction ?

Doug était trop malin et trop au fait des méthodes policières pour ne pas détecter le piège. Dangelo avait de toute évidence interrogé le notaire et probablement le couple qui lui avait vendu ce mas provençal. Il était donc au courant du grief qui l'avait opposé à Carpentier.

— Je suppose que vous savez pour l'histoire du dessous-de-table ?

— Je fais mon métier !

— Eh bien oui, Carpentier était un escroc qui m'a volé cinquante mille euros.

— C'est le risque, quand on cherche à frauder le fisc ! Cela vous fait un sacré mobile, mais parlez-moi plutôt de votre livre intitulé *Un éclat de rire dans la gorge.*

Doug Alexander hocha la tête. Il savait que les enquêteurs feraient le lien tôt ou tard, d'autant qu'il était presque sûr que l'agent immobilier était mort empoisonné.

— Que voulez-vous que je vous dise ? Dans le roman, je raconte l'histoire d'un assassin qui s'inspire de la méthode d'un prince italien pour éliminer ses ennemis. Ce prince avait fait fabriquer une clé spéciale, pourvue d'un ardillon qu'il badigeonnait de poison avant de la confier à sa future victime, à laquelle il demandait innocemment d'aller chercher un livre dans sa bibliothèque. Cette dernière, en manipulant l'objet, s'inoculait le poison sans le savoir. Dans le roman, le meurtrier adapte la méthode en modifiant une bague.

— Et la victime est un agent immobilier qui meurt au cours d'une séance de sport, empoisonné à l'aide d'un venin de serpent !

— Certes. Mais je vous assure, Lieutenant, je ne serais pas assez bête pour commettre un meurtre que j'aurais décrit dans l'un de mes ouvrages.

— Ce serait génial au contraire, venant de la part d'un criminologue de votre niveau, rétorqua le militaire.

Un assassin qui laisse des traces si évidentes que la police croit à un coup monté, ça s'est déjà vu !

— Vous regardez trop la télévision, Lieutenant.

— Disons plutôt que j'ai lu tous vos livres. En tout cas, non seulement vous avez un excellent mobile pour le meurtre de l'agent immobilier, mais aussi les moyens et l'opportunité. Je ne vais pas vous faire un dessin, vous comprenez ce qu'il se passe dans mon esprit de flic ?

Doug hocha la tête. À cet instant, Kristi entra dans la pièce en s'exclamant :

— Ce monsieur n'était pas très aimé en ville. En fouillant un peu, je suis sûre que vous allez trouver une quantité de mobiles valables.

— Comme le fait d'hériter d'un homme qu'on dit ne pas connaître, n'est-ce pas, madame Monier ? Et je vous retrouve en plus dans la maison d'un suspect qui s'est fait dérober une véritable fortune par la victime. Qui me dit que vous n'aviez pas un intérêt commun pour assassiner Carpentier ?

— Je conçois que cinquante mille euros puissent vous paraître une fortune, Lieutenant, mais je vous assure que ce n'est pas suffisant pour que je commette un meurtre. J'attache bien trop de prix à la vie humaine.

Kristi renchérit :

— Et puis vous pourrez toujours fouiller dans ma vie et mon passé, jamais vous ne trouverez de connexion entre Stéphane Carpentier et moi, car il n'y en a tout simplement pas. Alors, si vous voulez nous arrêter, faites-le. Mais vous allez vous ridiculiser, je vous préviens.

Dangelo sourit. Cette nana avait du répondant mais il en avait vu des biens plus coriaces.

— Mais je n'avais pas l'intention de vous arrêter, pas pour l'instant en tout cas. Il ne s'agissait que d'une conversation amicale. Bien entendu, vous n'avez le projet ni l'un ni l'autre de quitter le pays dans les prochains jours ? Alors, je vous dis au revoir.

— Encore une chose, Lieutenant. D'après ce que vous venez de nous dire, on peut affirmer sans crainte de se tromper que Carpentier a été empoisonné ?

— J'aurais du mal, à présent, à prétendre le contraire. Encore une question : avez-vous entendu parler de ces animaux qu'on appelle les NAC ?

— Puisque vous avez lu le roman, vous savez que j'ai étudié la question.

— Merci, monsieur Alexander, ce sera tout. À très bientôt !

Lorsqu'il fut parti, Kristi réprimanda Doug :

— Pourquoi est-ce que vous lui avez parlé de poison ? Vous venez de lui donner un motif supplémentaire de vous soupçonner.

— Il est juste venu prendre la température.

— N'empêche qu'il a raison. Vous êtes, tout comme moi, un bon suspect et le fait de nous trouver ensemble a dû lui paraître étrange, rétorqua-t-elle.

C'était la fille et ex-femme de flic qui parlait. Aux États-Unis, ils auraient déjà été embarqués pour un interrogatoire plus poussé.

— J'ai un ami bien placé, au 36 rue du Bastion – il faisait allusion au nouveau siège de la direction régionale de la police judiciaire, installé là en 2017, après avoir quitté le 36 quai des Orfèvres –, je pourrais lui demander de consulter le dossier pour savoir ce que Dangelo a réellement comme informations.

— Il vaudrait peut-être mieux ne pas faire trop de vagues.

— Vous avez peut-être raison, approuva Doug.

Mais Kristi avait compris que l'écrivain n'avait pas l'intention d'en rester là et allait probablement mener sa propre enquête. D'ailleurs, elle aussi avait envie de comprendre certaines choses.

Sans s'en rendre compte, elle s'était rapprochée de Doug et sa main frôla la sienne. Il la retira comme si une braise incandescente l'avait touchée.

— Oh pardon Doug, s'excusa-t-elle, je ne voulais pas…

— Non, c'est moi ; une réaction stupide.

Une gêne s'installa à nouveau entre eux.

— Allez, je m'y remets. Votre commode ne se réparera pas toute seule. Monsieur Stephen King doit m'attendre ! lança Kristi en riant, pour rompre le malaise.

Elle retourna à son ouvrage et trouva effectivement le gros chat roulé en boule dans sa caisse à outils.

Tandis qu'elle travaillait, elle ne parvenait pas à chasser de son esprit ce bref contact avec l'écrivain. Bien qu'elle ne l'ait pas fait exprès, elle s'en voulait. Il n'appréciait de toute évidence pas le contact des femmes, elle devrait faire plus attention.

Elle dut se secouer pour poursuivre son ouvrage. Il était vrai qu'elle était séparée de Vince depuis deux ans et que ce dernier ne la touchait plus depuis près d'un an avant qu'ils ne divorcent. Elle s'était habituée à ne plus faire l'amour, mais sa libido fonctionnait encore parfaitement. Cela dit, Doug Alexander n'était peut-être pas le meilleur candidat pour une partie de jambes en l'air.

Monsieur Stephen King vint se blottir contre elle, un peu comme s'il avait compris son désarroi. Il se mit à ronronner.

Voilà ce qu'il me faut, pensa-t-elle en caressant le pelage soyeux de l'animal. *Une boule de poils qui n'aimerait que moi.*

La réparation de la commode fut terminée vers midi. Elle n'avait pas revu Doug, mais elle l'entendait pianoter à toute vitesse sur son ordinateur portable dans la pièce voisine. Elle fut émue en imaginant qu'elle assistait peut-être en direct à la naissance d'un nouveau best-seller.

Elle s'avança dans le bureau. Le cadre était très dépouillé. Il s'agissait en réalité d'une véranda qui donnait sur un petit jardin. Il émanait de cette pièce une grande impression de sérénité.

Doug ne la vit pas tout de suite. Il avait le regard rivé sur l'écran de son MacBook et semblait particulièrement concentré. Il portait vraiment beau la cinquantaine sport chic.

Il leva enfin les yeux en se rendant compte de sa présence et sourit.

— J'ai terminé, Doug, dit-elle. Je vais rentrer à présent.

— J'ai bien repensé à notre affaire, dit-il en se levant. Vous savez, je crois que vous devriez venir aux ateliers de rigologie. Là-bas, tout le monde connaissait intimement Carpentier. À nous deux, nous pourrions en apprendre beaucoup sur lui. Et qui sait ? Peut-être pourrions-nous même découvrir quelques vilains petits secrets.

10

— C'est une idée géniale ! s'exclama Linda, quand Kristi lui expliqua que Doug et elle allaient enquêter ensemble.

— À ton avis, qui connaissait le mieux Stéphane Carpentier ? questionna Kristi, accoudée au comptoir de la boutique.

Linda plissa les yeux et souleva un sourcil. Elle fit mentalement la synthèse de tous les ragots qu'elle avait entendus ces dernières semaines.

— Tu veux dire, à part sa femme et ses maîtresses ?

— La femme n'est pas forcément celle qui connaît le mieux son mari, rétorqua-t-elle.

Elle parlait d'expérience.

— Eh bien je dirais que Sandrine Laurent le connaissait vraiment bien. Ils étaient à la maternelle ensemble puis au collège, au lycée et enfin à l'université, durant les premières années en tout cas. Après, Sandrine s'est mariée et a eu un enfant.

— Il doit être grand, maintenant ! remarqua Kristi.

— Il aurait eu trente ans il y a quinze jours, s'il n'était pas décédé.

— Que s'est-il passé ?

— Le pauvre a été renversé par une voiture un soir en rentrant de l'école. C'était le jour de son dixième anniversaire. Le chauffard a pris la fuite et on ne l'a jamais retrouvé.

— Mais c'est terrible ! murmura Kristi qui ne pouvait qu'imaginer la souffrance provoquée par un tel drame.

— Et son mari est mort deux ans plus tard d'un cancer, mais plus probablement de chagrin. C'est là qu'elle a commencé à étudier des techniques de bien-être et de développement personnel. Au début, tout le monde la prenait pour une folle, mais elle avait besoin de cela pour continuer d'avancer, je suppose.

— Qui aurait pu prévoir qu'aujourd'hui, toutes ces choses seraient tellement d'actualité ?

Linda approuva d'un hochement de tête. Elle poursuivit :

— Mais entre nous, ça ne te paraît pas évident que c'est la femme ou la maîtresse qui a fait le coup, voire toutes les deux en même temps ?

— Dans quatre-vingt-dix pour cent des meurtres, le coupable est un proche. Mais quel serait le mobile, selon toi ?

— La jalousie, bien sûr ! s'insurgea Linda. Moi, si mon mec m'avait trompée, qui sait de quoi j'aurais été capable ?

Kristi répondit en secouant la tête :

— Non, ça ne colle pas. Carpentier était un coureur de longue date. Sa femme était au courant de ses frasques, tout le monde le sait en ville.

— Mais là, une maîtresse plus jeune, la crise de la cinquantaine… La maîtresse de trop, quoi ! Tu vois ce que je veux dire ?

Oh oui, Kristi voyait parfaitement. Elle n'était cependant pas vraiment convaincue.

— Tout ça, c'est le travail de la police. Moi, ce que je veux savoir, c'est pourquoi il m'a laissé cette maison. Pour le reste, Doug s'en charge grâce à ses contacts parisiens…

— Ah oui ! Doug… ironisa Linda.

Kristi leva les yeux au ciel :

— Puisque je te dis qu'il est gay ! J'en ai eu la preuve ce matin même.

Une lumière s'alluma dans les yeux de la jeune femme.

— Mais tu vas me raconter ça, ma vieille, et au trot.

Le récit, sans grand intérêt, de ce bref contact physique et de la réaction épidermique de Doug, laissa Linda sur sa faim. Elle s'était attendue à quelque chose de plus croustillant. Tant pis, elle continuerait quand même à fantasmer sur le bel écrivain.

Vers dix-neuf heures, Lilou, la fille de Linda, arriva. Kristi l'avait rencontrée pour la première fois quelques jours plus tôt et le courant était immédiatement passé entre l'adolescente et la quadragénaire.

Lilou était une jeune fille de quatorze printemps, particulièrement éveillée. De longs cheveux blonds et raides qui lui descendaient jusqu'au milieu du dos, de beaux yeux bleus et un petit nez lui donnaient des airs de lolita avec, en plus, une forte personnalité… Kristi la trouvait adorable.

Les trois filles fermèrent la boutique et partirent prendre un verre en ville. Elles remontèrent la rue Carnot, passèrent devant la mairie et débouchèrent sur la place de l'Église. Puis elles bifurquèrent sur la droite, sous les anciennes halles, et s'installèrent à la terrasse du Café de France, sous les grands platanes centenaires face aux murs imposants de la collégiale Notre-Dame-des-Anges.

Il faisait chaud pour la saison. Elles commandèrent deux demi-panachés et un Gambetta limonade pour Lilou. Kristi ferma les yeux en dégustant la boisson un peu amère et pétillante. Elle se sentait particulièrement bien ce soir. La place de l'église commençait à se vider de ses touristes et les locaux se réappropriaient les lieux. Certes, il y avait encore quelques Anglais, Américains et Allemands aux terrasses des cafés, mais c'étaient pour la plupart de vieux habitués de cette ville-village. Et puis ce cosmopolitisme faisait aussi le charme de la cité qu'elle avait choisie pour s'installer.

— Mesdames, puis-je me joindre à vous ?

Kristi leva les yeux et aperçut Doug Alexander, chemise blanche aux manches relevées et gilet noir. Il était toujours plein de cette classe qui fait le charme des Britanniques.

— Mais bien sûr, Doug, je vous en prie, dit-elle en désignant une chaise restée libre.

Lilou demeura paralysée. Elle savait que l'écrivain était une connaissance de Kristi et de sa mère, mais elle ne l'avait jamais rencontré.

— Je suppose que tu es Lilou, lui dit-il en souriant. On m'a beaucoup parlé de toi.

L'adolescente tenta d'articuler quelque chose, mais aucun son ne put sortir de sa bouche. Elle finit tout de même par réussir à prononcer quelques syllabes qui firent presque une phrase :

— Je… J'ai… lu… vos livres, Monsieur !

— J'en suis flatté ! Alors dans ce cas, tu me permettras de t'offrir un exemplaire de mon prochain roman qui paraîtra dans trois mois ?

Lilou fit oui de la tête tandis que Linda gonflait la poitrine, fière d'avoir pu montrer à sa fille qu'elle connaissait du beau monde.

— Prête pour votre premier cours de rigologie ? demanda Doug à Kristi.

C'était en effet le lendemain matin que Sandrine Laurent reprenait ses activités, après trois semaines d'arrêt consécutives au décès de Stéphane Carpentier.

11

Il était près de neuf heures quinze lorsque Kristi arriva au parc Gautier avec son mini sac à dos gris et bleu sur les épaules, qui ne contenait qu'une serviette et une petite bouteille d'eau. La séance débutait en principe à neuf heures précises... Ça commençait bien ! Fort heureusement, ce matin-là, Sandrine Laurent avait un peu fait traîner les prémices du cours afin que ses élèves aient le temps de profiter de leurs retrouvailles en papotant un instant.

— Bonjour, désolée pour le retard ! lança Kristi en rejoignant Doug, toujours élégant malgré le survêtement des plus classiques qu'il avait enfilé pour l'occasion.

— Et voici notre nouveau membre. Je vous présente Kristi Monier qui a ouvert La Maison rouge, précisa Sandrine, une grande blonde au visage agréable dont les cheveux battaient en queue-de-cheval sur la nuque.

— Bonjour Kristi, firent les autres d'une même voix, un peu comme dans une réunion des Alcooliques anonymes.

L'Américaine sourit. Elle connaissait, au moins de vue, la plupart des participants.

Il y avait Doug bien sûr, Nicole Chastang, une presque septuagénaire ancienne prof de chimie, Laetitia Albaron, la femme de l'entrepreneur local, M. Dreyfus, le voisin de Kristi et Camille Leblond, la jeune maîtresse de Carpentier que personne ne s'attendait à voir ce matin-là.

Sandrine frappa dans les mains comme une maîtresse d'école qui cherche à rassembler ses élèves :

— Allons, les amis, commençons notre séance.

Ils débutèrent par une déambulation dans les allées du parc où quelques couples se promenaient, main dans la main. Le gardien rappela à l'ordre deux gamins qui avaient franchi les portes du parc sur leur vélo, malgré l'interdiction affichée sur la grille. Ils mirent sagement pied à terre et rangèrent leurs bicyclettes dans les racks devant l'entrée.

Dans les allées du parc, Sandrine Laurent fit effectuer des mouvements de décontraction à ses élèves. Puis elle les réunit en cercle et les invita à se prendre par la main. Ils rirent de manière un peu forcée tout d'abord, puis, peu à peu, leur rire devint communicatif.

Dans le parc, quelques promeneurs les observaient, curieux de savoir ce qui provoquait cette hilarité.

Kristi, persuadée au départ que tout cela ne fonctionnerait pas avec elle, entra rapidement dans le jeu et fut bientôt l'une des plus appliquées à mettre en œuvre les conseils de Sandrine. Elle eut soudain une angoisse, lorsque la rigologue leur demanda de se toucher mutuellement aux épaules. Elle était juste à côté de Doug. Mais cette fois, le romancier accepta le contact sans le moindre problème. Ce fut elle qui frissonna quand il la toucha à son tour.

Lorsque la séance fut terminée, Sandrine Laurent s'éclipsa dans le château Giraud en faisant signe à Nicole Chastang de la suivre. Les deux femmes ressortirent quelques minutes plus tard avec une table pliante et un carton contenant des jus de fruits et des gobelets en plastique.

— Permettez-moi de vous offrir une petite boisson pour fêter nos retrouvailles, dit Sandrine en dépliant la table. Alors, madame Monier, qu'avez-vous pensé de cette séance ? demanda la rigologue.

— C'était ma foi très surprenant et très agréable à la fois. Combien avez-vous d'élèves ?

— Une vingtaine au total, mais j'essaie de ne pas avoir plus de cinq ou six personnes à la fois. C'est beaucoup plus convivial.

— En tout cas, cela m'a fait énormément de bien, admit Kristi.

— Comme à nous tous !

— Après le drame que vous avez vécu, je comprends.

Sandrine Laurent détourna subitement la tête, comme si un excès d'émotion l'étreignait. Elle s'éloigna un peu.

— Cette histoire a été terrible pour elle encore plus que pour nous, vous savez !

Kristi se retourna vers M. Dreyfus qui lui tendait un verre d'orangeade fraîche.

— J'ai appris qu'ils se connaissaient depuis longtemps ! rétorqua-t-elle.

— Et ce n'était un secret pour personne qu'elle était amoureuse de lui depuis l'enfance.

— Et lui ? interrogea Kristi.

M. Dreyfus sourit tristement :

— Lui, à par lui-même, n'aimait pas grand monde. D'ailleurs, la semaine précédant sa mort, je crois savoir que Sandrine avait tenté un nouveau rapprochement et qu'il l'avait méchamment éconduite.

— La pauvre, elle a dû se sentir blessée, compatit Kristi.

— Elle était furieuse vous voulez dire. Se faire éconduire comme ça à son âge par un type qui se tapait tout ce qui bouge, c'était humiliant.

— Je vois, dit Kristi.

Un téléphone sonna. C'était celui de Doug. L'écrivain s'éloigna un peu pour répondre. Il discuta quelques secondes, raccrocha et fit discrètement signe à Kristi de le rejoindre.

— C'était ma connaissance, au 36 rue du Bastion, dit Doug. Je sais comment Carpentier a été empoisonné. Une injection au niveau de la main. Et le poison était un neurotoxique inconnu, sans doute réalisé à base de venin de serpent. Assez complexe à faire, mais réalisable avec quelques bonnes notions de chimie.

Tous deux lancèrent un regard dérobé vers Nicole Chastang, l'ancienne prof de sciences qui s'était postée derrière le bar improvisé pour servir les jus d'orange.

— Et en combien de temps ce poison fait-il effet ? poursuivit Kristi.

— Trente à quarante-cinq minutes maximum !

— C'est votre ami qui vous l'a dit ?

Doug hocha gravement la tête.

— Il ressemble étrangement à celui utilisé dans mon roman, à base de venin de boomslang. Le mode d'administration est également identique.

— C'est quoi, un boom… machin ? questionna Kristi.

Doug le lui expliqua. Il était extrêmement contrarié :

— C'est à devenir fou. Quelqu'un s'est inspiré d'*Un éclat de rire dans la gorge* pour tuer Carpentier.

Ils regardèrent les membres de l'atelier. Et si le meurtrier se trouvait là, devant eux, en train de déguster tranquillement une orangeade ?

Les lèvres de Kristi s'étirèrent en un mince filet.

— Doug, je crois que vous n'allez pas tarder à revoir votre copain, le lieutenant Dangelo.

— Je le pense aussi ! J'ai l'impression que ma situation ne va pas aller en s'améliorant. Il va falloir que j'enquête moi-même. Je n'ai pas vraiment confiance dans la police française.

— D'abord, Dangelo n'est pas policier, mais gendarme !

— Ça change quelque chose ? se plaignit Doug.

Kristi ne répondit pas directement à la question. Elle demanda :

— Admettons, comment voulez-vous procéder ?

— Il faut établir l'emploi du temps exact de Carpentier. Je l'ai personnellement vu arriver à huit heures cinquante-cinq. Il s'est effondré à neuf heures seize, soit vingt et une minutes plus tard.

— Donc il a pu être empoisonné ici…

— Ou sur le trajet, poursuivit Doug. Je sais qu'il garait toujours sa voiture sur le parking de l'espace associatif. Il faut environ cinq minutes pour venir jusqu'ici.

— On en est à vingt-six minutes. Si on compte deux ou trois minutes pour garer son véhicule, prendre ses affaires dans la malle, on peut être certains que le venin a été inoculé soit ici, soit sur le trajet depuis le parking.

Doug confirma :

— Oui, je pense, car même en admettant que l'estimation du légiste concernant la rapidité d'action du poison soit légèrement erronée, il fallait à Carpentier environ vingt minutes pour venir de chez lui en voiture.

— Si l'empoisonnement a eu lieu ici, cela voudrait dire que le poison était sur un objet qu'il a été le seul à manipuler. Essayez de réfléchir, Doug, vous avez bien dû remarquer quelque chose.

L'écrivain secoua la tête.

— Non, désolé, si j'avais su qu'il allait mourir j'aurais fait plus attention. Je trouve que j'ai été extrêmement précis, jusque-là. De toute manière, comme la crise cardiaque paraissait évidente, la police n'a pas réalisé de saisie et l'assassin aura eu le temps de faire disparaître toute trace du toxique.

— C'est fâcheux, admit Kristi. À moins qu'il n'ait pas été empoisonné ici, mais sur le trajet entre le parking et le parc Gautier, comme vous le disiez.

— Ça ne nous laisse qu'une fourchette de dix minutes. Mais cela innocenterait Sandrine, parce que je suis arrivé avec quinze minutes d'avance et qu'elle était déjà là à préparer la séance.

— Et les autres ?

— Camille et M. Dreyfus étaient déjà là. Nicole est arrivée cinq minutes avant Carpentier. Et puis de toute manière, concernant Sandrine, se faire éconduire est un peu léger comme motif de meurtre.

Kristi le regarda en fronçant les sourcils.

— On voit que vous ne connaissez pas les femmes, Doug.

L'écrivain eut un sursaut d'indignation :

— Qu'est-ce que vous sous-entendez encore par là ?

— Rien ! Mais vous avez peut-être raison de vouloir éliminer Sandrine de la liste des suspects. Elle avait l'air vraiment affectée lorsque je lui ai parlé de Carpentier. Et je ne crois pas qu'il s'agisse d'une prestation d'actrice. En attendant, je dois lui parler car elle le connaissait parfaitement et je veux à tout prix savoir pourquoi il m'a couchée sur son testament.

12

Le téléphone de Kristi sonna et vibra en même temps sur la table du salon vers vingt-trois heures. Elle mit en pause le film qu'elle regardait, *La Leçon de piano*, et s'empara de l'appareil sur lequel le nom de Doug s'affichait.

— Bonsoir Doug, des insomnies ?

— Pas du tout. Je voulais vous dire que mon ami avait adoré votre travail sur la petite commode.

— Vous m'en voyez ravie !

— Il aimerait passer demain en début de matinée voir votre boutique. Je ne sais pas si je vous l'ai dit, mais il est photographe pour un magazine anglais de déco et d'ameublement.

— Non, vous ne me l'aviez pas dit.

— Ah, eh bien, c'est fait à présent ! Je lui ai raconté comme votre commerce est adorable et il souhaiterait y jeter un coup d'œil pour faire éventuellement un article.

— Mais oui, ce serait génial !

— Enfin, si je vous dis cela, c'est aussi parce que je me proposais de l'accompagner et de vous apporter des croissants. Et c'est là que je me suis souvenu d'un détail. Le jour du meurtre, Carpentier mangeait un croissant lorsqu'il est arrivé au parc Gautier. Il avait donc dû s'arrêter dans une boulangerie pour l'acheter. Si nous pouvions trouver laquelle, cela nous permettrait de retracer une partie de son parcours.

— C'est une excellente idée, approuva Kristi. Nous nous en occuperons dès demain.

— Je dois vous laisser à présent, nous recevons quelques amis. Ah et au fait, Monsieur Stephen King m'a demandé de vous souhaiter une bonne nuit.

Kristi esquissa un sourire que Doug devina à l'autre bout du fil.

— Eh bien, je lui souhaite également une très agréable nuit et à vous deux aussi.

Elle raccrocha, mais garda un long moment le téléphone en main. L'horloge de l'appareil indiquait vingt-trois heures cinq. La conversation n'avait duré que quelques minutes.

Elle fit un rapide calcul. Il était dix-huit heures à New York.

Elle composa un numéro outre-Atlantique. Au bout de quelques sonneries, on décrocha :

— Hello ma chérie, comment vas-tu ?

— Bonsoir Papa.

Le père et la fille avaient pris l'habitude de se parler en français.

— Comment va le pays de tes ancêtres ? demanda l'homme à l'autre bout du fil.

— Très bien. En plus cette ville est magnifique, un enchantement.

— Je suis content qu'elle te plaise. Je n'y suis pas retourné depuis plus de cinquante ans. J'étais un jeune homme à l'époque, je ne connaissais même pas encore ta mère. Nous avions fait un échange interpolices et j'avais été choisi pour étudier les méthodes d'investigation françaises, à Paris et à Marseille. J'avais fait un détour par le village de nos ancêtres pour voir si je pouvais retrouver des membres de la famille. Ah ma chérie, les petites Françaises étaient folles des Américains à cette époque…

— Papa, je t'en prie, le coupa Kristi en riant. Tu m'as déjà raconté tout ça au moins un millier de fois.

— Bon d'accord, je suis un radoteur. Alors, donne-moi de tes nouvelles. Ta boutique marche bien ?

— Pas trop mal. L'Isle-sur-la-Sorgue est une ville vraiment très commerçante. En plus, tu n'imagines pas le nombre de gens célèbres qui vivent ici. Figure-toi que j'ai sympathisé avec Doug Alexander.

— L'écrivain anglais ? C'est bien ma chérie. Tu lui as dit qui tu étais ?

— Non, on n'a pas parlé de ça.

— Il ne sait donc pas que c'est ta mère qui édite ses livres, ici aux États-Unis ?

— Ce n'est pas venu sur le tapis et je ne crois pas qu'il ait fait le rapprochement.

Le père de Kristi marqua une légère pause.

— Il paraît que c'est un type séduisant, n'est-ce pas ?

— Certainement. Mais je te vois venir, Papa. Ne te fais surtout pas d'idées.

— Il serait temps que tu te remettes sur le marché, ma puce.

— Ne nous engageons pas sur cette voie, ça va encore mal finir. Je t'appelais pour autre chose !

L'homme prit une voix déçue :

— Ah, je pensais que c'était pour prendre des nouvelles de ton vieux papa.

— Il y a eu un meurtre, ici. Un agent immobilier.

On sentit une tension naître à l'autre bout du fil.

— Tu n'es pas en danger, j'espère ?

Kristi tenta de le rassurer :

— Non, non, ne t'inquiète pas, mais il s'est passé quelque chose d'étrange.

Elle lui raconta toute l'histoire en détail, sans omettre la partie concernant le testament de l'agent immobilier.

— En effet, c'est vraiment curieux, admit l'ancien flic new-yorkais.

— Tu es sûr que tu n'avais jamais entendu parler de lui, Papa ?

— Mais oui, je te l'ai dit. Je ne suis passé dans cette ville qu'une seule fois dans ma vie. C'était en août 1966, pour y rencontrer une descendante des Monier.

Kristi se souvint qu'il lui avait effectivement parlé de cette rencontre dans sa jeunesse.

— Tu te rappelles son nom ?

— Bien sûr ! Je radote peut-être, mais je ne suis pas sénile ! Elle se nommait Alexandrine Fage et elle habitait une vieille maison de campagne dans un petit village pas très loin de L'Isle-sur-la-Sorgue. Je crois que c'était Lignes ou un truc dans le genre.

— Lagnes ! s'exclama Kristi. Mais c'est justement dans ce village que se trouve la maison que Carpentier m'a léguée.

— C'est très étrange en effet, admit Bob Monier. Ce serait curieux qu'il s'agisse de la maison d'Alexandrine. Je vais t'envoyer l'adresse par texto, je dois encore l'avoir quelque part. Tu t'es vraiment fourrée dans une drôle d'affaire.

Kristi le trouva gonflé. Elle protesta :

— Mais je n'y suis absolument pour rien ! Il n'y a aucun lien entre lui et moi. Ce matin, j'ai longuement discuté avec celle qui le connaissait certainement le mieux en ville, mais impossible de nous découvrir le moindre point commun.

— Les flics locaux finiront bien par résoudre l'affaire, ma chérie. Laisse-les faire. De toute manière, tu n'as rien à te reprocher.

Ils papotèrent encore un moment. Elle avait toujours eu des relations privilégiées avec son père, Bob. Avec sa mère ce n'était pas aussi simple.

— Maman est avec toi ? demanda-t-elle tout de même.

Il y eut un silence gêné à l'autre bout du fil.

— Elle s'est absentée quelques jours… pour aller voir Abi et son petit-fils.

Kristi aurait voulu répondre quelque chose, mais la colère l'étouffait. Elle tenta de se calmer et parvint à articuler :

— Et ce salopard de Vince !

Le vieil homme soupira dans le combiné du téléphone.

— Tu ne leur pardonneras jamais, n'est-ce pas ?

— Tu ne crois pas si bien dire !

Elle savait que son père leur en voulait beaucoup aussi. D'ailleurs, lorsque la situation avait été dévoilée au grand jour, lui et Vince s'étaient battus. Disons plutôt que Bob, son père, encore vert pour son âge, avait corrigé ce saligaud.

Finalement, elle raccrocha et se mit à pleurer devant l'image figée du film sur l'écran plat.

13

Linda était aux anges. Doug et son ami Philippe étaient arrivés dès l'ouverture, à neuf heures trente précises. Depuis, le photographe, qui avait une dizaine d'années de moins que Doug, ne cessait de mitrailler la boutique sous tous les angles.

Kristi, qui n'était pas franchement emballée par l'idée de poser devant l'objectif, avait délégué cette tâche à son employée préférée – et d'ailleurs la seule – qui s'acquittait à merveille de ce rôle.

Philippe était un type drôle qui savait mettre les gens en confiance. De longs cheveux noirs un peu fous lui tombant sur les épaules, un visage fin, de grands yeux noirs et un accent italien à faire fondre, il avait quelque chose du mannequin pour parfums de chez Dior.

Mais voilà, c'était l'ami de Doug, donc, pas touche.

Pendant que le photographe immortalisait la boutique, Kristi et Doug avaient pris place en terrasse et dégustaient un café, accompagné des viennoiseries promises par l'écrivain à succès.

— Alors, demanda l'Américaine. Avez-vous pu savoir d'où venait Carpentier, le jour du drame ?

Doug prit une bouchée de croissant :

— Il s'est fait servir tout près d'ici, dans la boulangerie de la rue Carnot. La patronne m'a dit qu'il paraissait en forme. Elle n'a rien remarqué de particulier.

— Il était garé sur le parking de l'espace associatif, souligna Kristi. Vous croyez qu'il aurait pu être empoisonné sur le trajet ?

Doug haussa les épaules :

— Je n'en sais rien. Il faudrait pouvoir consulter les caméras de la police municipale.

— Le hic, c'est que nous ne sommes pas flics et qu'il ne s'agit pas de l'un de vos romans ici. Jamais nous n'aurons accès aux images de vidéosurveillance.

— De toute manière, les gendarmes y ont certainement pensé. La boulangère m'a dit que le lieutenant Dangelo était déjà passé demander si Carpentier avait un comportement normal ce jour-là. C'est donc qu'ils ont fait les mêmes déductions que nous.

Kristi avala un peu de café et ferma les yeux, comme si cela l'aidait à réfléchir.

— Donc si je fais le compte, Carpentier est mort à neuf heures seize, il lui a fallu cinq minutes pour aller de la boulangerie au parc Gautier, cinq minutes encore pour venir du parking à la boulangerie. Nous en sommes donc à…

— Vingt-six minutes, compléta Doug.

— Donc, il n'y a bien que trois lieux où il a pu être empoisonné : le parking, le trajet et le parc Gautier.

— D'autant que si le poison fait effet en quarante-cinq minutes maximum, son action peut également être beaucoup plus rapide, en fonction de l'organisme de la victime. Ce n'est qu'une estimation.

Kristi grimaça :

— Il a donc pu être empoisonné par un membre de l'atelier de rigologie ! Retour à la case départ. Du coup, Sandrine redevient suspecte. Pourtant, je ne crois pas que ce soit elle. Elle avait l'air réellement affectée.

— On peut être affecté par la mort d'une personne que l'on a assassinée, précisa Doug, en spécialiste du crime.

— Si elle était amoureuse de Carpentier depuis des années et si celui-ci n'a jamais répondu à ses attentes, pourquoi serait-elle passée à l'action maintenant ? Parce qu'il l'a humiliée une fois de trop ?

Doug préféra ne pas insister. Il avait bien compris qu'il ne ferait pas changer l'Américaine d'avis.

— Soit, dit-il. Écartons-la temporairement. Il nous reste donc M. Dreyfus, qui *a priori* n'avait aucun lien avec Carpentier, Camille, la jeune maîtresse qui, elle, pouvait avoir un mobile sérieux et Nicole Chastang.

— Celle qui, à part vous, aurait eu les connaissances parfaites pour fabriquer ce poison.

Doug ne paraissait pas vraiment convaincu par la culpabilité de la vieille dame.

— Il faudra se renseigner sur elle, poursuivit Kristi, sans tenir compte des doutes de l'écrivain.

Un fracas de vaisselle brisée, provenant de l'intérieur de la boutique, les fit sursauter. Kristi ferma les yeux :

— C'est un lot de vaisselle ancienne que j'ai acheté avant-hier. Il n'a pas résisté à Miss Catastrophe, dit-elle, fataliste.

Vers midi, Philippe et Doug prirent congé des deux femmes. Le photographe promit un reportage pour le mois suivant dans l'édition anglaise de *Elle Décoration*.

Pour Kristi, c'était l'assurance d'augmenter substantiellement le nombre de visites dans son établissement qui, malgré ce qu'elle avait raconté à son père, peinait à décoller.

— Eh bien boss, c'est la notoriété assurée, ton chiffre va exploser, exulta Linda.

— À condition que toi, tu n'aies pas explosé toute la marchandise d'ici là !

Linda fit la moue :

— Je vais faire attention, je te le promets. Pour la vaisselle de tout à l'heure…

— Laisse tomber. De toute manière, elle était moche, je l'avais récupérée chez Mme Machin.

— La sorcière ! s'exclama Linda en prenant un air dégoûté.

Lilou arriva à ce moment-là. Elle embrassa Kristi et sa mère.

— Et si on allait manger une pizza entre filles ? proposa l'adolescente.

— Sans moi les amies, s'excusa Kristi. J'ai quelque chose à faire. D'ailleurs Linda, cet après-midi, tu ouvriras le magasin.

— Ne me dis pas que tu déjeunes avec un prétendant, la taquina Linda.

Kristi leva les yeux au ciel en guise de réponse. Elle ferma la boutique derrière son employée et monta à l'étage pour se changer.

14

Vers quatorze heures, Kristi gara la petite Peugeot 205 que lui avait prêtée Linda sur la place de la mairie de Lagnes.

Il faudrait qu'elle pense rapidement à s'acheter un véhicule et de préférence un utilitaire afin de pouvoir faire ses livraisons et se déplacer dans la région.

La mairie était un grand bâtiment tout blanc accessible par une série de marches en marbre et par une rampe pour les fauteuils roulants. L'édifice républicain était surmonté du traditionnel drapeau tricolore que pas un souffle d'air ne venait agiter. Un peu plus loin, à l'ombre de platanes séculaires, se dressait un monument aux morts représentant un colosse brisant une chaîne sur un fond de carte de France.

À gauche de la mairie se trouvait l'école communale, avec sa cour décorée de marelles et d'autres jeux d'enfants dessinés à la craie sur le goudron noir. À cette heure-là, les petits écoliers devaient sagement écouter leur maître ou leur maîtresse donner leur cours de français ou d'histoire-géographie, en somnolant après le repas pris à la cantine.

Toutes ces images rendaient Kristi un peu nostalgique de sa propre enfance.

Tout en haut du village, on apercevait la silhouette protectrice d'un ancien château médiéval dont les murailles dominaient le paysage. Les rues étaient désertes.

Kristi inspira profondément. La température de l'air était agréable et une subtile odeur de pin, mêlée à celle de l'herbe sèche, flottait dans l'atmosphère.

Elle consulta son smartphone pour y lire l'adresse d'Alexandrine Fage que lui avait envoyée son père la veille au soir. Qu'espérait-elle en venant ici ? Elle ne le savait pas vraiment. Peut-être retrouver les traces d'une vieille ancêtre ou, tout simplement, voir les lieux que Bob avait visités presque soixante ans plus tôt et, pourquoi pas, trouver des réponses à ce mystérieux don fait par l'agent immobilier assassiné. Mais ça, c'était moins certain.

Alexandrine était morte depuis plusieurs années, cela ne faisait aucun doute, car elle aurait près de cent ans aujourd'hui et la maison avait probablement de nouveaux propriétaires. Dans les souvenirs de son père, il s'agissait d'une jolie habitation qui ressemblait à un cottage anglais, située juste derrière l'école. On y accédait par un portillon peint en vert, sur lequel se trouvait la tête d'un animal fantastique, en métal repoussé.

Effectivement, elle retrouva assez facilement le lieu décrit par son père. Le portillon était toujours là, mais la couleur verte avait disparu depuis bien longtemps, remplacée par une épaisse couche de rouille.

Kristi s'avança dans une petite allée envahie d'herbes folles et de vernis du Japon. De toute évidence les lieux étaient à l'abandon. Elle parvint devant une grande maison à un étage dont tous les volets, à moitié rongés par l'humidité, étaient clos. Elle remarqua, çà et là dans le jardin, des trous fraîchement creusés. Une sorte d'appentis dont le toit était supporté par de gros piliers en parpaings gris se dressait à gauche de la maison. On devinait, sous cet abri en mauvais état, un fatras d'objets divers probablement entreposés là en attendant d'être jetés.

Kristi s'avança vers l'appentis. Des caisses y étaient entassées ainsi que de vieux outils rouillés, une antique machine à coudre Singer à pédale, une porte et son encadrement, une échelle dont la moitié des barreaux étaient cassés.

Les yeux de la brocanteuse se mirent à briller. Il y avait peut-être là de véritables trésors. Dans un coin, une bâche en grosse toile brune attira son attention. Elle s'approcha et souleva un pan de la toile. Elle faillit laisser échapper un juron en découvrant une Peugeot 301 utilitaire de 1932. Le véhicule était en mauvais état, très attaqué par la rouille, mais il restait magnifique. Elle l'admirait depuis un long moment lorsqu'un bruit l'intrigua. C'était une sorte de gémissement qui provenait de l'intérieur de la maison.

Elle remit la bâche en place et se dirigea vers le bâtiment.

— Il y a quelqu'un ? appela-t-elle.

Pas de réponse. Mais bientôt, les gémissements reprirent de plus belle. Quelqu'un se trouvait dans la maison, c'était certain.

Kristi fit jouer le bec-de-cane de la porte qui résista un peu, à cause de l'oxydation, mais finit par céder.

Elle poussa doucement le lourd panneau de bois qui pivota en grinçant sur ses gonds rouillés.

À l'intérieur, tout était sombre et une forte odeur de poussière et de moisissure vint déranger ses narines.

Elle distingua tout de même un grand escalier central qui conduisait à l'étage ainsi qu'une salle sur sa droite.

— Ohé, il y a quelqu'un ? appela-t-elle de nouveau.

Toujours pas de réponse.

Craignant de tomber sur des squatters, elle allait faire demi-tour lorsqu'un mouvement, dans la pièce du rez-de-chaussée, capta son attention. Elle sortit son téléphone de la poche arrière de son jean et alluma la torche qu'elle braqua dans le noir. Elle eut à peine le temps d'apercevoir deux yeux verts briller dans l'obscurité avant de recevoir un choc en pleine poitrine qui la projeta sur le sol couvert de gravats.

Elle poussa un cri et se roula en boule tandis que son agresseur revenait à la charge.

Le téléphone, qui lui avait échappé des mains, éclairait la scène d'une lumière fantomatique. S'attendant à prendre un mauvais coup, Kristi fut surprise de sentir sur son visage un contact chaud et humide. Il y avait aussi cette odeur qui ne pouvait pas la tromper, une odeur qu'elle reconnut parfaitement.

15

Comprenant que sa vie n'était pas menacée, Kristi roula sur le côté et saisit son téléphone. Elle braqua la torche dans la direction du bulldozer beige qui l'avait envoyée bouler sur le sol.

C'était un labrador. Elle revit immédiatement FBI, son chien mort quelques mois après son divorce : une crise cardiaque, lui avait expliqué Vince dans un simple texto.

— Mais comment est-ce que tu es arrivé là, toi ? demanda-t-elle à l'animal qui l'observait, langue en avant.

Le labrador fit une roulade et vint atterrir sur son ventre.

Elle partit dans un grand éclat de rire.

— Mais arrête idiot, tu vas m'étouffer.

Le chien cabriola de plus belle. Finalement, elle réussit à se relever et à calmer l'animal qui avait une attitude vraiment étrange, un peu comme s'il était ivre.

Kristi épousseta son jean et caressa la tête du chien qui paraissait à présent totalement amorphe. C'était vraiment bizarre. Il la suivit docilement lorsqu'elle se dirigea vers la pièce à droite. C'était une cuisine assez haute de plafond, comme cela se faisait au XIXe siècle dans les maisons bourgeoises. La hauteur sous plafond était, à cette époque, un signe de notabilité.

À l'opposé de la porte trônait un énorme fourneau à charbon en émail blanc ainsi que de nombreux ustensiles en cuivre recouverts de vert-de-gris, toujours accrochés aux murs.

Elle balaya l'intérieur de la cuisine du faisceau de sa torche, allumant une myriade de petits points lumineux ressemblant à des lucioles tourbillonnantes, dus à la réflexion sur les particules de poussière.

Elle sentit le chien la pousser de sa truffe.

— Allons, il n'y a rien là-dedans, tu vois bien, dit-elle à haute voix.

Elle revint vers le hall d'entrée. Au fond, tout à côté de la cage d'escalier, se trouvait une porte fermée qu'elle n'avait pas remarquée jusque-là. Elle l'ouvrit et se retrouva dans un vaste salon dont le sol était recouvert de tommettes rouges.

Là encore, les meubles étaient toujours en place, protégés par des draps sur lesquels s'était accumulée une épaisse couche de poussière. Au plafond pendait un lustre en fer à cinq branches.

Kristi ne résista pas à l'envie d'appuyer sur le vieil interrupteur. À sa grande surprise, les ampoules encore intactes se mirent à briller d'une lueur jaune sale. L'électricité n'avait pas été coupée, c'était très étrange.

Une chose encore frappa l'Américaine : un peu partout dans les murs on notait des trous assez récents. Probablement des gamins qui venaient s'amuser la nuit à jouer les destructeurs.

Sur un imposant buffet bas, dont l'un des pieds avait cédé sous l'assaut des vers et qui se trouvait à présent dans une position inclinée, étaient exposés des cadres contenant des photos d'une autre époque.

Kristi les balaya les uns après les autres du faisceau de sa lampe. On y voyait souvent la même femme, peut-être Alexandrine Fage, à plusieurs stades de sa vie. La collection démarrait avec le portrait d'une fillette de trois ou quatre ans debout sur un banc, en petite robe blanche et gros nœud dans les cheveux, se poursuivait par une photo en communiante, puis par une cérémonie de mariage. Le visage changeait, mais d'un cliché à l'autre, le regard restait parfaitement identifiable. C'était un regard franc, clair et honnête.

Ensuite, la transformation était moins rapide et les photos, toujours en noir et blanc, devenaient une galerie de portraits de famille et d'amis.

Soudain, un visage, sur le papier glacé, attira son attention. Elle prit le cliché et l'approcha de ses yeux, un peu à la manière d'une myope, bien que sa vue soit encore excellente. Bon, quelques degrés de presbytie, tout de même, mais elle résistait au port de lunettes. Elle n'était pas prête à franchir le pas.

Il n'y avait pas de doute. Ce visage, entre Alexandrine et une jeune fille d'une vingtaine d'années, ce beau visage carré de séducteur, c'était celui de Bob, son père ! Un peu désorientée, elle reposa la photo. Bob lui avait bien dit qu'il avait rencontré Alexandrine Fage, mais l'attitude qu'il affichait n'était pas vraiment celle d'un visiteur d'un jour. Il tenait en effet la jeune fille par la taille.

Elle hésita quelques instants puis céda finalement à la tentation. Elle défit le cadre et en retira le cliché qu'elle glissa dans la poche de son jean. Après tout, ce n'était pas vraiment du vol, puisqu'Alexandrine était une parente et qu'il s'agissait d'une photo de famille.

Le chien qui ne l'avait pas quittée d'une semelle se mit soudain à grogner. Un bruit dans l'entrée la fit sursauter. Quelqu'un venait de pénétrer dans la maison.

— Qu'est-ce que vous faites là ? C'est une propriété privée ici !

La voix sembla familière à Kristi. Elle s'avança vers la porte dans l'encadrement de laquelle se tenait, à contre-jour, la silhouette un peu empâtée d'une femme probablement âgée.

— Kristi, Kristi Monier ! Mais c'est bien vous ?

Kristi reconnut Nicole Chastang.

— Nicole ? Mais je pourrais vous retourner la question.

— Eh bien j'habite juste à côté, la maison voisine. Comme il y a parfois des jeunes qui viennent ici s'amuser et que les lieux peuvent être dangereux, je surveille pour éviter les accidents.

— Quelle incroyable coïncidence ! Vous connaissiez donc Alexandrine Fage.

— Bien sûr. J'étais même là lorsqu'elle est morte, il y a sept ans. C'est moi qui ai appelé les pompiers. Mais ça ne me dit toujours pas ce que vous faites ici !

Cette dernière lui expliqua qu'Alexandrine était l'une de ses lointaines ancêtres et qu'elle avait voulu voir l'endroit où elle habitait.

— Ça alors, c'est vraiment incroyable comme le monde est petit ! s'exclama la vieille prof.

— Ça a dû être une belle maison, poursuivit Kristi en la suivant à l'extérieur.

Nicole aperçut le labrador à cet instant.

— Ah, te voilà, toi. Je me demandais où tu étais passé, dit-elle.

— C'est le vôtre ?

— Non, je pense qu'il est abandonné. Il traîne ici depuis plusieurs jours. Les voisins et moi, nous lui donnons à boire et à manger en attendant que la SPA se décide à envoyer quelqu'un pour le capturer.

Le chien se mit à gémir, comme s'il avait compris le sort qu'on lui réservait. Il se cala contre la cuisse de Kristi qui lui tapota le sommet du crâne.

— Pauvre bête, dit-elle. Je trouve qu'il a un comportement étrange. Comment s'est-il retrouvé piégé à l'intérieur ?

Nicole Chastang examina plus attentivement le chien dont le regard paraissait éteint.

— C'est curieux, il n'est pas comme ça, d'habitude. C'est ce coquin qui a creusé tous les trous dans le jardin. La porte d'entrée ne ferme pas bien. Il a dû vouloir se mettre à l'abri et le battant aura claqué avec le courant d'air. Ça arrive tout le temps. Pour en revenir à la maison, oui ça a été une très belle demeure. Mais depuis qu'Alexandrine est morte, elle est totalement à l'abandon.

— Elle n'avait pas d'héritiers ?

— Un seul, Stéphane Carpentier. Il venait d'ailleurs parfois y faire des cochonneries avec ses maîtresses. Il fallait avoir envie de faire ça là-dedans.

Kristi paraissait bouleversée :

— Vous voulez dire que Stéphane Carpentier était parent avec Alexandrine Fage ?

L'ancienne prof de chimie hocha la tête :

— C'était son petit-neveu.

Ainsi, Stéphane Carpentier et Kristi avaient un lien de parenté.

Cela n'expliquait toutefois pas le legs de la maison, ni s'il s'agissait bien de celle-ci d'ailleurs, même si l'Américaine en était à présent persuadée.

— Savez-vous pourquoi il a laissé ainsi dépérir cette maison ? C'est tout de même curieux pour un agent immobilier, demanda-t-elle.

Nicole Chastang répondit avec un haussement d'épaules :

— Je n'ai jamais compris. En tout cas, son sbire est déjà venu plusieurs fois prendre des mesures. Je sais qu'il est intéressé par le bâtiment, mais pour l'instant, vu les circonstances, la succession est totalement bloquée.

— Et qui est ce sbire dont vous parlez ? questionna-t-elle.

— Vincent Albaron, qui voulez-vous que ce soit ? Ils étaient comme cul et chemise, ces deux-là depuis leur enfance. Toujours à faire de mauvais coups.

Les deux femmes discutèrent encore un moment sous la surveillance attentive du labrador qui, assis sur son arrière-train, ne quittait pas l'Américaine du regard. Son œil était redevenu vif.

— Et si vous veniez prendre un café ou un thé ? proposa soudain Nicole Chastang.

Kristi accepta. Bien sûr, elle était consciente qu'elle allait peut-être pénétrer chez une meurtrière capable de fabriquer les poisons les plus diaboliques. Mais comment ne pas saisir l'occasion d'en apprendre davantage sur Carpentier et de tirer cette affaire au clair ?

16

Pour rejoindre la maison de Nicole Chastang, il fallait traverser le jardin d'Alexandrine, puis passer un portillon vert encastré dans une clôture mitoyenne.

C'était une demeure assez banale, toute de plain-pied avec des volets bleus et une petite terrasse à laquelle on accédait par trois marches en béton. La construction était posée au milieu d'un joli terrain arboré d'oliviers et de quelques arbres fruitiers.

Nicole Chastang invita Kristi à entrer. Le chien se coucha sagement devant la porte. La décoration intérieure était à l'image de la propriétaire des lieux, sans véritable relief : quelques cadres aux murs avec des reproductions bon marché d'œuvres postmodernes, des meubles Ikea couleur chêne clair et une horrible lampe de salon en porcelaine, en forme de spirale terminée par une boule en albâtre. Contre l'une des cloisons se trouvait une bibliothèque du même fournisseur suédois que le reste du mobilier. Il y avait aussi une pendule vintage vantant une marque de café qui n'existait certainement plus.

— J'ai un excellent thé indien. Ça vous tente ? demanda Nicole Chastang.

— Va pour un thé indien !

Elle disparut quelques instants dans la cuisine. Kristi en profita pour faire le tour du salon.

Nicole Chastang revint quelques minutes plus tard en portant un plateau avec une théière, deux tasses et un sucrier.

— Alors, avez-vous apprécié notre petit club ? questionna Nicole Chastang en versant le liquide ambré dans les tasses.

Une délicieuse odeur se répandit dans le salon.

— Je dois dire que c'est très agréable. Je ne connaissais pas le concept.

— J'ai appris que Stéphane Carpentier vous a fait un legs, dit de but en blanc l'ancienne prof de chimie.

Elle était donc au courant ! Kristi la détailla un instant par-dessus sa tasse. C'était une petite bonne femme sèche aux cheveux abîmés par une teinture rousse bon marché qui tirait un peu trop sur le rouge. Elle l'imaginait parfaitement derrière un bureau professoral à mélanger des fioles colorées et à provoquer de mini-explosions à base d'hydrogène, qui arrachaient des cris de surprise aux gamins.

Décidément, L'Isle-sur-la-Sorgue, malgré ses airs de grand centre touristique, restait un village où les nouvelles circulaient plus vite qu'à la télévision.

— Je ne sais toujours pas pourquoi il a fait ça, dit-elle en plongeant son regard dans celui de Nicole Chastang.

— C'est étrange, car ce n'était vraiment pas un philanthrope. Savez-vous ce qu'il vous lègue ?

Kristi fit non de la tête. Elle préférait garder l'information confidentielle pour l'instant. Elle poursuivit :

— J'imagine que la police vous a interrogée ?

— Oh oui ! J'ai eu la visite du lieutenant Dangelo parce qu'il paraît que le poison qui a tué Carpentier demandait certaines connaissances techniques ; connaissances que je possède évidemment, en tant qu'ancienne professeure de chimie. Sauf que moi, je n'ai aucun mobile, contrairement à pas mal d'autres.

Kristi reposa sa tasse dans le plateau devant elle. Elle se pencha pour montrer son intérêt.

— Ah bon, mais de qui parlez-vous ?

Nicole Chastang prit des airs de conspiratrice :

— Sandrine Laurent par exemple. Quelques jours avant le drame, Carpentier l'a humiliée devant tout le monde. Elle avait tenté… un rapprochement physique, si vous voyez ce que je veux dire, et ce goujat lui a dit qu'il préférait coucher avec grenouille. Parce qu'au moins, il aurait eu une chance qu'elle se transforme en princesse.

Kristi, qui avait eu vent de l'incident par M. Dreyfus, entra dans son jeu. Elle lui lança un regard horrifié.

— Quel salopard ! Et il a continué à fréquenter son atelier ?

— Uniquement pour l'humilier et la mettre mal à l'aise. Ce type-là avait le vice dans le sang, vous pouvez me croire. Moi, à sa place, je l'aurais tué… Enfin, pas *stricto sensu* bien sûr, balbutia-t-elle en prenant conscience de ce qu'elle venait de dire.

Kristi lui sourit.

— Moi, je crois que, *stricto sensu*, je lui aurais arraché ses attributs masculins.

Les deux femmes se mirent à rire.

— Mais vous avez précisé que plusieurs personnes pouvaient avoir des mobiles, poursuivit Kristi.

— Eh bien il y avait également l'écrivain anglais, on sentait une tension entre eux, et puis Camille Leblond. Tout le monde savait que Carpentier couchait avec elle, mais ce n'était plus ça depuis quelques jours. Je pense qu'il avait une nouvelle conquête.

— Vous avez une idée de qui ça pourrait être ?

Nicole Chastang secoua la tête. Kristi fit la moue. Bien sûr, la maîtresse délaissée, la jalousie, c'était bien comme mobile, mais elle ne voyait pas cette petite grue préparer un meurtre aussi sophistiqué. Même si le poison était souvent considéré comme une arme de femme, si elle avait dû tuer Carpentier, elle l'aurait probablement poignardé ou bien elle lui aurait fracassé le crâne dans un accès de rage.

Mais Kristi était convaincue que le lieutenant Dangelo finirait par trouver la réponse. Son problème à elle restait de comprendre pourquoi l'agent immobilier lui avait laissé cette maison qui, elle en était à présent persuadée, était la demeure voisine, celle d'Alexandrine Fage. Elle le sentait au fond d'elle.

Il fallait qu'elle sache, car dans quelques jours elle était convoquée chez le notaire pour régler les détails de cette succession qu'elle n'était pas sûre d'accepter. Un vague lien familial ne pouvait pas tout expliquer. Et puis, comment aurait-il su ? Il y avait forcément autre chose.

— Et sur Carpentier lui-même, que pouvez-vous me dire ? questionna-t-elle.

— Il est né au sein d'un ménage relativement modeste, son beau-père était mécanicien, sa mère, femme au foyer.

— Son beau-père ? s'étonna Kristi.

— Oui, Huguette, sa mère, était déjà enceinte lorsqu'elle l'a connu. On n'a jamais su qui était réellement le père. Stéphane a commencé à vendre des maisons très tôt. C'était un bosseur. Il a monté son agence à vingt-cinq ans et, comme il n'était pas très regardant, il a vite gagné pas mal d'argent. C'est à ce moment-là qu'il a rencontré sa femme.

— Est-ce qu'ils ont eu des enfants ?

— Non.

— Et ses parents ?

Nicole Chastang écarta les bras :

— Il n'y a pas grand-chose à dire. Son beau-père est mort il y a une dizaine d'années d'une crise cardiaque et sa mère est décédée il y a trois mois d'une longue maladie, comme on dit.

— Pas d'autre famille ?

— Personne ! Mais celle qui pourrait vous en parler le mieux, c'est sans doute Mme Machin. Elle a été sa nounou lorsqu'il était enfant.

Kristi fit la grimace. Elle détestait cette horrible bonne femme pleine de méchanceté. Mais elle devait justement retourner la voir pour expertiser quelques meubles.

Elle se leva et allait prendre congé de Nicole Chastang lorsqu'elle remarqua, dans la bibliothèque, plusieurs livres de Doug. Elle s'approcha et tira *Un éclat de rire dans la gorge*.

— Vous êtes une fan ?

Nicole Chastang hocha la tête.

— C'est un excellent auteur et en plus un Islois d'adoption. C'est toujours étrange de lire les récits d'un écrivain que l'on connaît.

— Pas moins étrange que la correspondance du crime avec celui de son bouquin, vous ne trouvez pas ?

— Une histoire de fou, en effet. Mais je vous assure que si j'avais voulu assassiner ce sale individu, je n'aurais pas été stupide au point de m'inspirer d'un roman, aussi documenté soit-il.

Cette fois, Kristi prit réellement congé. Nicole Chastang la raccompagna sur la terrasse. L'Américaine se dirigea vers la place de la mairie pour récupérer sa voiture. Elle se pencha pour glisser la clé dans la serrure, lorsqu'elle sentit un contact mou contre ses fesses. Elle poussa un petit cri et se retourna vivement.

Le labrador, assis sur son postérieur, la contemplait comme s'il attendait quelque chose d'elle. C'était lui qui l'avait pelotée de sa truffe.

— Non, mais dis donc, espèce de pervers. Allez, file ! lança-t-elle.

Pour toute réponse, le regard de l'animal s'attrista encore un peu.

— Non, désolée mon vieux, je ne peux rien pour toi, dit-elle plus doucement.

Elle monta dans la voiture, mit le contact et démarra. Dans le rétroviseur, elle vit le chien qui repartait la tête basse vers le jardin d'Alexandrine où il avait élu domicile.

Kristi inspira profondément comme à chaque fois qu'elle s'apprêtait à faire une bêtise en toute conscience. Elle enclencha la marche arrière et recula au niveau de l'animal.

— Allez, grimpe ! dit-elle en ouvrant la portière. Mais je te préviens que c'est en attendant de te trouver un maître. Il n'est pas question que je te garde avec moi, j'ai d'autres chats à fouetter, comme on dit ici.

Le chien ne se fit pas prier. Il monta d'un bond dans la voiture, écrasant au passage les cuisses de Kristi.

17

— Mais qu'il est chou ! s'exclama Linda en voyant Kristi entrer suivie du chien. Où est-ce que tu l'as kidnappé ?

l'Américaine interrompit son employée d'un geste impatient :

— Il ne reste pas. Je l'ai juste recueilli le temps de lui trouver une famille d'accueil, afin qu'il ne finisse pas à la fourrière.

— Quel dommage ! Il aurait fait un merveilleux compagnon pour tes soirées de vieille fille. Enfin, à condition de lui donner un peu d'éducation, dit Linda en désignant le chien qui venait de lever la patte contre une jolie chaise cannelée tout juste restaurée.

Le visage de Kristi s'empourpra. C'était sûr, ces deux-là allaient parfaitement s'entendre pour lui compliquer la vie.

Un peu avant dix-huit heures, elle se rendit chez Mme Machin. La vieille dame n'habitait pas très loin de la boutique. Gilberte Machin vivait dans une maison individuelle construite dans les années 1950, sur le cours Émile-Zola. Kristi sonna. La porte s'ouvrit quelques secondes plus tard sur une femme qui accusait bien soixante-dix ans. Petites lunettes rondes, bajoues de boxer et chevelure blonde de chez L'Oréal…

C'était le type même de la mégère dans toute sa splendeur. Durant quarante ans, elle avait été femme de ménage au collège Jean-Bouin où elle s'était forgé une solide réputation de délatrice parmi les élèves. Elle agrémentait également ses fins de moins en faisant du baby-sitting pour les Carpentier seniors, les seuls à avoir bien voulu lui confier leur gamin.

— Ah, enfin vous voilà, madame Granger.

Kristi avait eu la mauvaise idée de lui dire qu'elle n'aimait pas qu'on l'appelle ainsi et, bien sûr, la méchante se faisait un plaisir de lui servir son nom d'ex-femme mariée à chacune de leurs rencontres.

— Quand on donne une heure, on s'y tient.

Kristi consulta la petite montre qu'elle portait en pendentif. Elle indiquait dix-sept heures précises, mais elle préféra ne pas faire de remarque.

— Alors, madame Machin, où sont ces objets dont vous m'avez parlé ?

La vieille dame lui fit signe de la suivre. Elles traversèrent un salon au mobilier pour le moins hétéroclite. Il y avait là un canapé club à deux places en cuir élimé, quatre chaises Empire – mais on n'aurait su dire lequel – recouvertes de tissu à fleurs bleues, une table basse en marqueterie et un buffet en chêne massif pour compléter cette improbable déco.

Ce qui était étrange, c'était que chaque élément pris séparément était de belle qualité, mais perdait tout son charme une fois assemblé avec un goût épouvantable par Gilberte Machin.

La vieille femme poursuivit son chemin sans se retourner et emprunta un escalier en bois bien lustré.

Kristi dut s'avouer que si Mme Machin avait des goûts à vomir en matière d'agencement intérieur, son appartement était d'une propreté irréprochable. Mais quoi de plus normal pour une ancienne femme de ménage ?

Au premier se trouvaient les chambres. Elles durent grimper un autre étage pour accéder au grenier. Mme Machin décrocha une clé pendue sur le montant de la porte et l'inséra dans la serrure. Mais au moment d'ouvrir, elle se tourna vers Kristi avec des airs de conspiratrice.

— Bien sûr, je compte sur votre discrétion. Je ne voudrais pas me faire cambrioler. Vous comprenez avec toute cette racaille qui nous arrive d'on ne sait où, il faut faire profil bas.

Facho et réac en plus ! pensa Kristi. Mais elle se garda bien d'exprimer ses pensées. À quoi bon ?

La vieille dame poussa la porte.

C'était une vaste pièce qui couvrait approximativement toute la superficie de la maison. Là encore pas de poussière, pas la moindre toile d'araignée et surtout, cette odeur de naphtaline, un produit que plus personne n'utilise de nos jours.

Le grenier était en réalité plus une caverne d'Ali Baba. Quelque chose comme le paradis des antiquaires. Rien que des meubles anciens de valeur. Certains avaient légèrement souffert des assauts du temps, mais avec un peu d'huile de coude et de savoir-faire, ils retrouveraient une seconde jeunesse dans les lofts branchés de New York, de Paris ou même dans les maisons d'artistes du Luberon.

— Mais comment avez-vous eu tout ça ? s'émerveilla Kristi.

— Mon défunt mari était un grand amateur de vieilleries. Il entreposait tout ici.

Ainsi donc il y avait eu un M. Machin. À peine croyable ! Le pauvre ne devait pas être à la fête tous les jours.

Durant près de deux heures, Kristi, carnet et crayon en main, nota scrupuleusement chaque pièce du trésor de la vieille femme qui ne la quittait pas des yeux. Juste au cas où l'Américaine aurait eu l'idée de voler quelque chose.

Soudain, à l'intérieur d'une bibliothèque hollandaise en bois marqueté – une véritable beauté, d'après Kristi –, elle aperçut plusieurs cadres photo très anciens.

Et faillit pousser un cri de surprise en reconnaissant un visage sur l'un des clichés jaunis.

18

Kristi manœuvra la clé qui se trouvait sur la serrure de l'armoire hollandaise et ouvrit les portes vitrées. Parmi les cadres photo déposés en vrac sur l'étagère du haut, elle saisit celui qui contenait le cliché qui avait attiré son attention.

C'était le portrait d'une femme qui tenait un petit enfant dans ses bras. Elle était assise dans une balancelle tapissée d'un tissu à fleurs. C'était la même fille que sur l'épreuve découverte chez Alexandrine Fage, celle que Bob, son père, tenait par la taille.

— Pouvez-vous me dire qui est cette femme ?

Mme Machin chaussa les lunettes de vue qui pendaient à son cou et prit le cliché en main.

— Tiens, je ne m'en souvenais pas de celle-là. C'est Huguette Carpentier, la maman de Stéphane. Et là, c'est lui, dit-elle en posant un doigt sur le papier glacé.

Bob connaissait donc la mère de Stéphane Carpentier, il la connaissait même bien, puisqu'il s'agissait de la même fille qu'il enlaçait sur la photo qui se trouvait dans la poche de son jean. Pourquoi ne lui en avait-il pas parlé, l'autre soir ? Un terrible doute lui vint à l'esprit.

Mme Machin devint soudain suspicieuse :

— Mais pourquoi vous intéressez-vous à tout cela, jeune fille ?

Kristi adorait qu'on l'appelle jeune fille.

— Simple curiosité.

Un peu émue par la découverte de ce nouveau cliché, elle poursuivit toutefois minutieusement l'exploration du grenier, nota soigneusement les pièces qui lui plaisaient et le montant approximatif qu'elle pouvait en offrir. Au moment de quitter la maison de Mme Machin, elle se tourna vers la vieille femme.

— Je vous ferai parvenir une proposition d'achat détaillée pour vos meubles d'ici deux ou trois jours. Ça vous va ?

Gilberte Machin haussa les épaules et esquissa une grimace qui eut pour effet d'accentuer encore plus ses bajoues.

— J'ai tout mon temps, dit-elle en claquant presque la porte.

— À vous également, bonne soirée ! murmura Kristi.

Il était près de vingt heures et Linda devait l'attendre avec impatience pour fermer la boutique. Elle pressa le pas. En quelques minutes, elle fut à La Maison rouge où elle trouva son amie en grande conversation avec le lieutenant Dangelo, toujours énamouré devant sa vendeuse.

Kristi eut elle aussi droit à sa démonstration d'affection, mais de la part du labrador qui se précipita vers elle dès qu'elle entra, en bousculant les meubles au passage.

L'animal se colla contre sa cuisse et mendia une caresse qu'il obtint.

— Madame Monier ! Justement c'est vous que je venais voir ! s'exclama le gendarme.

— Et que puis-je faire pour vous, Lieutenant ?

— Je voulais simplement savoir si vous aviez avancé dans votre enquête.

Kristi, prise au dépourvu, resta bouche bée un instant :

— Mais de quoi parlez-vous ? Je ne mène aucune enquête.

— Ah, on m'aura mal renseigné, alors. J'avais cru comprendre que vous furetiez un peu partout avec votre copain l'écrivain, en posant des questions sur Carpentier.

— Je voulais simplement savoir pourquoi cet homme m'avait incluse dans son testament. Je n'ai rien fait d'illégal.

— Non, je ne pense pas. Et moi aussi j'aimerais bien connaître le fin mot de l'histoire, soyez-en sûre. Donc, j'espère que si vous découvrez quelque chose, je serai le premier averti !

Tandis qu'il parlait à Kristi, le gendarme ne s'était pas aperçu que le chien s'était approché de lui et levait la patte contre son pantalon.

Linda se mordit la lèvre inférieure et mit une main en bâillon devant sa bouche pour ne pas éclater de rire.

— Et en échange, est-ce que je pourrais compter sur vous pour avoir des renseignements sur l'affaire ? questionna Kristi qui avait également remarqué l'indélicatesse de l'animal.

— Dans vos rêves certainement ! Je ne sais pas comment fonctionne la police aux États-Unis, mais je ne suis pas autorisé à dévoiler des infos sur une instruction criminelle en cours.

Un peu vexée, Kristi ne répondit pas. Le gendarme lança un sourire à Linda avant de prendre congé.

Kristi le rappela :

— Une chose tout de même, Lieutenant. Pouvez-vous me confirmer que la maison que m'a léguée Carpentier est bien celle d'Alexandrine Fage, à Lagnes ?

Sans se retourner, Dangelo lui adressa un geste fataliste :

— Vous en savez autant que moi, à présent !

— Pas facile ton chéri, dit Kristi, sur le ton de la plaisanterie lorsque la porte se fut refermée sur Dangelo.

— Ce n'est pas mon chéri ! se défendit un peu mollement Linda, en ouvrant le tiroir-caisse pour faire les comptes de la journée. Et toi, comment s'est passée ta rencontre avec la sorcière ?

Kristi lui raconta par le détail sa visite chez Mme Machin. Elle lui parla également des photos, celle découverte chez Alexandrine et celle de l'armoire hollandaise.

— C'est étrange que ton père ne t'ait pas dit qu'il connaissait la mère de Carpentier.

— Oui, c'est étrange en effet, admit Kristi.

19

Kristi, étendue sur son lit, caressa le sommet du crâne du labrador assis près d'elle, le menton posé sur son ventre.

— Toi, ne prends pas trop tes aises, dit-elle. Dès demain nous imprimerons des affichettes que nous collerons partout en ville pour te trouver une famille d'accueil.

Le chien émit un gémissement de réprobation.

— Oh, ce n'est pas la peine d'essayer de m'attendrir, tu sais. Tiens, passe-moi plutôt le téléphone.

Réalisant le ridicule de sa requête, elle se leva pour récupérer son mobile sur sa commode et se recoucha.

Elle composa le numéro de son père aux États-Unis. L'appareil sonna dans le vide un long moment puis la boîte vocale prit le relais. Elle raccrocha, attendit quelques minutes et pressa la touche de rappel automatique.

Cette fois, Bob répondit presque immédiatement.

— Hello ma chérie, dit-il sur un ton jovial. Deux appels dans la même semaine, mais quel est ce miracle ?

— Bonsoir Papa !

La voix de Kristi était anormalement grave. Bob s'en inquiéta.

— Tu as un problème, ma puce ?

L'Américaine se racla la gorge.

— C'est au sujet de Stéphane Carpentier, j'ai mené une petite enquête…

— Bon sang Kristian !

Bob l'appelait toujours par son prénom complet quand il était en colère contre elle.

— Je t'avais dit de ne pas te mêler de ça. S'il y a un assassin qui traîne dans le coin, laisse les flics locaux s'en occuper. Ils sont tout à fait capables de résoudre ce mystère.

— Non, ne t'inquiète pas, je n'enquête pas sur le crime. Mais j'ai découvert des choses bizarres.

À moitié rassuré, Bob se radoucit.

— Vas-y, je t'écoute.

Elle lui raconta sa visite dans la vieille maison d'Alexandrine Fage. Elle sentit qu'à l'autre bout de la ligne, son père souriait à cette évocation.

— Il faut que je te pose la question, Papa. Durant ton voyage, est-ce que tu as eu des aventures féminines ?

Bob répondit du tac au tac :

— D'abord, je te rappelle que je ne connaissais pas encore ta mère. Ensuite, j'étais un jeune flic dans un programme d'échange. Le souvenir de la guerre était toujours bien présent dans les mémoires et les Américains avaient la cote.

— Ça veut dire oui ?

— Aujourd'hui, on qualifierait plutôt ça de plan cul ! Et je dois te dire que j'avais un excellent contact avec les petites Françaises.

Kristi était parfois époustouflée par le modernisme et l'ouverture d'esprit dont son père pouvait faire preuve.

— Tu as connu une certaine Huguette Carpentier ?

Bob réfléchit un instant.

— Je ne me souviens pas de ce nom.

— Elle s'appelait Fage, à cette époque. C'était la nièce d'Alexandrine que tu étais venu visiter.

— Mais oui, bien sûr ! Huguette, mais ce n'était ni Carpentier, ni Fage. C'était Guillot, si ma mémoire est bonne, c'est pour ça que je n'ai pas fait le lien, mais ça me revient à présent. C'était une jolie brune, très typée Provençale. On a passé une semaine merveilleuse. Elle m'a fait découvrir le village et le petit bois dans la colline…

— Est-ce que tu as eu des relations non protégées avec elle ?

— Allons ma puce, mais pour qui est-ce que tu me prends ? Bien sûr que je me protégeais, j'avais toujours mon 38 spécial avec moi. D'ailleurs elle aimait beaucoup ça, rigola Bob.

— Papa, là je ne plaisante plus. Je crois que si, toi, tu l'as oubliée, elle s'est souvenue longtemps de votre rencontre. Il faut dire qu'elle en a gardé une trace impérissable, si tu vois où je veux en venir.

Le rire de Bob se figea :

— Tu n'es quand même pas en train de me dire que ce Stéphane Carpentier était…

Kristi se remémora le portrait découvert chez Mme Machin et le compara mentalement avec la photo de son père, bébé, qui trônait dans l'album de famille. Elle se souvint aussi de cette impression de déjà-vu l'unique fois où elle avait croisé Carpentier. À présent qu'elle y pensait, il y avait une ressemblance évidente.

— Putain, j'en étais sûre ! Je crois bien que c'était… ton fils et donc mon demi-frère.

Il y eut un long silence à l'autre bout du fil. Bob n'avait plus envie de rire. Lorsqu'il reprit la parole, sa voix était chevrotante :

— Je ne savais pas, ma chérie. Je lui avais laissé mes coordonnées à la PJ de Marseille et même mon adresse à New York, mais elle ne m'a jamais rien dit. Tu m'apprends une drôle de nouvelle dans de drôles de circonstances.

— Et de toute manière tu aurais fait quoi ?

Kristi paraissait fâchée de découvrir que son père était, après tout, comme les autres hommes. Le chien rampa pour tenter de monter sur le lit. Elle le repoussa doucement.

— Je ne sais pas, ma chérie. Honnêtement je n'en ai pas la moindre idée.

Cette nuit-là, Kristi ne trouva le sommeil que vers trois heures du matin. Ce fut la sonnerie de son portable qui la réveilla en sursaut, bien plus tard.

Elle décrocha, encore à demi endormie, et reconnut la voix de Linda :

— Alors, ma vieille, qu'est-ce que tu fous ? Tu as vu l'heure ?

Kristi éloigna un peu le téléphone pour mieux lire les chiffres de l'horloge intégrée à l'écran. Elle écarquilla les yeux en découvrant qu'il était neuf heures trente. La boutique devrait déjà être ouverte.

Elle se leva d'un bond. La veille, elle s'était endormie habillée, ça tombait bien. Elle courut au rez-de-chaussée et déverrouilla la grille de sécurité. Linda l'attendait, les poings sur les hanches et un petit sourire aux lèvres.

— Est-ce qu'il est encore là ? questionna-t-elle.

— Mais de qui est-ce que tu parles ?

— De celui qui t'a mise dans cet état. Non, mais tu as vu ta tête ? File prendre une douche et te brosser les dents, parce que là, c'est pas possible. Je m'occupe de la boutique, dit-elle en se bouchant le nez pour signifier à Kristi qu'elle avait une haleine horrible.

20

La journée s'annonçait plutôt calme. Depuis l'ouverture, seuls deux clients s'étaient présentés et ils n'avaient acheté que des babioles à petit prix. C'était la rude loi du marché. Linda et Kristi s'étaient installées en terrasse pour boire un café en profitant de cette belle matinée.

Le soleil inondait la petite place devant La Maison rouge et d'autres commerçants avaient sorti chaises et tables pour jouir de la relative fraîcheur matinale. Le ciel sans nuages laissait présager une forte poussée du thermomètre.

— Je n'en reviens pas, dit Linda. Stéphane Carpentier était ton demi-frère ! Quelle chance y avait-il pour qu'une telle chose se produise ? Enfin, au moins ça explique un peu la situation. Mais comment a-t-il su qui tu étais ?

Kristi secoua la tête. Elle n'en était pas sûre :

— C'est sans doute sa mère qui le lui aura révélé au moment de mourir, il y a trois mois. Il a dû lui parler de moi et elle aura fait le rapprochement avec la nationalité et le nom de famille. Quand un type venu de l'autre bout du monde te laisse un tel cadeau de départ, en général tu n'oublies pas son nom.

— Je suppose ! acquiesça Linda en terminant sa tasse de café.

Le chien, couché sous la table, bâilla et posa paresseusement sa tête sur les pieds de Linda.

— Il va falloir lui trouver un nom à celui-là, dit-elle.

— On ne va pas le garder suffisamment longtemps. Mieux vaut ne pas s'y habituer, à moins que tu ne veuilles l'adopter ?

Linda rejeta en arrière sa belle chevelure noire.

— Je l'aurais volontiers pris à la maison, mais je crois que c'est de toi que cette bête est amoureuse.

— Alors c'est réglé. J'imprimerai des affichettes cet après-midi et je passerai une annonce sur la page Facebook de la ville pour lui trouver un maître.

— Mais un gentil alors !

Kristi allait répondre que ça allait de soi quand Doug arriva. Il portait un panier à provisions en osier duquel dépassaient une baguette de pain et de beaux poivrons rouges et jaunes.

— Bonjour Mesdames, puis-je m'asseoir à votre table et boire un café ?

Les deux femmes sourirent et l'invitèrent à se joindre à elles.

— Avec sucre ? questionna Linda en se levant pour faire le service.

— Un demi s'il vous plaît et un nuage de lait.

Doug remarqua le chien.

— Mais que vois-je là ? Comment est-ce que tu t'appelles, toi ?

Linda se retourna vers Kristi et lui adressa un geste entendu.

— Il cherche un maître qui lui donnera un nom, rétorqua l'Américaine. Si vous voulez, vous pouvez l'adopter, Doug !

L'écrivain se mit à rire.

— Je ne crois pas que Monsieur Stephen King apprécierait cette nouvelle compagnie.

Il regarda l'animal en penchant la tête sur son épaule gauche.

— Tiens c'est drôle, ce regard… Il me fait penser à un ami écrivain, Harlan Coben.

Un fracas de vaisselle brisée les fit sursauter, lui et Kristi. Seul le chien resta impassiblement allongé. Linda venait de renverser le plateau sur lequel se trouvaient la tasse de café, le sucrier et le pichet de lait destiné à Doug.

— Ne me dites pas que vous êtes également ami avec Harlan Coben, dit-elle.

— C'est un ami de longue date. J'ai passé quinze jours chez lui à l'automne dernier. Vous savez Linda, le monde de l'édition est un petit monde. Si vous cassez de la vaisselle à chaque fois que je cite un auteur de ma connaissance, je n'oserai plus rien dire.

— Promis, je vais faire attention Doug, s'excusa-t-elle en se baissant pour ramasser les débris éparpillés sur le sol.

— D'ailleurs, en parlant de petit monde, vous m'avez fait des cachotteries, reprit l'écrivain en s'adressant à Kristi. Vous avez omis de me dire que vous êtes la fille de Sophia Monier, mon éditrice new-yorkaise. Je dois vous avouer que, malgré la similitude des noms, je n'avais pas fait le rapprochement.

— Ça n'est pas venu sur le tapis, voilà tout.

Linda rapporta un nouveau café et allait s'installer lorsqu'un client entra dans la boutique. Elle laissa donc Kristi et Doug seuls pour s'occuper du nouveau venu.

— Vous avez pu apprendre des choses sur Carpentier ? demanda Doug.

— Plutôt, oui !

Elle lui révéla ce qu'elle avait découvert la veille.

— C'est une histoire complètement folle, déclara-t-il en posant inconsciemment une main sur la sienne. Vous avez dû avoir un drôle de choc.

Doug avait des mains d'écrivain. Sa peau était douce. Kristi n'avait pas bronché quand il avait esquissé ce geste familier, elle aurait même voulu prolonger ce contact, mais Linda qui en avait terminé avec son client arriva à cet instant et Doug se reprit.

— En tout cas, voilà qui explique une partie du mystère, lança Miss Catastrophe en retrouvant sa place. Mais quand même, ça ne nous dit pas pourquoi il a laissé cet héritage à une demi-sœur qu'il n'avait jamais vue.

Doug secoua la tête de droite à gauche en pinçant les lèvres :

— J'ai peut-être un embryon de réponse. Mon contact au 36, qui a pu avoir accès au dossier, a découvert que Carpentier n'avait plus que quelques semaines à vivre. Une tumeur au cerveau apparemment. Qui sait s'il n'a pas voulu jouer un dernier tour à sa femme qu'il considérait comme un boulet, en léguant le seul bien qui lui restait à cette demi-sœur dont il venait juste d'apprendre l'existence ?

— Le seul bien qui lui restait ? s'étonna Linda, mais je croyais…

Doug poursuivit la phrase à sa place :

— Qu'il était riche ? C'était le cas ! Sauf que ces derniers mois, il a vendu tous ses actifs et l'argent est totalement introuvable. Il n'y avait plus que cette maison et quelques broutilles. Mme Carpentier est ruinée.

— Quelle pourriture ! s'exclama Linda.

Elle jeta un regard vers Kristi qui semblait perdue dans ses pensées. Cette trahison envers sa femme et sa maîtresse correspondait bien au portrait que tout le monde brossait de son demi-frère. Tiens, voilà qu'elle l'appelait son demi-frère à présent.

Quoi qu'il en soit, il avait été assassiné et c'était un peu une part d'elle-même que le tueur avait détruite.

Un long silence s'établit entre les trois comparses.

— Je dois savoir qui a empoisonné Stéphane Carpentier ! déclara soudain Kristi.

Le chien se leva, vint poser son menton sur la cuisse de sa maîtresse qu'il fixa d'un regard énamouré. Elle sourit en pensant que c'était le même regard que le lieutenant Dangelo lançait à Linda chaque fois qu'il la voyait.

Elle caressa le labrador sur le crâne et ce dernier ferma les yeux.

— Harlan, ça t'irait bien, dit-elle.

Linda serra les dents pour ne pas crier victoire. Elle était sûre que son amie finirait par craquer et adopterait l'animal !

21

Le jeudi suivant, Kristi retrouva Doug à neuf heures précises devant le portail du parc Gautier pour participer à un nouvel atelier de Sandrine Laurent.

Tous deux pensaient que Carpentier n'avait pu être empoisonné que durant la séance de rigologie. Le coupable était donc forcément l'un de ceux qui avaient assisté à l'atelier fatal, quinze jours plus tôt. C'est-à-dire tous ceux qui étaient présents aujourd'hui, à l'exception de Laetitia Albaron qui n'avait rejoint le groupe que récemment.

La première chose à faire était d'établir une liste exhaustive de suspects. Hélas, l'agent immobilier avait floué et outragé tant de personnes à L'Isle-sur-la-Sorgue que les prétendants au crime ne manquaient pas.

Ils connaissaient déjà le mobile éventuel qu'aurait pu avoir Sandrine Laurent : la jalousie ou la vengeance d'une femme humiliée ; *idem* pour Camille Leblond, la jeune maîtresse en passe de se faire larguer. Bien sûr, Mme Carpentier aurait pu également entrer au palmarès des suspects. Venaient ensuite l'adorable M. Dreyfus, avec sa belle barbe blanche et son air jovial qui lui donnaient l'aspect du grand-père que tout le monde rêverait d'avoir et Nicole Chastang, la plus à même de fabriquer le poison. Ces deux-là avaient-ils un motif pour assassiner Stéphane Carpentier ? Apparemment pas. Mais pouvait-on se fier aux apparences ?

L'option Sandrine Laurent n'était pas la préférée de Kristi. La rigologue paraissait sincèrement affectée par la mort de son amour impossible. Elle décida de mettre le paquet sur Camille Leblond. Pour M. Dreyfus et pour Nicole Chastang, il serait toujours temps de mener l'enquête plus tard. Quant à Doug, elle n'avait même pas envisagé de le soupçonner.

Camille était une petite blondinette de vingt-huit ans avec de longs cheveux ondulés qui tombaient en cascade sur ses épaules et de grands yeux très noirs qui agrémentaient un visage d'adolescente. Exactement le genre de filles qui fait fantasmer les types dans la cinquantaine, désireux de retrouver un peu de leur jeunesse.

Durant près d'une heure, Doug et Kristi observèrent en détail tous ses gestes pour tenter de comprendre quand elle aurait pu empoisonner Carpentier, mais en vain.

La séance de câlins était le seul moment où elle aurait eu le loisir d'injecter le venin dans la main de Carpentier, mais Doug se souvenait parfaitement que, le matin du crime, ils n'avaient jamais été en contact. Pas en public en tout cas. Et puis le minutage ne collait pas du tout.

— Peut-être a-t-elle senti le vent tourner pour elle ? Nicole Chastang m'a dit qu'il avait une nouvelle maîtresse, murmura Kristi à l'oreille de Doug durant la phase de méditation.

— C'est une possibilité, rétorqua Doug, sceptique.

Kristi ferma les yeux comme Sandrine le leur demandait. Elle se conforta dans l'idée que Doug ne connaissait rien aux femmes. Elle, elle avait sérieusement envisagé de liquider Vince, mais sa raison avait repris le dessus. Ce n'était pas forcément le cas pour toutes les femmes en colère contre leur compagnon infidèle.

— Il faudrait tenter de faire parler cette gamine, murmura l'Américaine. Je crois que ça va être à vous de jouer, Doug.

Il la regarda comme si elle venait de faire une mauvaise critique de l'un de ses bouquins.

— Et qu'est-ce que vous voulez que je fasse, exactement ?

— Séduisez-la !

— Mais vous n'y pensez pas ! C'est hors de question.

— Allez Doug, ne faites pas votre chochotte. Je ne vous demande pas de coucher avec elle, simplement de l'inviter à prendre un verre et de la jauger avec le talent qui vous caractérise. Vous connaissez parfaitement l'esprit et les motivations des criminels.

— D'abord je ne fais pas ma chochotte, même si je ne sais pas ce que ça veut dire, et ensuite je ne ferai pas cela ! De quoi est-ce que j'aurais l'air ?

Kristi souffla :

— Mais on s'en fiche ! Allez, juste un verre... Qui voulez-vous que ça intéresse ?

Doug désigna d'un geste discret le lieutenant Dangelo assis sur un banc, non loin de là.

— Encore lui ! s'énerva Kristi.

Puis, le plus sérieusement du monde, elle demanda à l'écrivain :

— Doug, est-ce vous qui avez tué Carpentier ?

— Mais bien sûr que non ! Ne soyez pas ridicule.

— Alors vous n'avez rien à craindre ! Allez parler à cette fille et invitez-la à prendre un verre après la séance. Puisque vous êtes innocent, Dangelo pensera simplement que vous êtes un vieux beau qui cherche à séduire une fille.

— Un vieux beau ? Mais qu'est-ce que c'est, à la fin ? Et comment connaissez-vous toutes ces expressions françaises ?

— À l'université, j'avais un petit copain français. Il venait de Marseille et il m'a appris plein d'autres choses bien plus salaces encore. Je vous raconterai !

Doug fit signe qu'il ne voulait pas en entendre plus ; cette femme allait le faire tourner en bourrique. Il se rapprocha de Camille Leblong et entama la conversation en déployant tout le charme dont il était capable.

À la fin de la séance, ils riaient comme deux vieux amis et lorsque Sandrine annonça que le cours était terminé, ils partirent ensemble pour aller prendre un verre.

Kristi les regarda s'éloigner avec une pointe de jalousie. Après tout, peut-être que Doug n'aimait pas exclusivement les hommes.

Elle chassa cette idée de son esprit et s'apprêtait à regagner son petit commerce, lorsque M. Dreyfus s'approcha :

— Cette Camille est une drôle de fille. Elle a un attrait incontestable sur la gent masculine.

— À son âge et avec son physique, tous ces messieurs ressentent de l'attrait, y compris les quinquas.

Elle avait dit cela sur un ton amer.

— Carpentier, lui, paraissait s'en être lassé.

Kristi regarda le vieux monsieur d'un air soupçonneux. C'était la deuxième fois qu'il semblait lui indiquer une piste potentielle. Pourtant, rien dans son comportement ne laissait supposer qu'il appréciait les commérages.

— Et vous avez une idée de la raison pour laquelle elle ne lui plaisait plus ?

M. Dreyfus secoua la tête.

— Pas la moindre, c'est juste une impression que j'ai eue. Allez jeune fille, je dois rentrer préparer mon repas de midi. J'attends quelqu'un.

Kristi savait que M. Dreyfus était veuf depuis une douzaine d'années. Il avait un fils qui vivait à Avignon et qui passait le voir de temps à autre ; c'était d'ailleurs la seule visite qu'il recevait. Le vieil homme était un solitaire. Il s'éloigna de quelques pas et se retourna soudain.

— Mais vous savez, concernant votre ami l'écrivain… Les femmes mûres ont aussi des attraits.

Kristi se contenta de hocher la tête. Dangelo, qui avait quitté son banc, s'approcha à son tour. Il paraissait dans un mauvais jour. Elle prit les devants :

— Bonjour Lieutenant, comment allez-vous par cette belle matinée ? Vous veniez assister à la séance ?

— Non Mme Monier, je n'ai pas envie de rire. Je suis ici pour vous parler.

Kristi souleva les sourcils :

— Et de quoi voulez-vous me parler ?

— Je voudrais comprendre à quoi vous jouez, vous et M. Alexander ?

Elle fit signe qu'elle ne voyait pas de quoi il parlait.

— Un policier de Paris, une huile, est venu fourrer son nez dans le dossier d'enquête. Je suppose que c'est une relation de M. Alexander. Je ne sais pas ce que vous mijotez, mais vous allez arrêter ça tout de suite. Me suis-je bien fait entendre ? Quand je suis passé à votre boutique la semaine dernière, je pensais avoir été clair.

— Parfaitement Lieutenant, mais je ne suis pas au courant des agissements de M. Alexander, mentit-elle. Du coup j'imagine que vous n'êtes pas intéressé par ce que j'ai appris ?

Les épaules du militaire s'affaissèrent. Il était prêt à craquer nerveusement.

— Allez-y, je vous écoute !

22

— Kristi ! s'exclama Linda.

Son cri fit sursauter Harlan, couché sous une table pliante en fer. Kristi, qui se trouvait dans l'arrière-salle, passa la tête entre les rideaux faisant office de cloison.

— Je viens d'apercevoir Doug, dit Miss Catastrophe.

L'Américaine fronça les sourcils. Elle consulta sa montre-pendentif qui indiquait dix-sept heures trente. Cela faisait plus de six heures qu'il était parti avec Camille.

— Il était seul ? demanda-t-elle.

— Non, avec Camille et ils se tenaient par la main. Dis donc, il n'a pas l'air si gay que ça.

Kristi pinça les lèvres :

— Finalement, lui aussi est un pauvre type.

Linda éclata de rire :

— Mais non idiote, je plaisante ! Il était seul et d'ailleurs le voilà qui arrive ! dit-elle en faisant mine de ne pas l'avoir vu.

— Bonsoir Mesdames, lança l'écrivain sur un ton jovial.

Kristi, qui s'était repliée dans l'arrière-boutique, écarta les rideaux et mima la surprise :

— Tiens, Doug, je ne pensais pas vous revoir de la journée. Alors, vous avez pu apprendre quelque chose ?

— Mais absolument ! Et tout d'abord que cette jeune femme est charmante. Même si elle manque un peu de culture, sa compagnie est très agréable. Je l'ai invitée à déjeuner chez le chef Lucien Beauchamp, nous avons beaucoup parlé. Figurez-vous qu'elle a lu tous mes livres.

— Ah oui, effectivement, elle a l'air géniale, le brocarda Kristi. Mais est-ce que vous l'avez interrogée sur sa relation avec Carpentier ? Avez-vous essayé de savoir si elle était suffisamment en colère pour aller jusqu'au meurtre ? A-t-elle une idée de qui était la nouvelle maîtresse de mon demi-frère ?

Doug mit les mains en avant pour tenter d'endiguer le débit vocal de l'Américaine.

— Oui, oui, j'ai rempli ma mission, ne vous inquiétez pas. *A priori*, elle n'avait pas de raison de le tuer, car c'est elle qui a mis fin à leur relation, il y a déjà quelques semaines.

— Si c'est cette « chaaaarmante » jeune fille qui vous l'a dit… ironisa Kristi.

— Non, c'est son petit ami, un gentil garçon de son âge qui, hélas, ne lit pas beaucoup. Il a tout de même acheté mon dernier livre que je lui ai dédicacé. Il s'est joint à nous pour le déjeuner. Ils paraissent très amoureux et vont vraiment bien ensemble. Je leur ai promis de venir à leur mariage.

Kristi se trouva soudain un peu ridicule. Elle sentait les regards navrés de Linda et de Harlan posés sur elle qui semblaient lui dire : ma pauvre fille…

Elle prit son air le plus digne et le plus détaché :

— OK et donc vous n'avez rien appris de plus, au final, si ce n'est que Camille avait une double relation avec Carpentier et ce garçon, amateur de « bonne littérature » !

Doug la railla gentiment :

— Ce ne sont pas toujours les hommes qui sont infidèles. Et puis si, bien au contraire, j'ai appris pas mal de choses sur les sales magouilles de Carpentier. Et notamment qu'il touchait des sommes régulières envoyées par de « généreux donateurs », si vous voyez ce que je veux dire.

Kristi écarquilla les yeux :

— Vous pensez que c'était un maître chanteur ?

Doug hocha gravement la tête.

— J'en ai bien l'impression.

— Vous avez des noms ?

— Un en particulier et un que vous connaissez bien.

Kristi se renfrogna un peu :

— Allez, Doug, ne nous faites pas languir.

— Il s'agit de Nicole Chastang, et apparemment cela durait depuis des années.

— C'était la suspecte la plus évidente ! intervint Linda.

— Et ce n'était pas la seule, poursuivit Doug, mais Camille ne connaît pas les autres. Tout ce qu'elle sait, c'est que Carpentier notait les recettes de ses activités douteuses dans un petit carnet en skaï rouge.

— Et est-ce que votre « charmante » jeune fille a une idée de l'objet du chantage ?

— Pas la moindre ! Mais en tout cas Nicole possède le triangle sacré : mobile, moyen et opportunité.

— Il faudrait peut-être prévenir le lieutenant Dangelo, suggéra Linda.

Kristi afficha une moue réprobatrice :

— Non, on ne peut pas faire ça. Nous n'avons aucune preuve. Si nous nous trompons, nous allons causer beaucoup de tort à cette femme. Nous devons commencer par en apprendre plus !

Doug abonda dans son sens :

— Vous avez raison, mais je vous rappelle que nous ne sommes pas policiers et que, dans ce pays, un citoyen ne peut pas enquêter sur une affaire en cours.

— Soit, rétorqua Kristi, mais rien ne nous empêche de poser quelques questions aux uns et aux autres, à titre personnel ?

Sous la table, Harlan gémit, comme pour montrer qu'il désapprouvait les projets de sa maîtresse.

— OK, concéda l'écrivain. Mais soyons le plus discrets possible et n'attaquons pas Mme Chastang de front. Essayons de trouver pourquoi elle était sous la coupe de Carpentier. D'ailleurs, je sais qui pourrait nous en apprendre un peu plus sur le parcours de cette dame. Mais je vous préviens, vous n'allez pas aimer.

23

Doug pressa le bouton de la sonnette et, au bout de quelques secondes on entendit des pas précipités dans l'appartement.

— Je ne savais pas que vous étiez un intime de Mme Machin, ironisa Kristi.

— Intime, c'est beaucoup dire, mais elle est la présidente de la bibliothèque municipale dont je suis membre du conseil d'administration. C'est à ce titre que nous nous voyons régulièrement.

La porte s'ouvrit et Mme Machin apparut. Kristi la trouva changée depuis sa dernière visite. La vieille dame s'était pomponnée, légèrement maquillée et avait enfilé une robe à la coupe sobre et moderne. Le sourire qu'elle avait préparé pour accueillir l'écrivain s'effaça quand elle aperçut Kristi.

— Comment allez-vous ? demanda Doug.

Elle ne répondit pas directement à la question et s'écarta simplement pour les laisser entrer.

— Je suis heureuse de votre visite, monsieur Alexander. L'avez-vous apporté ?

— Bien sûr chère Madame, voici ! Mais ne le divulguez pas, il n'est pas encore dans les librairies françaises.

Doug lui remit un exemplaire de son dernier roman dont elle s'empara avec avidité.

— Vous savez qu'une bonne dizaine de personnes me l'ont déjà réservé ?

— Tenez, j'ai également quelque chose pour vous, dit Kristi en lui tendant une enveloppe kraft. Il s'agit d'une proposition d'achat pour vos meubles.

La vieille dame prit le document en pinçant les lèvres pour imiter un sourire et le posa sur une console qui se trouvait dans l'entrée, sans même l'ouvrir. Puis elle leur fit signe de la suivre dans le salon.

Sur la table basse, il y avait deux tasses et un sucrier. Apparemment, Mme Machin ne s'attendait pas à la présence d'un deuxième invité. Elle proposa à Doug et Kristi de s'asseoir, disparut dans la cuisine et revint avec une troisième tasse et une cafetière qui exhalait une excellente odeur de café chaud.

Mme Machin et Doug discutèrent un long moment des projets de la bibliothèque : achats de livres, organisation, finances et, au fur et à mesure, Kristi sentit la vieille dame se détendre.

Elle finit même par se mêler à la conversation qu'elle orienta, de manière subtile, sur l'histoire de la ville, bien aidée par Doug dans cette tâche. Ce n'est jamais bien difficile de faire parler les anciens dès que l'on évoque le bon vieux temps. Et Mme Machin, sous ses airs revêches, ne faisait pas exception à la règle.

— Ainsi, vous étiez femme de ménage au collège local ? questionna Kristi.

— Femme de ménage, cantinière, bibliothécaire… j'ai un peu tout fait dans cet établissement.

— C'est fantastique ! renchérit Doug. Vous deviez connaître tout le monde, les élèves, les parents, les professeurs…

— Ah oui, c'est certain. J'ai même connu plusieurs générations d'élèves. J'en croise encore régulièrement en ville.

La vieille dame, lancée dans l'évocation de sa jeunesse, leur proposa de reprendre un café.

Kristi enchaîna :

— Justement, il y a quelques jours, j'ai bu un thé chez une ancienne professeure de chimie du collège, Nicole Chastang. Vous avez dû bien la connaître.

Mme Machin opina du chef.

— Oh oui, je me souviens parfaitement d'elle. C'était une excellente enseignante jusqu'à ce qu'elle tombe en dépression subitement, sans le moindre signe avant-coureur.

— Ça arrive parfois, avec le stress, confirma Kristi.

Mme Machin pinça les lèvres pour marquer sa désapprobation :

— Vous savez, à cette époque-là, les choses n'étaient pas ce qu'elles sont aujourd'hui. Les parents comme les élèves respectaient l'autorité. Les problèmes psychologiques étaient plus rares que de nos jours.

— Que s'est-il passé, selon vous ? questionna Doug.

La vieille femme hésita :

— Qui sait ? Une peine de cœur peut-être ? Nous n'étions pas des amies et je n'en sais pas plus. Elle était prof et moi, je faisais partie du petit personnel.

— Le choc des classes, philosopha Doug.

Kristi intervint :

— À tout hasard, vous rappelez-vous le moment où elle est tombée en dépression ?

Mme Machin fit un grand hochement de tête.

— Je m'en souviens parfaitement. Ça s'est produit à la rentrée des vacances de février 2012. Elle est revenue travailler avec une semaine de retard, totalement transformée. Avant, c'était une femme agréable, polie, certes un peu imbue d'elle-même, mais à partir de là, elle est devenue taciturne, irritable, elle pleurait tout le temps. Je m'étais même dit qu'un jour, elle commettrait l'irréparable. Ensuite, les choses sont allées en se dégradant. L'année suivante elle a démissionné, à un an de la retraite.

— Et on n'a jamais su qui était celui qui l'avait fait souffrir ? demanda Doug.

Mme Machin secoua la tête :

— Je ne suis même pas sûre qu'il s'agissait de cela. C'était peut-être à cause du drame.

Elle marqua un temps d'arrêt, comme si le souvenir lui pesait. Doug s'avança un peu. Il prit sa voix la plus douce :

— De quoi parlez-vous, Gilberte ?

La vieille dame rougit de plaisir en entendant l'écrivain à succès la nommer ainsi. Peu de gens le faisaient.

— Je veux parler de la mort du fils de Sandrine Laurent !

— Linda, ma vendeuse, m'en a touché deux mots. Elle m'a dit que ça avait été un véritable traumatisme pour toute la ville, intervint Kristi.

— Il s'appelait Lucas et oui, ça a été un cataclysme pour les élèves et les professeurs également, et tout particulièrement pour Mme Chastang. Le petit était dans son cours de chimie.

Kristi se mordit la lèvre inférieure. Elle n'osait imaginer un tel drame.

— Que s'est-il passé exactement ? poursuivit Doug.

— Le 11 février 2012, premier jour des vacances d'hiver, vers dix-huit heures, le petit Laurent rentrait chez lui à vélo. Ses parents habitaient au bout du cours de la Pyramide. Il devait emprunter le chemin qui passe devant la supérette. Ça ne représentait même pas dix minutes de trajet, mais il faisait nuit et un épais brouillard s'était levé. Le chemin était totalement désert et le petit s'est fait renverser. Il est mort sur le coup.

— Linda m'a dit que le chauffard n'a jamais été pris ? demanda Kristi.

Mme Machin esquissa un signe d'impuissance :

— Il ne s'est pas arrêté et on n'a jamais pu l'identifier.

Kristi mit une main devant sa bouche et Doug était bouleversé.

— Terrible affaire ! murmura l'écrivain.

— Oui, terrible, confirma Mme Machin. Et dix ans plus tard, à quelques semaines près, c'est Carpentier qui est tué. La boucle est bouclée, ça fait froid dans le dos.

Doug et Kristi s'étonnèrent de cette dernière réflexion.

— Pourquoi dites-vous cela, Mme Machin ? questionna l'Américaine.

— Mais parce qu'à l'époque, c'était Stéphane Carpentier qui avait trouvé le petit et qui avait prévenu les secours.

24

Après leur visite chez Mme Machin, Doug quitta Kristi devant La Maison rouge. Il avait un rendez-vous téléphonique avec son éditeur londonien, puis devait s'absenter une dizaine de jours pour la promotion de son roman. Il ne pouvait donc pas s'attarder. Il promit de la rappeler dès son retour.

De son côté, Kristi tentait d'établir mentalement des connexions entre les différentes informations qu'ils avaient obtenues. Se pouvait-il que la mort de Carpentier soit liée à une affaire vieille de dix ans, la mort du petit Lucas Laurent en l'occurrence ?

Linda raconta d'un air grave :

— Mon ex-mari, qui était un tout jeune lieutenant à l'époque, avait été chargé des premières constatations. Ça l'avait beaucoup affecté de ne pas retrouver le chauffard. Je me souviens qu'il avait soupçonné Carpentier d'avoir lui-même renversé le petit et de se faire passer pour un simple témoin.

— Pourquoi a-t-il pensé cela ?

— Eh bien, quand il est arrivé sur les lieux, Carpentier n'était pas là. Lui et ses collègues n'ont trouvé que son véhicule, portières ouvertes et phares allumés. Il n'est revenu qu'au bout de plusieurs minutes, sortant d'un champ. Il a dit qu'il était tellement choqué qu'il avait dû aller vomir.

Kristi fit la moue :

— Ce n'est pas vraiment incriminant.

— Mais il y avait aussi le fait que le capot de son véhicule était presque froid.

— Il aurait donc attendu un long moment avant de prévenir les secours ?

— C'est ce que mon ex a pensé. Mais comme sa voiture n'était pas du tout abîmée, on l'a rapidement rayé de la liste des suspects. Tu crois que son meurtre pourrait être lié à cette affaire, aussi longtemps après ?

Kristi fit signe qu'elle n'en savait rien.

— Nous savons par Camille que Carpentier était un maître chanteur qui détenait de sales petits secrets sur pas mal de monde. Imagine qu'à l'époque, il ait assisté à l'accident et qu'il ait couvert le responsable moyennant finances…

— Ce serait dégueulasse, il s'agit quand même de la mort d'un enfant.

Kristi ouvrit les bras en signe d'impuissance :

— Je ne pense pas que ce genre de considération l'aurait arrêté.

— D'accord, mais pourquoi le chauffard aurait-il payé durant dix ans pour décider de passer à l'acte juste maintenant ?

— Il y a plein de raisons possibles : il n'avait plus d'argent, sa situation avait changé… Va savoir.

— Selon toi, son assassin se trouverait donc dans la liste de ses victimes.

— J'en suis quasiment sûre. Si on parvenait à retrouver le carnet dont Camille a parlé, je suis convaincue que le nom du coupable y serait inscrit en lettres d'or.

— Le hic, poursuivit Linda, c'est qu'il peut se trouver n'importe où. Peut-être même que sa femme l'a découvert dans ses affaires et l'a détruit ; qui peut le dire ?

La cloche de la collégiale Notre-Dame-des-Anges sonnait la demie de midi au moment où Lilou entra. La jeune fille passait, comme tous les jours après le collège, chercher sa mère. Elle fronça les sourcils en apercevant les airs de conspiratrices qu'affichaient les deux femmes.

— Vous deux, vous êtes en train de préparer un mauvais coup, lança-t-elle. Je veux en être !

— Promis, répondit Kristi. Mais pour l'instant, allons déjeuner, les filles. C'est moi qui vous invite.

En entendant le mot « déjeuner », Harlan, couché derrière le comptoir, retrouva toute son énergie. Il se leva d'un bond et accourut vers les trois femmes en dérapant sur le carrelage.

— Mais oui, toi aussi tu peux venir, dit Kristi.

Quelques minutes plus tard, toutes les trois s'installaient à la terrasse du Grand Café de la Sorgue face à la rivière, à l'ombre d'une tonnelle en fer forgé. Quelques touristes avaient déjà pris place et une jeune serveuse blonde, cheveux tirés en queue-de-cheval, s'activait entre les tables pour prendre les commandes.

Harlan, qui s'était directement glissé sous la table, à l'abri du soleil, la suivait des yeux comme un hypnotisé suit le pendule du thérapeute.

Kristi aimait beaucoup cet établissement à l'ambiance cosy, à la déco néomoderne dans les tons gris, véritable emblème de la ville depuis 1800. Les deux femmes commandèrent le plat du jour : une souris d'agneau ;

quant à Lilou, elle choisit une salade au chèvre chaud. Elles oublièrent durant quelques minutes l'affaire Carpentier pour profiter de ce moment privilégié.

En contrebas de la terrasse, la Sorgue emportait ses eaux limpides et calmes vers le Rhône. De grandes algues vertes ondulaient doucement dans le courant comme des épis de blé dans le vent. Un bateau à fond plat, que les locaux nomment Nègo Chin, passa, barré par un jeune éphèbe torse nu, ruisselant de sueur, les muscles roulants sous une peau dorée par le soleil. D'un vigoureux coup de perche, un peu à la manière des gondoliers vénitiens, il fit prendre de la vitesse à son embarcation qui s'engagea sous un pont si bas qu'il dut se coucher dans l'esquif. Il reparut, quelques secondes plus tard, de l'autre côté de l'ouvrage.

Lorsque le garçon s'éloigna, Linda fit un geste entendu à Kristi.

— Maman, tu n'as pas honte ! s'écria Lilou sur un ton faussement réprobateur.

Toutes les trois se mirent à rire. Elles n'avaient plus reparlé de l'assassinat du demi-frère de Kristi, mais elles furent bien obligées d'y revenir car à la table voisine se trouvaient deux jeunes femmes dont la conversation attira leur attention.

L'une d'elles, une grande fille aux cheveux noir de jais, mince, aux joues creuses et aux pommettes saillantes, qui devait avoir une trentaine d'années au maximum, expliquait à son amie qu'elle et son mari cherchaient une maison, un peu à l'écart de L'Isle-sur-la-Sorgue, peut-être dans un petit village alentour.

L'autre, une femme légèrement obèse, dans la même tranche d'âge, lui rétorqua :

— Moi j'en connais une de maison, pas très loin d'ici, à Lagnes exactement.

— Ah oui, ce serait parfait !

La fille mince afficha un air de conspiratrice en se penchant vers son amie :

— Et tu peux faire une sacrée affaire, car la vendeuse est prise à la gorge, paraît-il, et elle ne veut pas passer par une agence. Il s'agit de Mme Chastang. Tu te souviens d'elle ?

— La prof de chimie ? s'exclama l'autre.

— Oui, ce n'est pas un palace, mais ce serait largement suffisant pour vous deux. Et vu le prix…

La serveuse, qui apportait les cafés, interrompit leur conversation quelques instants.

— En plus, ma mère qui était infirmière à l'hôpital de Cavaillon s'était occupée d'elle après sa tentative de suicide. Elles sont restées amies. Si tu veux, je lui demanderai de glisser un mot pour toi.

La grande fille parut ravie :

— Ce serait génial, mais je ne savais pas pour la tentative de suicide, dit-elle.

— Ça ne date pas d'aujourd'hui. Il y a une dizaine d'années que cela s'est produit, dit l'autre en faisant signe à la serveuse d'apporter l'addition.

Les deux femmes se levèrent et s'engagèrent sur le quai.

— Ça alors ! s'exclama Linda, lorsqu'elles furent assez loin pour ne plus entendre. C'est elle, à tous les coups. Tout concorde. Mme Chastang a renversé le gamin puis, rongée par le remords, elle est entrée en dépression et a tenté de mettre fin à ses jours. En plus de ça, Carpentier la faisait chanter. Elle ne pouvait plus payer et elle a donc mis sa maison en vente. La boucle est bouclée.

— Doug dirait certainement que tu as une véritable imagination d'écrivain, convint Kristi. Tu as peut-être raison, qui sait. Le problème c'est que nous n'avons que des suspicions et pas la moindre preuve.

— Il faudrait retrouver le carnet dont a parlé Camille Leblond, lança Linda. Je crois que Super Doug le séducteur va devoir entrer à nouveau en scène.

Kristi fronça les sourcils, une pointe de jalousie mêlée à de l'agacement perçait dans sa voix :

— C'est inutile, elle lui a déjà dit qu'elle ne savait pas où se trouvait ce carnet.

— Elle en sait peut-être plus qu'elle ne veut bien le dire.

— Et si le carnet était tout simplement dans le coffre de Carpentier, chez lui ou à l'agence ? proposa Lilou qui avait assisté à la joute verbale en silence.

Kristi secoua la tête. Dans ce cas, les gendarmes l'auraient découvert et il est probable que Mme Chastang serait déjà en garde à vue. Et puis, Carpentier devait aussi avoir une preuve matérielle ; sinon après dix ans, ça aurait été sa parole contre celle de l'ancienne prof de chimie. Et même sans preuve, l'affaire aurait fait du bruit. Nicole Chastang aurait été traînée dans la boue.

25

Le travail accapara Kristi tout le reste de la semaine, de sorte qu'elle oublia un peu le meurtre de Carpentier. L'activité de la boutique était en dents de scie et cela l'inquiétait. Doug était toujours à l'étranger et elle n'avait pas eu le cœur de poursuivre les ateliers de rigologie sans lui. Le mercredi suivant cependant, elle dut se replonger malgré elle dans cette mystérieuse affaire. En effet, elle était convoquée chez maître Bourcheix pour l'ouverture officielle du testament de son demi-frère.

Le rendez-vous était fixé à dix heures et demie. Vers dix heures, elle laissa donc la boutique aux bons soins de Linda et de Lilou, qu'elle avait également embauchée pour l'occasion, afin de rejoindre l'étude du notaire.

Elle n'avait encore jamais été en relation avec la femme de son demi-frère et ne savait pas dans quel état d'esprit se trouvait cette dernière.

Elle arriva dix minutes en avance et, la boule au ventre, monta à l'étude qui se trouvait au troisième étage du grand bâtiment en verre abritant aussi le service des impôts. Elle sonna et entra dans la salle d'attente, comme l'y invitait une petite pancarte fixée sur la porte.

Tout autour de la pièce vide, contre les murs gris-bleu, s'alignaient des chaises en plastique du plus mauvais goût. Elle s'installa face à la porte et tenta d'adopter une attitude la plus décontractée possible. Quelques minutes plus tard, la sonnette retentit et deux personnes entrèrent : une grande femme blonde aux cheveux raides et tailleur gris anthracite strict et un homme d'une quarantaine d'années, en surpoids, vêtu d'un costume clair et d'une cravate qui se mariait parfaitement avec le décor navrant de la pièce. Engoncé dans son costume, le type transpirait abondamment et sa longue tignasse grasse lui collait au front.

Kristi devina tout de suite qu'il s'agissait de l'épouse de Stéphane Carpentier. L'autre devait être son avocat. Elle leur adressa un signe de tête qui n'eut aucun écho. La femme s'assit dans l'angle opposé et détourna le regard, tandis que son défenseur s'éventait avec une chemise cartonnée qu'il avait apportée.

Moins de cinq minutes plus tard, qui parurent pourtant une éternité à Kristi, la sonnette retentit une nouvelle fois et la porte s'ouvrit sur Camille Leblond, vêtue d'une petite jupe verte et d'un débardeur particulièrement échancré, qui ne laissait aucun doute sur le fait qu'elle ne portait pas de soutien-gorge.

L'avocat fit un bruit de déglutition sèche et passa sa grosse langue sur sa lèvre inférieure. Il desserra le col de sa chemise.

Camille ignora superbement Alice Carpentier ainsi que son accompagnant et s'installa près de Kristi.

— Moi aussi je suis convoquée, dit-elle pour amorcer une discussion avec Kristi, histoire d'afficher sa décontraction devant Mme veuve Carpentier.

Elles eurent à peine le temps d'échanger quelques mots avant que la porte donnant sur le bureau de maître Bourcheix ne s'ouvre, laissant apparaître un petit homme maigre, aux yeux globuleux et aux cheveux raides.

— Si vous voulez bien me suivre, dit-il d'une voix nasillarde.

Tous les quatre se levèrent d'un seul élan et emboîtèrent le pas au notaire.

Cinq chaises avaient été disposées face à un bureau semi-circulaire en chêne foncé, dans le même style que le lambrissage des cloisons et de la grande bibliothèque qui occupait un pan entier de mur. Maître Bourcheix désigna à chacun son siège. Apparemment il ne comptait pas perdre de temps en palabres. Lorsque tous furent assis, il s'installa confortablement dans son fauteuil et posa ses coudes sur le sous-main devant lui, dans une attitude docte.

— Eh bien merci à tous de vous être déplacés pour l'ouverture du testament de M. Stéphane Carpentier. Je vais hélas vous demander encore un peu de patience, car nous attendons une autre personne, dit-il en pointant du menton le siège vide.

Alice Carpentier décocha un regard interrogateur à son avocat qui se pencha vers elle pour lui murmurer quelque chose à l'oreille.

Elle allait lui répondre de la même manière, lorsque l'on frappa quelques coups discrets à la porte.

— Entrez ! lança le notaire.

La porte s'ouvrit, laissant apparaître le lieutenant Dangelo.

— Désolé pour le retard, dit-il en s’asseyant sur la chaise restée libre.

— Étant donné les circonstances, le lieutenant Dangelo assistera à la lecture du testament, expliqua maître Bourcheix en décachetant une grosse enveloppe marron.

26

Doug consulta sa montre qui indiquait quinze heures quinze. Il rentrait tout juste de Londres et avait reçu un texto de Kristi lui demandant d'être à quinze heures sur la place de la mairie, à Lagnes. Le message était bref et ne donnait aucune explication.

Kristi arriva avec près d'une demi-heure de retard.

À peine eut-elle ouvert la porte qu'Harlan bondit hors du véhicule pour fêter Doug. Kristi hocha la tête en découvrant la Mercedes Classe S flambant neuve contre laquelle l'écrivain se tenait nonchalamment appuyé.

— Dites donc, on ne s'embête pas dans l'édition, dit-elle en faisant le tour de la berline.

Doug afficha un air réprobateur et croisa les bras :

— Vous jugez toujours trop vite, ma chère. Ce n'est pas ma voiture, mais celle de Philippe. La mienne est en révision.

— Eh bien en tout cas, vous remercierez votre chéri pour son article. Depuis sa parution, j'ai eu pas mal de visites d'acheteurs étrangers.

Doug soupira profondément. Kristi faisait souvent des allusions sur ses orientations sexuelles et cela l'agaçait parfois.

— Je n'y manquerai pas, mais puis-je connaître le motif pour lequel je poireaute depuis une demi-heure ? Vous avez du nouveau concernant le meurtre ?

Kristi ne répondit pas mais lui fit signe de la suivre. Ils passèrent devant la cour de l'école et prirent le chemin qui conduisait à l'ancienne maison d'Alexandrine Fage.

Harlan courait en tête, s'arrêtait, revenait, tournait autour de Kristi et Doug, puis repartait en zigzaguant dans les allées du jardin envahies d'herbes folles et de Vernis du Japon.

— Voilà ! dit Kristi en écartant les bras devant la façade en piteux état de la bâtisse.

— Et que dois-je voir ? rétorqua Doug.

— Mais cette magnifique maison dont je viens d'hériter.

L'écrivain fronça les sourcils :

— Vous voulez dire que c'est cette bicoque que Carpentier vous a léguée ? questionna-t-il sur le ton de la déception.

Kristi le regarda sévèrement. Certes, pour l'instant l'ensemble n'avait pas vraiment fière allure. Mais avec quelques travaux, le bâtiment pourrait retrouver une partie de son lustre d'antan.

D'ailleurs, lorsque maître Bourcheix avait lu le testament, la colère d'Alice Carpentier n'avait pas éclaté aussi franchement que Kristi l'avait craint. Certes, la veuve était bien décidée à contester les clauses testamentaires de feu son mari, mais son avocat l'en avait vite dissuadée : l'acte était en règle et, si la maison pouvait effectivement acquérir une bonne valeur, ce ne serait pas sans y investir beaucoup d'argent et de temps. Ce dont Mme Carpentier ne disposait plus.

Kristi avait même eu un peu de peine pour elle quand le notaire lui avait confirmé que, quelques jours après avoir appris qu'il était condamné, Carpentier avait commencé à liquider tous ses biens et que l'argent s'était volatilisé. De nombreuses factures restaient impayées et si Alice conservait leur maison de cent cinquante mètres carrés en pleine campagne, il n'était pas certain qu'à terme, elle ne soit pas obligée de la vendre pour éponger une partie des dettes de l'entreprise. Quant à Camille Leblond, elle devait se contenter d'une sculpture japonaise particulièrement laide et sans la moindre valeur. Décidément, ce type était d'un cynisme incroyable.

Carpentier avait aussi laissé une lettre que lut le notaire. Elle dévoilait un personnage plus complexe qu'il n'y paraissait. Carpentier y expliquait, de manière assez émouvante, que sa mère, peu avant de mourir, lui avait révélé son aventure avec le père de Kristi, un demi-siècle plus tôt. Elle lui avait demandé de se rapprocher de sa demi-sœur. Il avait au départ très mal accueilli la nouvelle, mais l'annonce de sa maladie lui avait fait changé d'avis. Il n'avait pas trouvé le courage de rencontrer Kristi et avait donc décidé de lui offrir en cadeau cette maison qui avait appartenu à une ancêtre commune.

Kristi dut reconnaître que ce geste l'avait touchée. Elle avait finalement accepté l'héritage. Ensuite, elle s'était échappée avec le lieutenant Dangelo dès la lecture terminée, laissant les deux anciennes rivales se crêper le chignon. Dangelo l'avait raccompagnée à La Maison rouge.

Doug demeurait perplexe face au bâtiment dont il ne parvenait pas à percevoir le potentiel.

Kristi l'attrapa par la manche. Elle le conduisit vers l'appentis.

— Venez voir Doug. Il faut que je vous montre le véritable trésor qui se trouve ici.

Elle souleva délicatement la bâche qui recouvrait l'antique Peugeot découverte à sa première visite.

Une nouvelle fois, Doug afficha son air dubitatif.

— Et que comptez-vous faire de ça ? demanda-t-il.

Kristi joua les offensées :

— Doug, une authentique Peugeot 301 de 1931... Vous vous moquez de moi ou quoi ? C'est un vrai bijou.

— Une épave, vous voulez dire ? protesta-t-il en désignant l'aile avant du véhicule trouée par la rouille.

Kristi rougit et plaqua ses poings sur ses hanches. Elle allait le réprimander lorsqu'un bruit, provenant de l'intérieur de la maison, l'arrêta net. Harlan, quant à lui, se mit à grogner.

— Il y a quelqu'un, murmura Doug en se dirigeant vers la porte entrouverte.

— Ce doit être des gamins. Nicole Chastang m'a dit qu'il en venait régulièrement pour flirter ou rouler quelques joints.

— Nous allons rapidement le découvrir, annonça l'écrivain.

— Faites attention quand même.

— Vous ne le savez probablement pas ma chère, mais je pratique le noble art depuis mes quatorze ans. J'ai même été champion de boxe de mon lycée lorsque j'étais jeune.

Kristi, pas franchement convaincue, lui emboîta le pas tandis qu'Harlan suivait à bonne distance.

— Espèce de lâche, lui lança l'Américaine.

Lorsque Doug fut près de la porte, l'écrivain cria :

— Sortez de là ! Vous êtes sur une propriété privée. Allez, on ne vous fera rien !

Comme il n'obtenait pas de réponse, il poussa doucement sur le battant qui grinça en pivotant sur ses gonds rouillés.

Soudain, une forme humaine jaillit de l'intérieur de la maison et fusa sur l'écrivain qui ne put esquiver un violent coup de poing au visage. Il s'effondra dans un cri de douleur, tandis que son assaillant sautait le muret qui séparait la propriété de Kristi de celle de Mme Chastang.

Harlan, qui avait retrouvé son courage, une probable réminiscence de l'instinct sauvage de lointains ancêtres, se lança à sa poursuite et franchit à son tour le mur à demi éboulé. Kristi le rappela en vain. Elle se précipita alors vers Doug qui se relevait, une main plaquée sur son œil gauche.

Malgré son inquiétude et la peur qu'elle avait ressentie lorsque son ami s'était écroulé, elle dut se forcer pour ne pas céder au fou rire nerveux qui la gagnait. L'écrivain le remarqua.

— Je vous remercie de votre sollicitude, grommela-t-il.

— Pardon Doug, mais je ne peux m'empêcher d'imaginer le fringant adolescent champion de boxe de son lycée que vous étiez.

Un peu vexé, Doug rétorqua :

— En tout cas, ce type à une sacrée droite.

— Vous avez aperçu son visage ?

— Seulement son métacarpe. Croyez-moi, il ne perd rien pour attendre, mais je ne pense pas qu'il s'agisse d'un ado. Et Harlan, où est-il ?

— Harlan, au pied ! appela Kristi, soudain inquiète.

Pas de réponse. Elle allait se diriger vers la propriété de Mme Chastang lorsque cette dernière arriva en tenant le labrador par son collier.

— C'est vous Kristi ? Mais qu'est-ce qui s'est passé ? Un homme a sauté ma clôture, poursuivi par le chien qui l'a mordu à la fesse. Vous devriez le tenir en laisse, vous risquez d'avoir des problèmes.

Kristi et Doug lui expliquèrent ce qu'ils venaient de vivre.

— La maison est souvent squattée, c'est une vraie calamité. Je me doutais qu'un jour il y aurait une agression. Venez chez moi, il faut soigner cette blessure, dit-elle en désignant Doug dont les contours de l'œil commençaient à bleuir.

— Bon chien, en voilà un qu'on ne reverra pas de sitôt, dit Kristi en tapotant la tête de Harlan qui remua la queue, heureux que son héroïsme soit enfin reconnu.

27

Kristi et Doug quittèrent Nicole Chastang une heure plus tard. Kristi lui avait annoncé que c'était bien la maison d'Alexandrine Fage que Stéphane Carpentier lui avait léguée. L'ancienne prof de chimie en fut extrêmement étonnée, mais la nouvelle parut sincèrement lui faire plaisir. Elle voyait plutôt d'un bon œil que cette ruine soit enfin restaurée et, pour tout dire, elle trouvait Kristi sympathique.

C'était une situation étrange car Kristi ne pouvait s'empêcher de penser qu'elle avait peut-être en face d'elle la meurtrière du petit Lucas Laurent dix ans plus tôt et qui sait, plus récemment de son demi-frère.

Elle se confia à Doug lorsqu'ils furent à nouveau dans le jardin.

— Je reconnais que c'est assez déstabilisant, dit-il.

— Venez Doug, faisons le tour du propriétaire, lança-t-elle en l'entraînant par la main vers la vieille maison.

Kristi n'était pas revenue sur les lieux depuis sa première visite. Il y avait toujours cette odeur de poussière et de moisissure mêlées qui, durant quelques secondes, irrita ses poumons. Elle ouvrit, non sans difficultés, toutes les fenêtres du rez-de-chaussée. Elle dut forcer sur les espagnolettes pour vaincre la résistance du bois qui avait gonflé.

Les volets ne furent pas plus coopératifs mais se rendirent finalement, et bientôt la lumière de cette belle journée d'été inonda le hall d'entrée, tandis qu'un courant d'air frais balayait les miasmes en suspension dans l'atmosphère.

Ce nouvel éclairage révéla l'ampleur des travaux qui seraient nécessaires pour remettre la demeure en état. Durant quelques secondes, Kristi sentit la panique l'envahir. Elle regarda Doug, toujours aussi dubitatif :

— Cette maison a du potentiel, dit-il sur un ton neutre.

Kristi ne sut dire s'il était sérieux ou s'il faisait montre d'ironie.

Ils poursuivirent leur tournée, ouvrant les fenêtres dans chaque pièce. Le salon, au rez-de-chaussée, était sens dessus dessous. Il y avait apparemment eu des intrus depuis sa dernière visite. Ceux-ci s'étaient acharnés sur le mobilier et même sur les murs. Elle devrait penser en priorité à faire réparer les portes et les vantaux, mais aussi à nettoyer le jardin pour montrer que la maison avait désormais un nouveau propriétaire.

Au rez-de-chaussée, à gauche de l'entrée, elle découvrit une pièce qu'elle n'avait pas remarquée la première fois. Il s'agissait d'un petit cabinet de travail. Des papiers et des livres étaient répandus sur un antique tapis persan qui conservait la trace des pieds d'un meuble, sans doute un bureau, qui avait dû être volé.

— Quelle tristesse, dit Doug en s'accroupissant pour ramasser un exemplaire relié en cuir du *Chevalier d'Harmental* d'Alexandre Dumas, .

— Prenez-le si vous voulez, dit Kristi en constatant son désarroi devant le sacrilège de ce livre jeté au sol par un iconoclaste.

Ils poursuivirent leur visite par l'étage. Il y avait trois chambres et une salle de bains. La tuyauterie pendant dans le vide laissait supposer que, dans le temps, les conduites de cuivre avaient dû être raccordées à une baignoire, volée elle aussi.

Les lits en revanche étaient toujours en place, avec leurs matelas en toile rayée gris et blanc sur lesquels se trouvaient de vieilles couvertures qui sentaient la moisissure. Mais là encore, tout avait été consciencieusement retourné, fouillé, mis en morceaux.

Kristi, soudain prise de découragement, poussa un profond soupir. Elle chercha un réconfort contre l'épaule de Doug. Sa chemise portant la marque d'un grand couturier dégageait une agréable senteur de lessive haut de gamme et lui-même sentait délicieusement bon. Une odeur d'agrume, fruitée et légère.

Harlan, qui passait d'une pièce à l'autre, arriva à ce moment et vint s'intercaler entre eux, dans un mouvement de jalousie.

Tout à coup, le chien poussa un grognement. Quelque chose au rez-de-chaussée l'avait alerté. Doug et Kristi avaient eux aussi entendu. On avait ouvert la porte d'entrée et à présent, quelqu'un montait l'escalier.

— Ah non, on ne va pas remettre ça, grommela l'écrivain en s'armant d'un balai totalement déplumé qu'il trouva dans un angle de la chambre.

Kristi secoua la tête, à la fois énervée et émue par la candeur de son ami.

— Ohé, il y a quelqu'un ? lança une voix dans l'escalier.

— Posez cette arme Doug ! Si jamais le coup partait tout seul vous risqueriez de blesser quelqu'un ironisa Kristi. Oui, à l'étage ! répondit-elle.

Un peu vexé, Doug jeta le balai sur le lit et prit un air digne pour suivre l'Américaine.

Un homme d'une quarantaine d'années, cheveux châtain clair, yeux bruns et barbe de trois jours, style ouvrier de chantier dans une pub TV, s'avança vers eux.

— Bonjour, madame Monier, je passais devant chez vous et j'ai remarqué que les volets étaient ouverts, alors je me suis permis de venir vous saluer, dit-il.

Kristi reconnut Vincent Albaron, l'entrepreneur qu'elle avait contacté pour restaurer La Maison rouge quelques mois plus tôt et qui l'avait renvoyée vers Maurice Ramirez.

Harlan, habituellement sociable, semblait nerveux devant le nouveau venu. Il s'était réfugié derrière Doug et ne cessait de grogner.

— Et vous tombez bien, monsieur Albaron. J'ai l'intention de retaper cette maison. Peut-être, cette fois, accepterez-vous de travailler pour moi ? Pourriez-vous m'établir un devis ?

— Ce sera même très rapide. Je peux vous dire qu'il y a pour environ cent cinquante mille euros pour faire quelque chose de propre.

Kristi ouvrit des yeux horrifiés.

— C'est une somme énorme ! Mais comment pouvez-vous être si précis ?

— C'est que, avec Stéphane, j'avais un projet immobilier sur ce bâtiment. Nous souhaitions le raser et faire un lot de trois maisons. Franchement, une restauration ne vaut pas le coup, vous allez vous ruiner.

Kristi lança un regard désappointé vers Doug qui eut un geste d'impuissance.

— Mais je dois avouer que ce projet me tient à cœur. Si vous voulez, je peux vous faire une offre intéressante pour votre bien, poursuivit l'entrepreneur. Disons cent cinquante mille euros.

La somme était importante pour cette bicoque. C'était même un peu trop beau pour être honnête.

— Je vais réfléchir à votre proposition, rétorqua Kristi.

Vincent Albaron parut déçu.

— Vous avez mes coordonnées, madame Monier, mais ne tardez pas trop parce qu'en ce moment je suis entre deux chantiers et j'aimerais bien entamer les travaux cet été.

Il salua Doug et Kristi puis repartit, tandis qu'Harlan continuait à grogner.

— Je dois reconnaître que ce type vous a fait une belle offre, mais quelque chose me dérange chez lui, dit Doug lorsqu'il entendit la porte du bas se refermer.

Kristi hocha la tête. Elle aussi avait trouvé cette visite impromptue des plus bizarres.

Elle s'avança vers la fenêtre et regarda Vincent Albaron s'éloigner dans l'allée. Un autre homme l'attendait devant le portail. Mince, les cheveux très noirs et le teint hâlé, il était probablement originaire d'un pays du Maghreb. Ils discutèrent un moment en désignant discrètement et à plusieurs reprises la maison.

— Regardez, Doug ! dit-elle sans quitter les deux hommes des yeux.

L'écrivain s'approcha.

— Vous ne remarquez rien ? demanda-t-elle.

Doug plissa les paupières et vit soudain le détail qui avait attiré l'attention de Kristi.

28

L'individu qui attendait Vincent Albaron, sur le trottoir devant le jardin, semblait nerveux. Sa démarche était légèrement claudicante et il gardait sa main droite enfoncée dans la poche de la veste de chantier qui lui couvrait le bas des reins. Étrange accoutrement avec la température élevée de cette belle journée.

Kristi murmura, comme si elle avait eu peur d'être entendue malgré la distance :

— Nicole Chastang nous a bien dit qu'Harlan avait mordu à la fesse le type qui vous a frappé ? Et avec le coup qu'il vous a donné, sa main doit-être endolorie, qu'en pensez-vous ? Il aurait eu le temps de retourner à sa voiture, enfiler cette veste et revenir.

Doug hocha la tête :

— Mais je ne saurais dire si c'est l'homme qui m'a boxé, avoua-t-il en l'observant soigneusement ; vous l'avez certainement vu mieux que moi.

Ce n'était pas un reproche, mais elle le prit ainsi.

— Désolée, j'ai pensé à vous secourir avant de chercher à identifier votre agresseur. Je serai plus attentive la prochaine fois.

Doug haussa les épaules et tenta de raviver ses souvenirs, mais l'attaque avait été si rapide… Certes, la corpulence, la taille, l'allure… tout, chez l'homme qui parlait avec Vincent Albaron, rappelait l'intrus, mais il lui était impossible d'en être vraiment sûr.

— Bon, ça suffit ! Allons voir ce monsieur, s'exclama Doug.

Kristi le retint par le bras :

— Doucement champion ! Nous ne sommes sûrs de rien et on ne peut pas leur tomber dessus comme ça. Si c'est bien ce type qui était dans la maison, il faut savoir pourquoi, mais discrètement.

— Vous avez raison, excusez-moi, reconnut Doug en retrouvant son flegme. Avez-vous remarqué tous ces trous dans les murs, les planchers et les meubles retournés ? poursuivit-il.

— Au départ, je pensais qu'il s'agissait de gamins qui s'amusaient, mais à présent j'ai un doute. On dirait que les lieux ont subi une fouille en règle.

Ils refermèrent soigneusement les volets et barricadèrent comme ils le purent la porte d'entrée à l'aide d'un gros fil de fer.

Kristi se dirigea vers l'appentis pour admirer, encore une fois, la Peugeot 301 dont elle héritait de fait avec la maison. Puis ils regagnèrent la place de la mairie où les attendaient leurs véhicules respectifs.

— Si nous faisions un tour dans le village, Doug ? questionna l'Américaine.

L'écrivain hocha la tête. Il avait déjà visité le bourg à plusieurs reprises et aimait bien l'ambiance qui régnait dans ses vieilles ruelles.

Ils remontèrent donc l'avenue principale, passèrent devant une auberge où quelques clients attardés finissaient de prendre le café. Ils grimpèrent jusqu'à une esplanade au centre de laquelle coulait une fontaine ornée de quatre gueules de lion en cuivre.

C'était une place traditionnelle des villages de Provence, avec une église, une poste et, face à celle-ci, un petit café à la terrasse duquel quelques vieux se désaltéraient en parlant un peu fort.

— Je vous invite, Doug ? proposa Kristi en se dirigeant vers le troquet.

Ils s'assirent sur les chaises en osier et, immédiatement, la patronne, une jolie brune d'une trentaine d'années, arriva. Elle passa un coup de torchon sur la table et jeta un regard étonné à Doug. Ils commandèrent deux panachés.

— Pas facile de sortir avec vous sans se faire remarquer. Je crois que cette charmante jeune femme vous a reconnu, ironisa Kristi.

— Ça prouve que les Français aiment la bonne littérature.

— Prétentieux, plaisanta l'Américaine, tandis que la patronne revenait avec un plateau et un livre sous le bras.

— Excusez-moi, dit-elle en posant les consommations sur la table. Vous êtes bien Doug Alexander, n'est-ce pas ? Je ne voudrais pas vous déranger, mais j'adore vos romans, je les ai tous lus. Pourrais-je vous demander de me dédicacer celui-ci ? C'est l'un de mes préférés.

Elle tendit à Doug un exemplaire de *Un éclat de rire dans la gorge*.

— C'est demandé si gentiment que pour vous, jeune fille, je vais le dédicacer avec mon stylo fétiche. Comment vous appelez-vous ?

— Myriam !

Il sortit de la poche de sa chemise un Parker Sonnet avec plume en or, et griffonna quelques mots sur la page de garde avant de lui rendre l'ouvrage.

Kristi regardait, effarée, Doug faire un véritable numéro de charme. La serveuse s'en alla avec un grand sourire. Lorsqu'elle eut repris sa place derrière son comptoir, Doug se pencha vers Kristi :

— Et à présent, il faut que nous découvrions qui était l'homme avec Albaron. Je crois que vous allez devoir discuter de son devis avec notre gaillard, histoire de lui tirer les vers du nez dans un environnement favorable. Chacun son tour !

— Vous avez raison, Doug. Mais nous verrons cela dans la semaine. Pour l'instant, je dois trouver un menuisier afin qu'il répare les portes et les volets de la villa Alexandrine.

Doug la regarda, un peu surpris.

— C'est comme ça que j'ai décidé d'appeler ma propriété, rétorqua-t-elle avec un sourire mutin.

Ils discutèrent encore quelques instants jusqu'à ce que le carillon du clocher égrène cinq coups.

— Je dois y aller, dit Doug, avec une pointe de regret dans la voix. J'ai un rendez-vous par Zoom avec une chaîne new-yorkaise pour la promo de mon livre.

— Quelle vie trépidante vous menez, Doug ! Je plains votre chéri. Le pauvre ne doit pas vous voir souvent.

Doug éclata de rire. Il fit signe à la serveuse qui apporta l'addition dont Kristi s'empara. Tous deux redescendirent vers la mairie et regagnèrent leurs véhicules.

Lorsqu'elle arriva à La Maison rouge, précédée par Harlan qui fila à toute allure vers l'arrière-salle où il savait trouver sa gamelle, Kristi découvrit Linda et sa fille en grande conversation avec une femme rousse. Elle ne reconnut pas immédiatement Laetitia Albaron qui lui tournait le dos. Décidément, le hasard faisait bien les choses.

— Ah, madame Monier, s'exclama-t-elle en l'apercevant. Je suis contente de vous voir pour vous saluer avant de partir. Figurez-vous que je n'ai pas pu résister au plaisir de m'acheter cette petite lampe vintage qui était dans votre vitrine.

— C'est effectivement un très bel objet, confirma Kristi.

— Mon mari m'a dit qu'il vous a rencontrée tout à l'heure et qu'il vous a fait une proposition pour cette vieille bicoque.

Kristi hocha la tête et laissa la rousse flamboyante poursuivre :

— Passez donc à la maison dans la semaine.

— Mais très volontiers, je n'y manquerai pas. Mercredi, si vous voulez ?

Laetitia Albaron afficha un grand sourire. Elle allait se retirer, avec sous le bras, sa lampe impeccablement emballée par Linda, lorsque Kristi l'arrêta :

— Mais au fait, j'y pense… Cet après-midi, votre mari était avec un homme mince aux cheveux noirs. Il me semble le connaître.

— Il doit s'agir de Karim Laribi ! s'exclama la jeune femme. C'est le chef de chantier de l'entreprise. Mais je ne vois pas vraiment où vous auriez pu le croiser. Il n'habite pas à L'Isle-sur-la-Sorgue.

— J'ai dû confondre, sans doute.

Lorsqu'elle fut partie, Linda et Lilou se précipitèrent.

— Alors, raconte-nous ton après-midi avec Doug.

Elle leur détailla l'incident avec l'inconnu. Les deux filles prirent un air horrifié :

— Ne me dis pas que Doug est défiguré ! s'exclama Linda.

Kristi soupira en levant les yeux au ciel.

— Mais non, bien sûr. Il gardera sans doute un superbe coquard durant quelques jours, mais il devrait survivre.

29

Doug avait revêtu une robe de chambre en satin bordeaux et noir, très classe, style « au service de Sa Gracieuse Majesté ». Il se servit un whisky pur malt, vingt ans d'âge, et s'installa confortablement dans son canapé italien, les pieds sur la table basse en marqueterie.

Depuis le retour de son escapade avec Kristi, il n'avait cessé de travailler sur son futur roman et ses yeux étaient rougis d'avoir trop fixé l'écran. Il les massa avec le pouce et l'index et renversa sa nuque en arrière. Il grimaça, car son arcade gauche le faisait toujours un peu souffrir.

Monsieur Stephen King vint s'installer près de lui et se mit à ronronner comme un moteur diesel.

L'écrivain attrapa le téléphone cellulaire sur la table devant lui. L'horloge numérique indiquait vingt et une heures trente. Il composa un numéro et attendit quelques secondes. Au bout de deux sonneries, on décrocha.

— Bonjour ma chérie, comment vas-tu ? questionna-t-il.

Une voix suave lui répondit :

— Un peu fatiguée, j'ai eu une dure journée.

Doug sourit, ce qui déclencha une nouvelle douleur au niveau de son œil qui avait pris une belle teinte violacée. Sa journée à lui aussi avait été compliquée.

— Ne te surmène pas tout de même. Je te rappelle qu'on se voit bientôt et je te veux en forme. Tu sais, cette région est vraiment agréable, les gens sont accueillants, même si parfois ils se montrent un peu envahissants.

— C'est mieux que l'Angleterre ?

Doug ne put réprimer un nouveau sourire :

— Tu jugeras par toi-même !

La conversation dura encore un bon quart d'heure.

— Je t'aime. À très bientôt donc. Je suis impatient, conclut Doug avant de raccrocher.

Le cœur léger, il but une gorgée de whisky et caressa Monsieur Stephen King qui se mit à ronronner de plus belle.

— Elle sera bientôt là, dit-il à l'animal qui se mit sur le dos

Doug pressa la télécommande de la télé et se passa un épisode d'*Hercule Poirot*. Lorsque le détective belge eut résolu l'enquête, il avait terminé son verre. Il fut tenté de se resservir mais renonça : il avait mieux à faire. Il se rendit dans son bureau où il travailla à son roman jusqu'à minuit. Puis il replia le MacBook et monta se coucher, suivi comme son ombre par Monsieur Stephen King, le véritable maître des lieux.

L'écrivain eut du mal à s'endormir. De nombreuses questions restaient en suspens. Par exemple, à supposer que Nicole Chastang, qu'un faisceau d'indices désignait, soit bien la coupable, comment et où s'était-elle procuré le venin du boomslang qui avait servi de base à l'élaboration du poison ? On ne trouvait pas ce genre de bestioles dans la campagne provençale. Était-elle l'une de ces collectionneuses de nouveaux animaux de compagnie ? Faisait-elle partie de ces personnes qui s'entourent de mygales, reptiles et insectes mortels ? Il avait du mal à imaginer cette brave dame manipulant des scorpions et des tarentules à ses moments perdus, après son atelier de rigologie. Et puis, ce genre d'animaux sont soumis à déclaration et les propriétaires doivent posséder un certificat de capacité. Mais les flics avaient déjà probablement cherché dans cette direction.

Restait la possibilité que le ou la coupable se soit fourni sur un marché parallèle, en Allemagne par exemple. Doug connaissait assez bien le sujet pour avoir enquêté dessus au cours de l'écriture d'une scène d'*Un éclat de rire dans la gorge*.

Il devait découvrir qui avait pu se procurer un boomslang ou tout au moins son venin. Et si en plus on arrivait à récupérer le fameux carnet dont lui avait parlé Camille et que le nom du possesseur de l'animal se trouvait à l'intérieur, son compte était bon. Mais retrouver ce carnet était une tout autre histoire.

Doug jeta un coup d'œil au radio-réveil sur sa table de nuit. Il indiquait deux heures moins cinq. Monsieur Stephen King dormait depuis longtemps déjà et il était temps pour lui d'en faire autant.

Son sommeil fut de courte durée. Vers six heures et demie, le vieux matou commença à faire ses griffes contre son torse pour le tirer des bras de Morphée, histoire de lui rappeler qu'il était l'heure de son petit déjeuner.

— Toi, parfois je te déteste, lança Doug en repoussant le mince drap qui le recouvrait.

De toute évidence, le chat ne fut pas très impressionné par cette déclaration. Il sauta du lit et partit en se dandinant vers la cuisine.

Lorsque l'animal fut rassasié, Doug prépara un café qu'il but lentement, en admirant les contreforts du Luberon depuis sa fenêtre.

Puis il ouvrit son ordinateur portable et rechercha les dossiers qu'il avait créés au cours de ses investigations pour *Un éclat de rire dans la gorge* et plus particulièrement ceux concernant le boomslang. Il y avait des photos, des vidéos, des interviews de propriétaires de ce serpent, dont le poison pouvait mettre des heures avant de terrasser sa proie.

Or ce qui avait tué Carpentier avait agi, selon le médecin légiste, en trente minutes. C'était donc autre chose. D'ailleurs, si ce meurtre ressemblait à celui de son roman, c'était là une différence importante. En effet, dans le livre, le coupable se servait du venin du boomslang pour être loin au moment de l'apparition des premiers symptômes.

La sonnette de la grille d'entrée l'arracha à son étude. Il reconnut sur l'écran de l'interphone Laurent Char, le chef d'atelier de la concession Maserati d'Aix-en-Provence qui s'était déplacé en personne, comme à chaque fois, pour lui rendre sa voiture révisée. Un autre véhicule de la même marque le suivait pour le raccompagner une fois la livraison effectuée.

Doug avait totalement oublié que c'était ce matin que les mécaniciens rapportaient son bolide.

Il pressa le bouton qui télécommandait l'ouverture de la grille. Quelques minutes plus tard, le ronflement des moteurs italiens fit trembler les vitres de la véranda et suscita un miaulement réprobateur chez Monsieur Stephen King. Le matou détestait être dérangé après son petit déjeuner.

Doug sortit sur la terrasse pour accueillir les visiteurs. Laurent Char, qui conduisait sa Quattroporte vert anglais, *of course*, lui adressa un signe de la main et fit rugir à plusieurs reprises le six cylindres pour montrer à l'écrivain que la mécanique de précision fonctionnait à merveille.

Si Doug afficha un sourire satisfait, c'en fut trop en revanche pour Monsieur Stephen King qui remonta dans la chambre. Il ne reviendrait que lorsque ces bruyants malotrus seraient partis.

— Bonjour, monsieur Alexander, comment allez-vous ce matin ? lança l'étrange ouvrier qui avait troqué le bleu de travail contre le costume trois pièces.

— Très bien, merci. Mais entrez donc, j'étais en train de prendre mon café.

Laurent Char et son acolyte, vêtu du même uniforme à cravate, passèrent dans la cuisine de l'écrivain où l'on aurait presque pu loger une famille avec enfants. Il invita les deux hommes à prendre place et leur apporta deux tasses de café.

— Si vous voulez faire un galop d'essai avec votre joujou pour vérifier que tout fonctionne bien, on peut vous suivre, monsieur Alexander, dit Laurent Char.

Doug secoua la tête :

— Ce ne sera pas la peine. Si vous me dites que tout est OK, je vous fais entièrement confiance. Et puis, j'ai plusieurs choses à faire ce matin.

— Dans ce cas, on ne va pas vous déranger plus longtemps, répondit le mécanicien en terminant sa tasse de café.

Il fit signe à son binôme qu'ils devaient y aller.

Il aperçut soudain, sur l'écran de l'ordinateur, la dernière photo que Doug avait affichée, celle d'un serpent, gueule grande ouverte, prêt à planter ses crochets à venin dans l'objectif du photographe.

— Ne me dites pas que vous aussi êtes un fan de ces sales bestioles, monsieur Alexander, dit-il avec une sorte de dégoût.

Les sourcils de Doug se soulevèrent :

— Comment ça, moi aussi ?

Laurent Char désigna le boomslang sur l'écran du MacBook :

— Mon neveu a exactement le même. C'est un garçon un peu bizarre, si vous voyez ce que je veux dire.

Il tapota sa tempe de l'index pour appuyer son argumentation.

— Vous plaisantez ? Je n'ai trouvé aucun revendeur en France qui en propose.

Le mécanicien ricana et prit un air de conjuré :

— Vous n'avez pas cherché là où il faut.

— Et où aurais-je dû chercher, s'il vous plaît ?

— Sur les docks de Marseille, par exemple. C'est étonnant tout ce que l'on peut y acheter ! J'avoue que ce n'est pas une marchandise courante, mais il y a un ou deux spécialistes chez qui se sert le fils de ma sœur. Celui qui est…

Il tapota une nouvelle fois sa tempe de l'index. Doug hocha la tête et lui fit signe de se rasseoir.

— Je ne suis pas intéressé par l'achat d'une de ces bestioles, mais je serais prêt à offrir une petite prime contre un renseignement.

30

Le lundi à L'Isle-sur-la-Sorgue, tous les commerces ou presque baissaient leurs rideaux. C'était une tradition. La ville vivait à fond durant le week-end puis se reposait le premier jour de la semaine. Seuls les bars et quelques restaurants demeuraient ouverts pour accueillir les touristes et les consommateurs locaux.

Kristi avait fermé La Maison rouge pour se promener un peu dans la région.

L'Américaine décida de visiter Fontaine-de-Vaucluse. Harlan, assis sur le siège arrière, observait attentivement la route. À la sortie de la ville, Kristi aperçut un panneau qui indiquait la direction du petit village de Saumane, réputé pour son château ayant appartenu à la famille du marquis de Sade. Kristi n'avait découvert que très récemment qui était ce sulfureux personnage grâce à un roman intitulé *Justine ou les malheurs de la vertu* chiné chez le libraire d'occasions de la rue Carnot, près de la mairie.

Elle abandonna sa destination première pour rouler vers cette localité qu'elle ne connaissait pas encore. Après une série de lacets, la route, creusée entre des parois de roches abruptes, déboucha sur une esplanade où quelques voitures étaient garées.

Elle parqua la petite 205 à l'ombre d'un platane et poursuivit son chemin à pied vers le village, qui ne se trouvait qu'à une centaine de mètres. Harlan courait dans toutes les directions. Elle l'appela, mais comme à son habitude, l'animal n'en faisait qu'à sa tête.

Elle passa devant une auberge fermée en cette saison, flâna dans les ruelles ombragées bordées de maisons aux façades mangées par la vigne vierge, admira le panorama qui, depuis la place de l'église, permettait d'apercevoir la silhouette massive du Luberon, et se dirigea finalement vers le château.

C'était un édifice réellement imposant qui dominait toute la vallée depuis son promontoire en nid d'aigle.

Hélas, après une montée abrupte en plein soleil, Kristi eut la désagréable surprise de trouver les portes cadenassées avec une grosse pancarte apposée sur le mur indiquant : « En travaux. »

— De toute manière, je ne pense pas qu'ils acceptent les chiens, dit-elle en se tournant vers Harlan qui, debout, les pattes avant posées contre la grille, semblait au moins aussi désappointé que sa maîtresse.

Elle hésita à s'engager sur le sentier empierré qui conduisait sur la colline d'où lui parvenait une délicieuse odeur de résine de pin. Finalement, elle décida de rebrousser chemin pour regagner sa voiture. Elle décrocha son portable et composa le numéro que Laetitia Albaron lui avait laissé. La rousse répondit au bout de quelques sonneries :

— Allô, Laetitia ? Je sais que nous étions convenues de prendre le thé mercredi, mais je suis à deux pas de chez vous. Pouvons-nous nous voir maintenant ?

La maison de Laetitia Albaron ne se trouvait qu'à quelques minutes de Saumane. C'était une jolie propriété tout à fait typique des domaines des notables de la région : une haute grille en fer forgé qui ouvrait sur une allée gravillonnée bordée de cyprès et, tout au bout, une villa de plain-pied oscillant entre tradition et modernisme. Le premier style était symbolisé par une façade en pierre apparente du Luberon et le second, par des volumes carrés et une toiture recouverte de panneaux solaires.

Plusieurs véhicules étaient garés sur le petit parking face à une belle véranda. Il y avait un camion à plateau, une Mercedes flambant neuve et une Dacia Duster. Un peu plus loin, sous un appentis, on pouvait apercevoir du matériel de maçonnerie et de travaux publics.

Kristi repéra immédiatement la chevelure rousse de Laetitia sur le perron. Elle ouvrit grand les vitres de la Peugeot.

— Toi tu m'attends ici, intima-t-elle au labrador qui manifestait son envie de la suivre.

— Je suis ravie que vous ayez finalement accepté mon invitation, dit Laetitia en écartant les bras pour accueillir sa visiteuse.

Elle s'avança et embrassa Kristi sur les deux joues, comme si elles étaient de vieilles copines.

— J'étais à Saumane et je me suis souvenue que vous habitiez tout près.

— Vous avez bien fait d'appeler, mais entrez donc !

Laetitia l'introduisit au salon qui donnait sur la véranda. L'intérieur était joliment décoré dans un style provençal sobre, dans les tons beige et blanc. Un canapé recouvert d'un plaid blanc, un fauteuil tapissier paré de tissus écrus, une table basse cérusée et un grand tapis à motifs floraux posé sur un carrelage en grès… l'atmosphère était délicieusement cosy.

Sur la table se trouvaient déjà une théière en argent, deux tasses et un sucrier en porcelaine de Limoges ainsi qu'une boîte à biscuits.

— Nous voici donc pour la première fois réunies en dehors de nos petits ateliers de rigologie, dit Laetitia avec entrain tout en se penchant pour servir le thé.

Kristi acquiesça d'un hochement de tête et prit la tasse que lui tendait son hôtesse.

— Une activité que je n'ai découverte que très récemment, dit-elle en portant le récipient à ses lèvres.

— Pareil pour moi. Je n'étais pas vraiment convaincue au départ, mais je dois reconnaître que ça fait un bien fou.

— C'est vrai. Hier j'étais chez Nicole Chastang qui me disait la même chose.

— Cette brave Nicole ! concéda Laetitia.

Kristi demanda :

— Vous la connaissez bien ?

Laetitia reposa sa tasse sur le plateau.

— Et si on se tutoyait ? proposa-t-elle en guise de réponse.

— Mais bien sûr Laetitia. Est-ce que tu es une amie de Nicole ?

— Mais oui, et de longue date. Nous jouons depuis des années dans le même club de bridge, au Grand Café de la Sorgue. C'est une personne que j'apprécie beaucoup. Elle a eu pas mal de drames dans sa vie.

Kristi feignit l'ignorance dans l'espoir d'en apprendre plus. Laetitia ne se fit pas prier pour déballer tout ce qu'elle savait à sa nouvelle amie. Elle ne révéla cependant aucun secret que l'Américaine ne connaisse déjà, sinon que l'ancienne prof de chimie, qui n'avait jamais été mariée, avait tout de même eu un flirt quelques années plus tôt.

— Ah bon ! Et qui était l'heureux élu ? questionna Kristi.

— Un type plutôt brillant, un peu plus jeune qu'elle. Un professeur spécialisé en toxicologie, il me semble.

— Et qu'est-ce qui s'est passé ?

Laetitia fit un geste vague :

— Un jour on ne l'a plus revu, et même à moi Nicole n'a jamais voulu en parler.

— Te souviens-tu comment se nommait cette perle rare ?

La rouquine éclata de rire :

— Pourquoi, tu cherches à te placer ?

Kristi haussa les épaules :

— Simple curiosité !

— C'était Julian quelque chose. Je ne me rappelle plus exactement, mais je crois qu'il travaillait à l'Assistance publique des hôpitaux de Marseille.

Le bruit d'un moteur dans la cour interrompit leur conversation. Presque simultanément, Harlan se déchaîna. Il semblait furieux.

— C'est Vincent qui revient, dit la rouquine en consultant sa montre.

Effectivement, quelques minutes plus tard, Vincent Albaron entra suivi de Karim Laribi. Ce dernier marqua un temps d'arrêt et afficha une expression de surprise en apercevant Kristi assise sur le canapé. Cela ne dura qu'une fraction de seconde avant que son visage ne retrouve une certaine impassibilité. Il salua les deux femmes d'un signe de tête et se tourna vers Vincent Albaron :

— Je vais vous laisser patron ! J'ai encore du boulot cet après-midi.

— Tu ne veux pas boire une bière ? proposa Laetitia.

Karim Laribi déclina l'offre et ressortit comme s'il était mal à l'aise.

La rouquine haussa les épaules.

À peine le contremaître fut-il à l'extérieur qu'Harlan se remit à aboyer de plus belle.

— Comment allez-vous, madame Monier ? On dirait que votre chien n'aime pas mon contremaître, s'exclama l'entrepreneur. Je parie que vous avez réfléchi à ma proposition concernant votre ruine. Alors, c'est d'accord ?

— Hélas non ! J'ai décidé de garder la maison et de la restaurer. Je vais donc avoir besoin de vos services, pour le gros œuvre tout au moins.

Vincent Albaron parut contrarié, mais il se ressaisit rapidement.

— Bien sûr, pas de problème. Je vous établirai un devis, mais je vous préviens que ça va douiller. Je ne suis pas sûr que vous soyez gagnante, madame Monier.

— Nous verrons bien, mais je crois que je suis en train de m'attacher à cette vieille baraque. Elle a une âme, vous ne trouvez pas ?

— Je vous comprends, répondit l'entrepreneur avec un sourire forcé. Mais qui sait, peut-être que l'avenir vous fera changer d'avis !

Kristi repartit une demi-heure plus tard, après avoir poliment refusé l'invitation à déjeuner de Laetitia. Les derniers mots de Vincent Albaron avaient résonné comme une menace et l'avaient impressionnée. Il fallait qu'elle en parle à quelqu'un. Elle décida que ce serait à Doug.

Tandis que le paysage défilait, elle s'adressa à Harlan dans le rétroviseur :

— Ce Laribi, c'est bien le type qui a frappé Doug, pas vrai ? Toi tu l'as reconnu, j'en suis sûre.

31

Kristi gara la petite 205 de Linda devant la belle propriété de Doug. L'écrivain sortit en entendant les pneus crisser sur le gravier et afficha un grand sourire en reconnaissant son amie. Mais son sourire se mâtina bientôt d'une ombre d'inquiétude.

— Mais que vous arrive-t-il ? s'inquiéta-t-il en découvrant la mine troublée de Kristi.

— Je viens de chez les Albaron. Je vous raconterai, mais d'abord j'aimerais que vous m'offriez une tasse de votre fameux thé si vous le voulez bien.

Doug fronça les sourcils :

— Je pense à quelque chose de plus fort. Entrez, j'ai ce qu'il vous faut : un bon vieux pur malt.

Kristi se tourna vers Harlan qui la regardait tristement partir, le menton posé sur le rebord de la vitre ouverte.

— Tu restes là mon chien. Sois sage.

— Mais non ! protesta Doug. Ne laissez pas cette pauvre bête à l'extérieur, qu'il entre. Ne vous inquiétez pas pour Monsieur Stephen King, il sait parfaitement faire respecter sa propriété.

Comme s'il avait compris les propos de Doug, le labrador sauta par la fenêtre et se mit à bondir autour d'eux.

— Tu as intérêt à te tenir tranquille. Sinon, c'est retour à la voiture.

La première rencontre entre Harlan et Monsieur Stephen King ne fut pas des plus chaleureuses. Le jeune chien, désireux de s'amuser, s'approcha du gros matou, museau en avant. Il en fut quitte pour un grand coup de patte sur la truffe qui le laissa sonné quelques secondes. Le labrador, peu courageux, partit se réfugier en couinant comme une souris dans les jambes de sa maîtresse qui secoua la tête d'un air navré :

— Quel garde du corps ! Je crois que je ferais mieux de prendre un chat pour me défendre.

— Racontez-moi tout, dit l'écrivain en lui tendant un verre qu'il venait de remplir au tiers.

Elle lui narra donc par le détail sa visite chez la rousse incendiaire et les révélations qu'elle lui avait faites sur l'ancien petit ami de Nicole Chastang. Elle lui parla également de sa certitude que celui qui l'avait frappé était bien Karim Laribi. Elle évoqua aussi la dernière phrase qu'avait prononcée Vincent Albaron et qui avait sonné à ses oreilles comme une menace à peine déguisée.

— Ce type m'a l'air d'un sale bonhomme, dit-elle en buvant une gorgée du liquide ambré qui fit naître en elle une douce chaleur.

— Une sorte d'homme de main ?

Kristi répondit avec un haussement d'épaules :

— Je n'irais pas jusque-là, car ça signifierait que Vincent Albaron est un truand, ce que je ne crois pas. Mais c'est quand même un type capable de faire du mal.

Doug paraissait soucieux :

— J'aimerais que vous vous teniez éloignée de ces gens. *A priori* rien ne les relie au meurtre de Carpentier, mais cette histoire autour de votre maison ne me plaît pas trop. Je ne comprends pas pourquoi il veut à tout prix cette ruine.

Kristi sourit. Le fait que l'écrivain s'inquiète pour elle la touchait. À son tour il lui raconta sa matinée et son entretien avec Laurent Char. Elle grimaça quand il parla des reptiles :

— Vous avouerez qu'il faut quand même être un peu givré pour s'attacher à un serpent venimeux.

— Les mystères de l'amour, plaisanta Doug.

Il consulta sa montre.

— Mais dites-moi ma chère avez-vous vu l'heure ? Il est temps d'aller déjeuner ! Qu'en pensez-vous ?

Kristi se leva d'un bond et s'exclama :

— OK, mais c'est moi qui cuisine !

— Allons donc ! J'ai là dehors quatre cent trente chevaux qui sont impatients de faire un petit galop d'essai sur les sublimes routes du Luberon. De plus il faut que je vous présente mon ami Damien qui est chef à La Bastide de Capelongue à Bonnieux. Par contre, j'ai peur que cette fois on ne puisse inviter votre garde du corps, nous devrons le laisser ici, regretta Doug en désignant Harlan.

Le chien dressa les oreilles comme s'il avait compris les propos de Doug. Son regard affolé passa de sa maîtresse au gros chat roulé en boule sur le canapé qui l'observait sournoisement à travers ses paupières mi-closes. Rester ici tout seul avec ce fauve assoiffé de sang était au-dessus de ses forces. Il se fit suppliant, à tel point que Kristi faillit revenir sur sa décision et refuser le déjeuner.

— N'ayez crainte, la rassura Doug. La femme de ménage doit arriver d'une minute à l'autre et je vais lui demander de préparer un festin de roi pour lui.

Cette perspective sembla apaiser l'animal qui bouda encore un peu, pour la forme, puis se recoucha sous la table qu'il avait choisie comme abri.

La Bastide de Capelongue apparut au détour d'un petit chemin goudronné bordé de chênes blancs et de murets de pierres sèches mangés par le lierre. Doug engagea la puissante voiture sur l'allée gravillonnée qui conduisait au corps principal du bâtiment.

L'écrivain descendit et vint ouvrir la porte côté passager. Kristi sourit devant une telle galanterie un peu désuète, mais très agréable.

Un serveur les installa sur la terrasse qui faisait face à un superbe parc au-delà duquel on apercevait les premiers contreforts du Luberon. Une brise tiède apportait des senteurs de pins ainsi que des cris d'oiseaux provenant du jardin.

— C'est magnifique ! s'émerveilla l'Américaine.

— Et attendez de goûter la cuisine de Damien, vous m'en direz des nouvelles. D'ailleurs, le voilà.

Un jeune homme dans la trentaine, veste blanche et pantalon pied-de-poule, s'avança avec un grand sourire.

— Monsieur Alexander, mais quel plaisir de vous revoir chez nous ! Ça faisait longtemps.

— Pour moi aussi, c'est un plaisir Damien. Laissez-moi vous présenter une amie, Kristi Monier, qui est antiquaire à L'Isle-sur-la-Sorgue et accessoirement la fille de mon éditrice new-yorkaise.

Le chef cuisinier s'inclina :

— Soyez la bienvenue, madame Monier.

— J'espère que vous allez nous soigner, poursuivit Doug.

Damien afficha un faux air attristé :

— Voyons monsieur Alexander. Est-ce que je vous ai déjà fait défaut ?

— Pas une seule fois, je dois l'avouer.

Quelques minutes après le départ du chef, une jeune femme vint prendre leur commande et apporta l'apéritif :

— Offert par la maison, précisa-t-elle.

Lorsqu'elle fut partie, Kristi ne put réprimer un sourire :

— On ne prête qu'aux riches, n'est-ce pas ?

— Vous savez, Kristi, ça n'a pas toujours été ainsi. Certes mes parents appartenaient à la classe moyenne. Ils n'étaient pas pauvres, mais ils ne roulaient pas sur l'or. Et j'ai dû attendre l'âge de trente-cinq ans pour vendre mon premier roman, qui n'a pas du tout marché. J'ai même failli arrêter tellement les critiques étaient mauvaises. À l'époque, je vivais à Londres dans un studio de dix mètres carrés et je n'avais pas toujours de quoi manger.

Kristi l'écoutait religieusement. Elle n'était pas au courant de ces faits.

— Je n'avais pas l'intention de vous vexer, s'excusa-t-elle. Si je vous charrie de temps en temps, c'est parce que je vous apprécie.

— Mais je ne suis pas vexé, se défendit-il gentiment.

— Et comment est venu le succès ?

— Lorsque j'ai arrêté de vouloir me prendre pour Shakespeare et que j'ai inventé des histoires populaires qui me convenaient mieux. Le public a aimé et le feu était mis aux poudres.

Un peu émue, comme elle l'était à chaque fois par les contes qui finissent bien, probablement une réminiscence de l'enfance, Kristi leva son verre :

— Eh bien, à votre succès mérité, Doug. Vous êtes l'une des rares personnalités publiques de l'édition dont la vie privée ne s'étale jamais dans les tabloïds.

Ils trinquèrent et demeurèrent silencieux durant quelques instants. Un serveur leur apporta l'entrée.

— J'aimerais bien rencontrer l'ancien amoureux de Nicole Chastang, lança Kristi. Je suis sûre qu'il pourrait nous apprendre pas mal de choses sur notre chère professeure de chimie.

— Et vous croyez qu'il va vous déballer sa vie intime comme ça, juste pour vos beaux yeux ?

— À moi non, mais à un célèbre écrivain qui ferait des recherches pour un prochain roman…

Doug hocha la tête :

— Vous savez toujours exactement ce que vous voulez, vous. N'est-ce pas ? Mais je vous avoue que moi aussi, je suis curieux. Je ne vous promets rien, mais je vais y réfléchir.

Ils n'évoquèrent plus l'affaire durant le repas. Après le café, ils revinrent à la propriété où Harlan attendait sa maîtresse, comblé par le repas que lui avait préparé la femme de ménage qui faisait aussi office de cuisinière.

Kristi rentra vers L'Isle-sur-la-Sorgue, bras à la portière, profitant de l'air tiède qui lui fouettait le visage. Ce repas avait été pour elle un véritable enchantement et elle sentait que la compagnie de Doug lui redonnait un peu confiance en l'espèce masculine, même s'il était… Oh et puis zut, quelle importance ? Un véritable ami valait peut-être mieux qu'un amant après tout.

32

Le printemps s'était définitivement installé sur la petite Venise du Comtat. Désormais, toutes les boutiques avaient ouvert leurs portes et dressé leurs terrasses. Les commerçants avaient déballé leurs étals et les quais s'étaient parés des tonnelles colorées déployées par les restaurateurs pour protéger leurs clients du soleil.

Une incroyable diversité de produits s'entassait sur les gondoles et les présentoirs qui s'avançaient devant les vitrines : tissus bigarrés, vêtements, chapeaux, fruits et légumes... Depuis le Moyen Âge, les Islois négociaient tout ce qui pouvait l'être.

En ce jeudi, les vendeurs ambulants étaient venus se joindre aux commerçants sédentaires car c'était jour de marché. Un marché où les odeurs de fleurs, de lavande et de savon de Marseille se mêlaient agréablement.

Kristi consulta sa montre pendentif. Doug était en retard pour leur séance de rigologie, ce qui ne lui ressemblait pas du tout. Tous les autres étaient déjà là, à l'exception de M. Dreyfus.

— Mais où sont donc nos vedettes ? demanda Sandrine Laurent en s'adressant directement à l'Américaine.

Celle-ci fit un geste d'ignorance. Elle n'avait pas revu Doug depuis leur déjeuner à La Bastide de Capelongue, trois jours plus tôt. Quant à M. Dreyfus qui passait régulièrement à La Maison rouge pour boire son café du matin, il n'était pas venu depuis l'avant-veille.

— Voilà Doug, s'écria soudain Camille en apercevant la silhouette longiligne de l'écrivain à l'entrée du parc.

— Désolé pour le retard, s'excusa-t-il en arrivant, un peu essoufflé. Un coup de fil au moment de partir.

En annonçant cela, il avait jeté un regard étrange à Kristi, mais il n'eut pas le loisir de lui parler dans l'immédiat.

— Les amis, nous allons commencer notre séance. Tant pis pour M. Dreyfus qui a dû avoir d'autres obligations, lança Sandrine.

Elle invita les adhérents du club à la suivre dans les allées ombragées du parc pour faire quelques exercices respiratoires et se décontracter. Ils contournèrent le château, se dirigèrent vers la maison des pigeons censée attirer les volatiles à l'écart du centre-ville et poursuivirent en direction du jardin d'enfants. Kristi et Laetitia marchaient derrière Sandrine, s'appliquant à imiter ses gestes. Doug et Camille les suivaient, en chuchotant comme des complices et Nicole Chastang fermait la marche. Kristi dut prendre sur elle pour ne pas se retourner et demander à Doug de cesser de faire le joli cœur. Qu'aurait pensé Philippe ?

Les membres du petit groupe commencèrent par une séance de relaxation. Kristi remarqua que l'ancienne prof de chimie avait du mal à se décontracter aujourd'hui. Elle paraissait inquiète.

L'atelier se termina un peu plus tard que prévu à cause du retard de Doug. Fidèle à son habitude, la maîtresse de cérémonie avait apporté un thermos contenant du thé qu'elle distribua dans des tasses en carton, sauvegarde de la planète oblige.

Kristi allait enfin pouvoir discuter avec Doug lorsque Camille accapara ce dernier en l'attrapant par le bras. Elle déposa un baiser claquant sur sa joue.

Devant l'air un peu surpris de Doug, elle expliqua :

— De la part de mon fiancé, pour l'excellent repas de l'autre jour et pour la dédicace de votre livre. Il se la pète comme c'est pas permis devant ses copains. Il s'est même mis à lire !

Doug demanda ce que signifiait l'expression « il se la pète ». Il maniait parfaitement la langue de Molière, mais certaines subtilités d'argot lui échappaient parfois.

— Il frime, il fanfaronne… si vous préférez, précisa la blondinette en découvrant deux impressionnantes rangées de dents d'une blancheur presque éblouissante.

— La rançon du succès, murmura Laetitia à l'oreille de Kristi dont elle avait remarqué la grimace tendue quand Camille avait embrassé l'écrivain.

Elle aurait voulu lui répondre de la fermer et de s'occuper de ses affaires, mais elle songea une fois de plus au ridicule de sa conduite. Non seulement ni Camille ni elle n'intéresseraient jamais Doug, mais en plus elle s'était juré de son côté que les hommes, c'était bien fini pour elle.

— Je ne crois pas que ce genre de gamine l'attire, s'énerva-t-elle, un peu agressive.

La rousse incendiaire haussa les épaules. Après tout, ce n'était pas son problème.

— On va prendre un café ? proposa-t-elle pour calmer le jeu.

Kristi consulta sa montre. Il était l'heure pour elle de retourner à La Maison rouge. Linda était un ange et s'investissait à fond dans le fonctionnement de la boutique, mais elle devait aussi réaliser sa part de travail.

— OK, mais je t'invite, il faut que j'aille faire tourner mon commerce. Vous nous accompagnez ? lança-t-elle à Doug, toujours en grande conversation avec Camille.

La jeune fille adressa un sourire entendu à l'écrivain :

— Je vous abandonne en d'autres mains, dit-elle.

— De la part de mon chéri… minauda l'Américaine en parodiant les élans d'affection de Camille, en aparté pour Laetitia.

Il ne leur fallut que quelques minutes pour rejoindre La Maison rouge. Kristi laissa Doug et Laetitia s'installer à la petite terrasse et disparut dans la boutique. Elle en ressortit quelques minutes plus tard en apportant le café.

Ils bavardèrent un long moment mais évitèrent soigneusement d'évoquer l'enquête devant Laetitia. La discussion s'orienta vers les membres de l'atelier de rigologie et leurs motivations. Doug expliqua que, pour sa part, ce yoga du rire avait un effet extrêmement bénéfique sur sa créativité. Il ne pouvait quasiment plus se passer de cette rencontre hebdomadaire.

— C'est comme M. Dreyfus, appuya Laetitia. Nicole m'a dit qu'elle ne l'avait jamais vu manquer une seule séance en trois ans. J'espère qu'il ne lui est rien arrivé de fâcheux.

Doug se racla la gorge :

— J'ai bien peur que si.

Les deux femmes le dévisagèrent, étonnées.

— Les gendarmes l'ont arrêté avant-hier. Je n'ai pas voulu en parler devant les autres tout à l'heure.

Laetitia et Kristi s'écrièrent en même temps :

— Mais pour quelle raison ?

— Pour meurtre !

— C'est une plaisanterie ? s'exclama Kristi.

— Et comment êtes-vous au courant ? renchérit Laetitia.

— Ce n'est hélas pas une plaisanterie et, pour répondre à votre question, Laetitia, j'ai quelques amis qui m'ont averti. De toute manière, l'histoire sera dans la presse de demain.

Kristi s'impatienta :

— Bon alors, vous nous expliquez ou pas ?

Elle était apparemment toujours un peu énervée contre l'écrivain qui fit mine de ne rien remarquer.

— Les gendarmes ont fouillé dans le passé de tous ceux qui ont eu la possibilité d'empoisonner Stéphane Carpentier…

— Donc tous les participants à l'atelier de rigologie, le coupa Laetitia.

— Toutes les personnes présentes le jour du meurtre, effectivement. Et ils ont découvert que M. Dreyfus avait fait partie d'un mouvement anarchiste qui avait placé une bombe dans un commissariat, durant les émeutes de 1968. Un policier avait été tué.

— Mais je ne vois pas de rapport avec la mort de Stéphane Carpentier ! s'exclama Kristi.

Doug lui fit signe d'attendre la suite.

— Les gendarmes non plus au départ, jusqu'à ce qu'ils comprennent que M. Dreyfus était sous la coupe de Carpentier. Il avait trouvé des tracts datant de l'année 1968 et un article de presse qui relatait le drame, dans une maison qu'il avait vendue. Il avait fait le rapprochement et, depuis plusieurs années, soutirait de l'argent au vieux monsieur.

Ils s'aperçurent soudain que Laetitia était blême, sa lèvre inférieure tremblait. Elle explosa d'un seul coup :

— Mais non, ce n'est pas possible, ça ne peut pas être lui !

Elle avait dit cela avec une telle violence que Doug et Kristi se regardèrent, surpris par l'ampleur de sa réaction. Constatant leur étonnement, elle balbutia :

— Excusez-moi, mais je trouve cela injuste. J'aime beaucoup M. Dreyfus et je ne peux pas croire qu'il ait assassiné Stéphane Carpentier.

— En tout cas, il semble établi qu'il a bien posé cette bombe en 1968, ou tout au moins qu'il a participé à l'attentat.

Kristi se laissa aller contre le dossier de sa chaise :

— M. Dreyfus, murmura-t-elle. C'est vrai que moi aussi, j'ai du mal à l'imaginer empoisonnant Carpentier.

— Tout comme déposant un engin explosif dans un commissariat ? ironisa Doug.

Midi sonna. Laetitia, qui paraissait perturbée par ce que venait de révéler Doug, se leva et prit congé.

Lorsqu'ils furent seuls, Kristi demanda avec impatience :

— Bon, est-ce que vous avez appris autre chose depuis notre dernière rencontre ?

— Vous pensez que ça vaut la peine de continuer ? On dirait que les gendarmes ont été plus efficaces que nous et que l'affaire est à présent résolue. Vous savez pourquoi Carpentier vous a laissé cette maison et vous savez aussi qui l'a tué. Alors, à quoi bon ?

— Allons Doug, ne soyez pas ridicule. Ce n'est pas M. Dreyfus qui a éliminé Carpentier. Moi je mise toujours sur Nicole Chastang.

L'écrivain leva les yeux au ciel. Il n'avait jamais connu une femme aussi entêtée.

— J'ai retrouvé l'ancien petit ami de Nicole. Il s'appelle Julian Troskus et il est professeur de toxicologie aux Hôpitaux universitaires de Marseille.

Le visage de Kristi s'éclaira :

— Vous avez réussi à le retrouver ? Doug, vous êtes le meilleur. Si je ne me retenais pas, je vous embrasserais. Aujourd'hui, c'est moi qui vous invite à déjeuner.

— Et encore, je ne vous ai pas tout dit !

Elle fronça les sourcils pour paraître sévère. Doug poursuivit :

— Figurez-vous que Carpentier trempait dans pas mal de magouilles qui lui ont rapporté un énorme paquet d'argent.

— Genre les dessous-de-table qu'il mettait dans sa poche, rétorqua-t-elle ironiquement ? Et alors ?

— Il semblerait qu'il ait converti cet argent plus celui des ventes de ses biens en or.

— Qu'est-ce que ça représente ? questionna Kristi.

— Au moins dix kilos !

Kristi demeura sans voix.

33

Marseille était un tel dédale de carrefours et d'avenues que Doug avait raté l'entrée de la rue qui desservait les Hôpitaux universitaires. Il avait dû faire un tour complet de la ville pour revenir sur ses pas.

Pour obtenir un entretien avec le professeur Troskus, il avait prétexté des recherches pour son prochain roman. Julian Troskus était un homme très occupé, un ponte de la médecine, mais devant la notoriété de Doug et la promesse de voir son nom figurer dans les remerciements de l'ouvrage, il avait accepté de le recevoir.

Kristi avait insisté pour l'accompagner. Doug savait qu'il était inutile de tenter de la dissuader lorsqu'elle avait une idée en tête.

— Vous n'aurez qu'à dire que je suis votre assistante. Je prendrai même des notes, s'enthousiasma-t-elle en l'entraînant vers l'accueil.

L'hôtesse derrière son comptoir consulta son registre pour vérifier leur rendez-vous et les envoya directement au deuxième étage, où se trouvait le bureau du professeur Troskus.

La soixantaine sportive, cheveux coupés courts, des yeux bleu-vert un peu trop petits pour son visage… à part ce dernier détail, le médecin était un véritable stéréotype d'acteur américain de série B. Il les accueillit avec un sourire qui découvrit deux rangées de dents parfaitement symétriques.

— Que puis-je faire pour un si célèbre écrivain et sa charmante secrétaire ? dit-il en les invitant à prendre un siège face à son bureau décoré de portraits d'animaux mortels, de plantes nocives, de diplômes et d'un énorme aloe vera qui étirait ses feuilles vers le plafond.

— Eh bien voilà, expliqua Doug. Je travaille sur un nouveau manuscrit dans lequel la victime est assassinée à l'aide d'un poison naturel, un venin en l'occurrence, modifié de manière à en accroître la toxicité.

Troskus fronça les sourcils. La question parut le surprendre. Il se racla la gorge et répondit d'un air soupçonneux :

— Mais n'est-ce pas là le sujet de votre dernier roman déjà publié ?

Doug faillit être déstabilisé. Le type était l'un de ses lecteurs ! Il aurait dû mieux préparer ses arguments. Il réfléchit à toute allure, mais ce fut Kristi qui le tira d'embarras :

— Dans cette nouvelle histoire, l'assassin copie justement le crime commis par le meurtrier d'*Un éclat de rire dans la gorge*, mais en l'adaptant à sa sauce. Il s'agit d'une suite.

Troskus hocha la tête. Il ne paraissait pas vraiment convaincu.

— Je ne vois pas l'intérêt d'un tel poison, dit-il. Pourquoi ne pas prendre directement un poison violent ? Le venin du mamba noir par exemple, si vous voulez rester dans le domaine de l'herpétologie. L'animal injecte une dendrotoxine dont l'effet est extrêmement rapide, fulgurant même.

— Disons que le meurtrier souhaite utiliser une substance qui déroute les enquêteurs.

Julian Troskus se tortillait sur son fauteuil. Il semblait animé par un conflit intérieur.

— Je comprends, dit-il. Je suis tombé, il y a quelques mois, sur un cas très curieux. On nous a amené un collectionneur de NAC mordu par l'un de ses reptiles. *A priori*, il ne s'agissait pas d'un reptile très venimeux. Pourtant, bizarrement, l'état du patient s'est rapidement dégradé et on a observé des effets qui n'avaient rien à voir avec ceux du toxique original. On a pu le sauver, mais il a tout de même gardé des séquelles.

Kristi se pencha un peu en avant sur sa chaise :

— Et est-ce que vous avez pu résoudre ce mystère ?

Le médecin la regarda d'une manière qui la mit mal à l'aise. Elle eut l'impression qu'il la déshabillait des yeux. Ce type était un lubrique qui avait du mal à se contrôler en présence d'une femme, cela paraissait évident. Du coup, l'image du beau toubib de série télé vola en éclats dans l'esprit de Kristi. Il répondit sur un ton docte :

— Absolument ! Il s'avère que cet homme avait croisé deux serpents de familles différentes et que l'hybridation avait engendré un reptile dont les spécificités n'avaient rien à voir avec celles des espèces souches.

— C'est possible, ça ? s'exclama Kristi.

— Dans certaines conditions. Mais bien sûr, si l'on peut prévoir plus ou moins les caractéristiques physiques des petits, il n'en est pas de même pour la toxicité du venin. C'est d'ailleurs là le problème, car il n'existe pas de sérum pour les venins de ces espèces métisses.

— Je vois, dit Doug. Il n'est donc pas nécessaire de posséder de solides connaissances scientifiques pour créer ce type de poison ? Il faut plutôt s'en remettre au hasard ?

Julian Troskus approuva d'un signe de tête.

— Et j'imagine que se procurer ce genre de bestiole est extrêmement compliqué, reprit Kristi.

— En France, les animaleries ne peuvent pas proposer de serpents venimeux. Les propriétaires doivent être titulaires d'une capacité et le commerce comme les échanges se font essentiellement dans le circuit professionnel. Bien sûr il y a aussi des trafics, mais à mon sens assez restreints.

Ils discutèrent encore près d'une demi-heure durant laquelle Kristi joua à la perfection son rôle d'assistante. Doug et elle amenèrent doucement le médecin sur leur terrain. Kristi lui expliqua qu'elle n'était la collaboratrice de Doug qu'à mi-temps, car elle tenait également une boutique d'antiquités à L'Isle-sur-la-Sorgue.

— C'est une ville dans laquelle j'ai vécu, dit Troskus. Hélas, je n'y suis pas retourné depuis bien longtemps.

Kristi feignit la surprise :

— Ah bon ? C'est drôle comme le monde est petit. Nous avons peut-être des relations communes, qui sait ?

— L'Isle reste un village, même si l'été sa population augmente de manière exponentielle. Tout le monde s'y connaît, argumenta Doug à son tour.

L'atmosphère se détendant, le médecin baissa un peu sa garde et se laissa aller aux confidences :

— J'avais une amie qui était professeure au collège local.

— Ah oui, et comment s'appelait-elle ? questionna Kristi.

— Nicole Chastang. Elle enseignait la physique et la chimie, mais cela remonte à loin.

— Ça alors, mais c'est extraordinaire ! s'exclama Kristi. Nous nous voyons tous les jeudis pour notre atelier de rigologie.

Le visage de Paul Martin s'éclaira :

— Incroyable en effet. Comment va-t-elle, cette chère Nicole ?

Kristi évita de lui parler de l'affaire qui animait la ville et des soupçons qu'elle nourrissait envers l'ancienne prof de chimie.

— Puisque vous la connaissez, vous auriez pu vous épargner le voyage. Elle vous aurait renseigné presque aussi bien que moi sur les serpents, expliqua Troskus.

Kristi et Doug se regardèrent, étonnés :

— C'est étrange, dit l'écrivain, elle ne m'a jamais parlé de ses compétences en herpétologie.

— Eh bien cela date un peu, mais à plusieurs reprises elle m'a aidé dans mon travail. À cette époque, j'étudiais les reptiles sud-africains.

34

Le dimanche suivant leur virée marseillaise chez le professeur Troskus, Kristi et Doug se retrouvèrent une nouvelle fois sur le parking de la mairie à Lagnes.

— Pouvez-vous me dire ce que nous faisons ici ? interrogea l'écrivain.

— Je veux vérifier une théorie.

— Vous ne devriez pas être à votre boutique au lieu de jouer les détectives un dimanche ? interrogea Doug.

— D'une part, La Maison rouge est toujours fermée le dimanche après-midi et, d'autre part, je ne raterais pour rien au monde l'occasion de confondre une meurtrière.

Kristi entraîna Doug vers l'ancienne demeure d'Alexandrine Fage. Ils montèrent directement à l'étage des chambres où Kristi entrouvrit les volets.

— Allez-vous enfin me dire ce que nous faisons là ? s'impatienta Doug.

— Nous observons et nous attendons. Je suis sûre que c'est elle la coupable, dit-elle en désignant du menton Nicole Chastang qui jardinait à quelques mètres d'eux.

— Ne tirez pas de conclusions trop hâtives ! Vous n'avez aucune preuve de ce que vous avancez.

— Ah non ? Et pourquoi a-t-elle menti au sujet de ses connaissances sur les serpents ?

— Elle n'a jamais prétendu qu'elle n'avait pas de connaissance dans ce domaine, elle n'a juste rien dit.

Allez savoir, elle s'intéressait peut-être à ce sujet pour impressionner le séduisant docteur Troskus. Mais vingt ans se sont écoulés.

Kristi lança, avec un haussement d'épaules :

— Bien sûr ! Vous, dès qu'il y a un beau mec dans les environs…

Doug fut tenté de lui répondre vivement mais se contrôla pour ne pas parler trop fort :

— Bon, ça suffit à présent avec vos allusions. Ça devient dérangeant !

— Vous avez raison Doug, je vous prie de m'excuser. Ce sont des réflexions idiotes. Pardon !

Elle lui donna un coup de coude amical dans les côtes. L'écrivain capitula :

— N'en parlons plus. Mais si vous m'expliquiez pourquoi nous sommes en train d'espionner cette femme ? Vous n'espérez tout de même pas qu'elle va sortir son serpent venimeux dans le jardin pour lui faire prendre l'air ?

— Sait-on jamais ? Et puis il y a un proverbe en France qui dit : Si tu ne vas pas à la montagne, la montagne ira à toi… ou un truc dans ce genre.

— C'est une phrase adaptée du Coran, rectifia Doug en s'asseyant sur le lit dont les ressorts grippés gémirent sous son poids.

— Et voilà la cavalerie ! dit Kristi, au moment où un moteur se fit entendre à l'entrée de la propriété de Nicole Chastang.

Doug s'approcha et aperçut la voiture de Laetitia Albaron qui venait se garer devant la villa. La rousse incendiaire, pantalon de randonnée kaki, chemise beige, bob de pêcheur et sac musette en bandoulière, descendit du véhicule. Elle s'avança vers l'ancienne prof de chimie et les deux femmes échangèrent une accolade avant d'entrer dans la maison.

— Qu'est-ce que tout cela signifie ? s'inquiéta Doug.

Kristi lui fit signe de parler moins fort :

— Attendez un peu, vous allez comprendre !

Une dizaine de minutes plus tard, les deux femmes ressortirent et se dirigèrent vers le véhicule de Laetitia. Nicole portait un petit sac à dos qu'elle déposa dans le coffre. Ensuite, elles montèrent en voiture et démarrèrent.

— Qu'est-ce que vous avez en tête ? s'inquiéta l'écrivain.

— Comme je vous l'ai expliqué, si tu ne vas pas à la montagne, la montagne ira à toi. Nous allons fouiller la maison. Nous avons tout notre temps. Laetitia m'a dit qu'elle et son amie partaient en randonnée dans les monts de Vaucluse. Elles ne seront pas de retour avant dix-neuf heures. D'ici là, nous saurons si Nicole cache de sales bestioles et, si c'est le cas, nous préviendrons le lieutenant Dangelo.

— Mais vous avez perdu la raison ! s'exclama Doug. Vous voulez pénétrer dans la maison par effraction ? C'est un coup à se retrouver en prison ! Et en plus, vous avez parlé de nos soupçons à Laetitia ?

— Allez, arrêtez de trembler, Doug. Je n'ai rien dit à Laetitia, c'est venu tout seul dans la conversation. Dans vos bouquins, vos héros font bien pire, il me semble ?

L'écrivain leva les yeux au ciel :

— Mais là, nous ne sommes pas dans un roman…

Il n'eut pas le temps de trouver d'autres arguments. Kristi descendait déjà les marches quatre à quatre, suivie par Harlan. Doug se précipita à son tour, persuadé qu'il allait forcément le regretter. Il découvrit Kristi agenouillée devant la porte de Nicole, tentant de forcer la serrure à l'aide d'outils de cambrioleur.

— Bon sang, mais où avez-vous trouvé ça ? demanda-t-il en désignant la pochette en Cordura posée à côté de l'Américaine, qui contenait tout le nécessaire du parfait petit monte-en-l'air.

— Sur Internet pour quinze euros. Il y avait même un tuto vidéo pour apprendre à s'en servir.

L'écrivain allait lui rétorquer que, sans une solide expérience de ce genre d'instrument, elle ne parviendrait même pas à ouvrir une boîte à biscuits lorsqu'un déclic annonça que le mécanisme venait de céder.

— Toi, tu restes là et tu montes la garde, intima Kristi à Harlan qui se campa sur ses pattes avant, derrière relevé et queue battant l'air, croyant que sa maîtresse voulait jouer.

Elle fit signe à Doug de la suivre.

— Vous êtes sûre qu'il a bien compris ce que vous attendiez de lui ? s'inquiéta-t-il.

— Mais oui, bien sûr. Allez, entrez, on pourrait nous voir.

Ils pénétrèrent dans la maison où régnait un silence seulement troublé par le tic-tac de l'horloge bon marché accrochée au mur. Une légère odeur de lavande flottait dans l'atmosphère.

Les volets étaient clos, mais laissaient tout de même filtrer suffisamment de lumière pour qu'on puisse se repérer.

— Et maintenant, on fait quoi ? On vole l'argenterie ? questionna Doug mal à l'aise.

Kristi dut se forcer pour ne pas céder au fou rire qui montait en elle. La tension nerveuse, le danger qu'ils couraient d'être surpris et l'humour de Doug manquèrent la faire craquer.

Ils laissèrent le salon sur leur gauche, suivirent un petit couloir qui tournait brusquement à angle droit et se terminait par un escalier à trois degrés. Plusieurs portes s'ouvraient à droite et à gauche. Il s'agissait des chambres, de la salle de bains et des toilettes.

— Fouillez la pièce de droite, moi je m'occupe de celle de gauche, mais surtout, remettez tout en place, ordonna Kristi.

— Vous ne pensez quand même pas découvrir un serpent venimeux dans ses sous-vêtements ? renâcla Doug en saisissant à deux doigts un soutien-gorge de grande taille, abandonné sur un lit.

L'Américaine faillit à nouveau pouffer de rire. Son taux d'adrénaline était à son comble.

— Bon, ça suffit à présent, on s'en va, ordonna Doug.

— D'accord, mais voyons encore ce qui se trouve là derrière, dit Kristi en désignant une porte tout au fond du couloir.

Elle empoigna Doug par la manche sans lui laisser le temps de répondre. Elle fit la moue en constatant que la porte était fermée à clé.

— Inutile d'insister, murmura l'écrivain. Il doit s'agir d'une cave ou d'un cellier.

— Désolée, je ne pars pas tant que je n'ai pas visité toute la maison. Je suis sûre que c'est ici qu'elle cache ses sales bestioles.

Ce disant, elle sortit à nouveau son nécessaire de cambriolage et crocheta la serrure en quelques secondes seulement. La porte pivota sans un bruit et, immédiatement, une bouffée d'air brûlant balaya leurs deux visages.

— Mais il y a le feu, là-dedans ! s'exclama Kristi.

Le local était totalement plongé dans le noir. À tâtons, Kristi découvrit un interrupteur sur la gauche. Lorsqu'elle le manœuvra, une pâle lueur jaune révéla le haut d'un escalier en pierre qui s'enfonçait dans le sol.

— Je vous avais bien dit qu'il s'agissait d'une cave, remarqua Doug en emboîtant le pas à l'Américaine qui s'était déjà engagée sur les premières marches.

— C'est étrange, on dirait que cette partie de l'habitation est plus vieille, dit Kristi en posant la paume de sa main droite sur les pierres recouvertes de salpêtre.

— La maison a dû être construite sur une bâtisse plus ancienne qui aura été rasée et dont on n'aura conservé que le sous-sol, supposa Doug.

Au bas des marches, la température s'était encore élevée de quelques degrés. Ils parvinrent dans une salle d'une vingtaine de mètres carrés dont le plancher était en béton et comprirent soudain la raison de la chaleur qui régnait dans ce sous-sol.

— Mais qu'est-ce que c'est que cet attirail ? s'écria Kristi.

Devant eux s'étendaient des tables portant des caissons de verre surplombés par de gros réflecteurs qui diffusaient une lumière bleutée. Il y avait également, le long du mur, à leur droite, une paillasse avec des fioles, des cornues et des béchers.

— C'est un vivarium, dit sentencieusement Doug en s'avançant parmi les cages vitrées dans lesquelles on apercevait des serpents multicolores, enroulés sur eux-mêmes ou autour de la végétation constituant leur habitat artificiel.

Kristi frissonna et dut vaincre sa répugnance naturelle pour suivre l'écrivain au milieu de cette exposition cauchemardesque. Elle se tourna vers Doug :

— Le professeur Troskus avait donc raison quand il disait que Nicole Chastang était une experte en reptiles.

Soudain, les aboiements rageurs d'Harlan résonnèrent à l'extérieur.

— Filons d'ici, suggéra Doug.

Kristi ne se fit pas prier. Ils remontèrent l'escalier au pas de course, retournèrent vers le salon et sortirent. Harlan parut soulagé de les voir. Au loin, on entendait la sirène d'un véhicule de gendarmerie qui se rapprochait à toute vitesse.

35

Le jeudi suivant leur intrusion chez Nicole, Kristi et Doug se retrouvèrent devant l'entrée du parc Gautier pour prendre part à l'atelier de rigologie de Sandrine. Ils avaient échappé de peu à l'intervention des gendarmes. Ces derniers, alertés par une voisine qui les avait prévenus que deux personnes s'étaient introduites dans la propriété de l'ancienne prof de chimie, n'avaient pu que constater l'infraction. Fort heureusement pour les deux monte-en-l'air amateurs, ce témoin était une dame âgée dotée d'une très mauvaise vue. Elle fut incapable de décrire les cambrioleurs – car, les militaires en étaient persuadés, ils se trouvaient face à une tentative de vol. C'était courant en cette saison où les gens profitaient d'un printemps extrêmement précoce pour faire des randonnées le dimanche après-midi, laissant leur maison sans surveillance.

Dans leur fuite, Kristi n'avait pas eu le temps de refermer la porte d'entrée. Les gendarmes s'apprêtaient à investir le domicile de Nicole lorsque celle-ci était arrivée en compagnie de Laetitia. Elle avait prétendu que c'était elle qui avait oublié de fermer derrière elle en partant. Apparemment, elle n'avait pas très envie de les voir s'inviter, et pour cause… Pressée par les militaires de faire un tour dans son intérieur afin de vérifier que rien n'avait été volé, elle leur avait assuré que tout était en ordre. Le brigadier responsable de la patrouille avait bien sûr trouvé son attitude bizarre, mais après tout, pourquoi cette femme mentirait-elle ?

— Moi, je continue à penser que nous aurions dû avertir le lieutenant Dangelo de notre découverte, dit Doug tandis qu'ils s'avançaient dans l'allée qui conduisait au château.

— Et vous leur auriez expliqué comment nous avons forcé la serrure, puis pénétré dans une propriété privée…

— Mais moi, je n'ai rien forcé du tout, se défendit-il.

— Bravo pour la solidarité ! Mais en tout cas, vous êtes complice. Alors pour l'instant, on observe Nicole et on attend.

— Qu'espérez-vous apprendre de plus ?

Kristi lui lança un regard dur :

— Vous ne trouvez pas que c'est quand même un peu trop facile ? Est-ce que l'un de vos personnages aurait commis un meurtre et conservé une arme tellement identifiable dans sa cave, en sachant qu'à un moment ou à un autre la police pouvait venir perquisitionner ?

Doug eut un geste de découragement :

— Là je ne vous suis plus. Lorsque nous n'avions pas de preuves, vous étiez persuadée de la culpabilité de Nicole et, à présent que nous avons vu son élevage, vous pensez qu'on a essayé de la piéger. Vous me déroutez, Kristi. En tout cas, je connais une personne, le neveu de l'une de mes relations, qui doit me mettre en contact avec le seul revendeur de boomslang de la région. Nous verrons bien si Nicole en a acheté un.

Ils arrivèrent au pied des marches du château où leurs camarades étaient déjà réunis.

Après la présentation des dernières recrues et quelques minutes de flottement, Sandrine lança les exercices respiratoires puis les invita à s'échanger des sourires, en préambule à la séance.

— À présent, nous allons assouplir notre diaphragme, proposa-t-elle.

Ce jour-là, le groupe paraissait plus dissipé qu'à l'ordinaire. Nicole, notamment, avait du mal à exprimer des émotions positives. Elle semblait scruter tous les participants. La fouille de son domicile par des inconnus devait évidemment l'avoir ébranlée. Pensait-elle que ses visiteurs impromptus étaient présents ? C'était possible.

Sandrine écourta l'atelier, comme elle le faisait à chaque fois qu'elle souhaitait partager un événement avec ses disciples. Aidée par Nicole, elle dressa rapidement une table pliante, disposa par-dessus une nappe blanche et apporta un thermos de thé, du café, du jus d'orange et des biscuits sur un plateau en plastique vert.

— Qu'est-ce qu'on fête, Sandrine ? questionna Camille Leblond.

La rigologue prit un air un peu triste :

— Tu ne te souviens pas ? Aujourd'hui c'est l'anniversaire de M. Dreyfus. Il n'est pas là, mais c'est l'une de mes premières recrues. Je voulais juste avoir une pensée pour lui.

Camille parut quelque peu réservée à cette idée :

— Vous considérez que c'est bien de boire à la santé d'un meurtrier ?

Sa remarque jeta un froid dans l'assemblée. Doug intervint :

— Bien sûr, c'est terrible ce qu'il a fait et il doit assumer ses actes. Mais il était jeune et défendait une cause en laquelle il croyait. Et il a peut-être été entraîné, comme beaucoup d'autres jeunes, dans cette spirale de violence, par des gens peu scrupuleux. Il n'en reste pas moins une personne que nous avons connue et appréciée.

— Vous avez raison, Doug, concéda la blonde en se versant une tasse de thé. Mais qui sait si ce n'est pas également lui qui a tué Stéphane ?

Tous se tournèrent vers Camille.

— Pourquoi est-ce que tu dis ça ? demanda Sandrine.

Camille répondit avec un geste vague :

— Je dis ça parce que Stéphane avait découvert le secret de M. Dreyfus. Il le faisait chanter, comme pas mal d'autres personnes.

— Et comment est-ce que tu es au courant ? s'énerva un peu Nicole.

— C'est un bruit qui court.

— Arrête donc de dire des bêtises, ma pauvre fille, lança l'ancienne prof de chimie qui semblait réellement fâchée.

Sa réaction n'impressionna pas la jeune femme qui rétorqua :

— C'est vrai que M. Dreyfus n'était pas le seul que Stéphane faisait chanter !

Nicole fronça les sourcils, son œil devint noir :

— Mais qu'est-ce que tu en sais, petite gourde ?

— Je sais que Stéphane tenait un registre de ses magouilles. Un carnet avec des noms, des dates et des faits.

Kristi et Doug se regardèrent, inquiets. La jeune femme proférait des propos extrêmement dangereux. En effet, s'il s'avérait que M. Dreyfus n'était pas le meurtrier de l'agent immobilier et que le véritable assassin se trouvait là, il pouvait penser que Camille avait le carnet en sa possession ou, tout au moins, qu'elle l'avait lu.

— Si vous savez quelque chose, il faut en avertir rapidement les gendarmes, intervint Doug.

Camille se rendit soudain compte de la situation. Elle rougit, émit un petit rire gêné et balbutia :

— Mais non, je ne sais rien. Je disais ça comme ça.

36

— Je vais voir si le lieutenant Dangelo peut vous recevoir, lança la gendarme derrière le comptoir en décrochant son téléphone.

C'était une toute jeune femme à la chevelure blonde tirée en arrière par une queue-de-cheval un peu austère.

— Dites-lui que c'est urgent, c'est au sujet de l'affaire Carpentier.

La militaire transmit le message.

— Si vous voulez bien aller vous asseoir, dit-elle en désignant les sièges dans la salle d'attente.

Kristi s'installa près de la fenêtre qui donnait sur le cimetière. De là où elle se trouvait, elle pouvait apercevoir les grands pins qui ombrageaient les demeures des défunts. Le lieu dégageait une intense sérénité. Elle l'avait visité à deux ou trois reprises. Rien de morbide dans sa démarche, simplement de la curiosité.

Au bout d'un quart d'heure, la gendarme l'appela.

— Le lieutenant Dangelo va vous recevoir, si vous voulez me suivre…

Elle entraîna Kristi dans un long couloir qui séparait une série de bureaux vitrés.

Elle toqua à une porte sur la gauche et ouvrit sans attendre de réponse. Elle fit signe à Kristi d'entrer puis retourna vers son poste d'accueil.

— Que puis-je pour vous, madame Monier ? demanda Dangelo en se calant dans son fauteuil.

Kristi lui raconta l'incident du parc Gautier ainsi que ses soupçons concernant Nicole Chastang. Elle fit cette démarche à contrecœur. Mais Doug et elle étaient finalement convenus d'alerter le gendarme, sans lui parler bien sûr de leur découverte totalement illégale dans la cave de la maison de Lagnes. Elle l'informa néanmoins de leur visite chez le professeur Troskus. Si l'ancienne prof de chimie était bien la meurtrière de Carpentier, Camille Leblond était peut-être désormais en danger. Et même si, parfois, elle avait eu envie d'étrangler cette dernière de ses propres mains, Kristi ne pouvait laisser commettre un nouvel assassinat. D'un autre côté, si Nicole était innocente, le flic devant elle saurait bien faire la part des choses.

Dangelo dut faire un sérieux effort pour refouler sa colère. Il s'avança vers elle et articula bien chaque mot :

— Vous avez donc décidé de me pourrir la vie, vous et votre copain l'écrivain ! De quel droit êtes-vous allés voir ce médecin pour l'interroger ? Vous vous prenez pour qui, madame Monier ?

Kristi afficha un air faussement contrit. Comprenant que son attitude était de la foutaise, le gendarme se massa les tempes.

— Soit, j'irai personnellement lui rendre visite en fin d'après-midi et je passerai également chez Camille Leblond. Mais au fait, dites-moi ! Où étiez-vous dimanche dernier vers quinze heures ?

— J'ai fait une randonnée avec monsieur Alexander, mentit-elle.

— Vous êtes certaine que vous n'étiez pas plutôt du côté de chez Nicole Chastang, vous et la star des bibliothèques ?

— J'y suis effectivement allée en fin de journée pour faire quelques mesures dans ma maison qui est juste à côté.

— Ce n'est donc pas vous qui avez crocheté la serrure de Mme Chastang ?

Kristi plissa les yeux pour paraître en colère :

— Vous m'accusez de quelque chose, Lieutenant ?

Il pinça les lèvres et fit un geste vague de la tête :

— Je pose des questions, c'est tout.

Kristi changea rapidement de sujet pour éviter que le gendarme ne continue à l'interroger.

— Et pour M. Dreyfus ?

— Lui, il reste en prison.

— Mais vous savez bien qu'il n'a pas tué Carpentier.

— Non, je n'en sais rien et vous non plus. Et de toute manière, il est responsable de la mort du policier en 1968. Et à partir de maintenant, si je vous trouve encore en train de fourrer votre nez dans cette affaire, vous irez le rejoindre derrière les barreaux. Et à présent, fichez le camp de mon bureau, j'ai du travail.

Lorsqu'elle se retrouva sur le parking jouxtant la gendarmerie, Kristi inspira profondément. L'air était doux et sentait la résine de pin. Harlan, qui guettait son retour dans la Peugeot, passa la tête par la fenêtre ouverte et lança un petit aboiement pour attirer son attention.

— Mais oui, j'imagine que tu as envie de te dégourdir les pattes, toi.

En guise de réponse, le labrador sauta de la Peugeot et se mit à tourner autour d'elle. Ils firent une rapide promenade sur le parking et allaient remonter en voiture lorsque Kristi changea d'avis.

— Tu vas m'attendre ici encore quelques minutes, tu ne serais pas le bienvenu là où je vais, dit-elle au chien qui lui adressa un regard désapprobateur, mais grimpa dans la Peugeot sans rechigner.

Kristi se dirigea vers le cimetière. Elle franchit la grande grille en fer forgé et s'engagea dans les allées bordées de pins.

Elle déambula un long moment entre les sépultures alignées en ordre militaire.

Près du columbarium, elle aperçut une silhouette qui lui sembla familière. Elle pressa le pas, mais celle qu'elle avait cru reconnaître avait disparu. Moins d'une minute plus tard, un véhicule démarra sur le parking nord du cimetière. Elle courut et vit un SUV blanc Dacia qui s'éloignait. C'était bien la voiture de Laetitia Albaron.

Kristi reprit sa visite et finit par découvrir ce qu'elle cherchait, la tombe du petit Lucas Laurent. C'était une sépulture toute grise et assez haute, surmontée sur sa face avant d'un fronton triangulaire. Sur le tablier de pierre se trouvaient les habituelles couronnes en céramique, les fausses fleurs et les portraits des défunts qui logeaient là pour le restant de l'éternité.

Il y avait quatre photos en noir et blanc : celles de deux personnes âgées, d'un homme dans la quarantaine et d'un enfant ; les grands-parents, le père et le fils. Cette vision embruma le regard de Kristi. Le gamin avait un visage fin, couvert de taches de rousseur, de grands yeux clairs et lumineux qui brillaient sous un casque de cheveux en bataille. La délicatesse de son allure contrastait avec celles, plus rudes, du reste de la famille. Il ne ressemblait à aucun d'eux, ni même d'ailleurs à sa mère. Sandrine Laurent était une femme au physique agréable, mais ses traits étaient plutôt épais, mal proportionnés, comme chez la plupart des gens, alors que le garçon était tout en harmonie.

Les hasards de la génétique sont parfois étranges, pensa-t-elle.

Elle se recueillit un long moment devant ce portrait juvénile, en se demandant si ce visage d'ange était à l'origine du drame. Et pourquoi si longtemps après ?

37

Le week-end approchait, le temps demeurait au beau fixe. Les rues et les ruelles de L'Isle-sur-la-Sorgue exhalaient un parfum de bonheur, rehaussé par les effluves des canaux, les senteurs provenant des boutiques de fleurs et de savons de Marseille et les odeurs de caramel s'échappant des magasins de bonbons.

La rue Carnot drainait une foule circulant à double sens. Il y avait des touristes et des locaux admirant les vieux immeubles, s'extasiant devant la façade d'un commerce aux accents rétro ou faisant leurs courses pour le repas de midi.

Kristi, assise à sa terrasse, ferma les yeux un instant. Elle inspira profondément pour emplir ses poumons de cet air si différent de celui, bien plus lourd, de sa ville natale. Elle avait un peu peur, parfois, d'oublier son pays. La vie était si douillette ici. Bien sûr, il y avait aussi quelques travers : le meurtre de Carpentier en était un ; les charges fiscales démesurées – Kristi venait de recevoir son premier appel de cotisation d'Urssaf –, qui avaient failli sonner le glas de l'emploi de Linda, en étaient un autre. Mais tout cela était largement compensé par la douceur de vivre de la région.

La luminosité, filtrée par ses paupières, baissa soudain. Elle ouvrit les yeux et, mettant une main en visière, elle distingua la fine silhouette de Doug qui s'était glissée entre elle et le soleil.

— Puis-je m'asseoir ?

Elle lui désigna une chaise :

— Bien sûr Doug, je vous en prie.

Linda sortit en portant deux tasses de café qu'elle déposa devant eux.

— Au fait, avez-vous des nouvelles de votre informateur marseillais au sujet des acheteurs de serpents venimeux ? questionna Kristi.

— Rien encore. Mais vous savez, dans ce genre de commerce, il n'y a ni livre de police ni factures. Si les informations circulent vite dans le monde souterrain, elles mettent plus de temps à remonter vers la lumière.

Kristi sourit :

— C'est beau ce que vous dites, Doug ; vous parlez comme un écrivain !

Il eut un geste ironique et avala une gorgée de café :

— Et votre démarche à la gendarmerie, hier ?

— J'ai prévenu Dangelo que Camille se trouvait peut-être en danger, mais je n'ai pas évoqué notre…

— Votre effraction, la coupa Doug, à mi-voix.

— Ne vous inquiétez pas, j'irai seule en prison s'il le faut. Vous savez Doug, plus j'y songe et plus je suis persuadée que le meurtre de Carpentier est lié à la mort du petit Lucas Laurent. Carpentier a dû magouiller quelque chose à cette époque, et aujourd'hui, pour une raison que j'ignore, cela s'est retourné contre lui.

Doug hocha gravement la tête. Il semblait perdu dans ses pensées.

— Qu'est-ce qu'il y a ? demanda Kristi.

— Ce n'est pas clair tout ça. Imaginons qu'effectivement, Stéphane et Nicole soient liés tous les deux à la mort de Lucas Laurent. L'un fait chanter l'autre, d'accord, je l'admets ! À moins que nous ayons tout faux.

Kristi s'accouda sur la table et s'avança vers l'écrivain.

— Qu'est-ce que vous avez en tête ?

— Et si une troisième personne connaissait leur implication dans le drame ? Disons que cette personne n'a appris que récemment le secret que les deux complices gardaient depuis tout ce temps.

L'Américaine ouvrit de grands yeux :

— Sa mère !

— Exactement, Sandrine. Bien sûr, ce n'est qu'une hypothèse qui vient encore compliquer l'affaire, s'affligea Doug.

Kristi branla du chef :

— Je ne sais pas. Le venin du boomslang, le vivarium chez Nicole, sa dépression après l'accident et puis tout ce que nous a raconté son ex-petit ami… Tout la désigne.

Doug fit un geste entendu :

— Vous l'avez expliqué vous-même l'autre jour, « tout la désigne ». Un peu trop même !

Une voiture de gendarmerie parut à l'entrée de la rue et se gara sur un emplacement réservé aux convoyeurs de fonds, tout près de l'agence bancaire.

— Tiens, voilà votre copain, lança Doug sur un ton narquois en voyant descendre le lieutenant Dangelo.

Le militaire s'avança vers eux, la mine renfrognée :

— Pourquoi est-ce que je ne suis pas surpris de vous retrouver tous les deux à comploter ?

— Je viens boire le café ici presque tous les jours à la même heure, rétorqua Doug.

Le gendarme tira une chaise d'une table voisine et s'assit entre eux, coudes appuyés sur le dossier. Son visage affichait une expression grave.

— Que se passe-t-il, Lieutenant ? questionna Kristi.

— Il y a eu un nouveau meurtre !

Kristi mit une main devant sa bouche :

— Qui et quand ça ? finit-elle par articuler.

— Camille Leblond. Cela a dû se produire dans la nuit. C'est son petit ami qui l'a trouvée ce matin. Ils devaient partir en week-end.

Kristi se mordit la lèvre inférieure et lança un regard désespéré vers Doug. S'ils avaient dénoncé Nicole plus tôt, auraient-ils pu sauver la jeune fille ? La colère et peut-être aussi le besoin de partager la faute avec quelqu'un d'autre la submergèrent. Elle se tourna vers le gendarme, le visage empourpré :

— Je vous avais pourtant dit qu'elle était en danger ; vous auriez dû la protéger !

Le lieutenant Dangelo n'en revenait pas. Il venait reprocher à Kristi d'être en partie responsable du drame à force de fourrer son nez partout, et voilà qu'il se faisait sermonner. Cette femme avait toutes les audaces. Mais il n'était pas décidé à se laisser faire :

— Pour commencer, vous allez vous calmer, madame Monier, et vous allez à présent tous deux me relater ce que vous savez sans rien omettre.

Ils lui parlèrent finalement du supposé carnet que Camille aurait pu découvrir. Les mâchoires du gendarme se contractèrent :

— D'une part, vous n'auriez jamais dû aller voir ce professeur à Marseille. D'autre part, puisque vous l'avez fait, vous auriez dû m'informer immédiatement de ce qu'il vous a raconté. Je vous préviens que vous allez arrêter tout de suite de jouer les apprentis détectives ! Et si vous avez autre chose à me dire, c'est maintenant. Je passe bien sûr sur l'effraction que vous n'avez « pas » commise chez Nicole Chastang.

— Nous pensons que ces meurtres pourraient être liés au décès d'un enfant, il y a dix ans.

Doug expliqua leur théorie au militaire, qui se montra loin d'être convaincu par ce scénario issu du cerveau d'un romancier à succès et d'une antiquaire *made in US*. Il chargerait cependant un de ses hommes de ressortir le dossier de l'accident dès son retour à la gendarmerie et ferait lui-même quelques vérifications sur Sandrine Laurent, au cas où ces deux oiseaux auraient vu juste.

— Et pour Nicole Chastang ? demanda l'Américaine.

Dangelo haussa les épaules. De toute manière, l'affaire serait rendue publique dans quelques heures :

— Mme Chastang a disparu. Apparemment elle est partie dans la précipitation, car elle n'a rien emporté.

— J'imagine que vous avez perquisitionné son domicile ? interrogea Doug.

Dangelo sourit :

— Bien sûr, et nous avons découvert son petit élevage dans la cave. Le reptile qui a fourni le poison pour éliminer Carpentier et Camille Leblond se trouvait dans l'un des aquariums. Cette sale bête avait bouffé son colocataire et l'avait presque digéré. On a dû faire appel à un service spécialisé des pompiers pour le récupérer.

— Camille a donc été tuée de la même manière que Carpentier ?

— Sauf que, dans son cas, on lui a fait une injection à l'aide d'une seringue hypodermique, probablement dans la précipitation. Et on pense qu'elle connaissait son ou sa meurtrière.

— Où cela s'est-il passé ? demanda Doug.

— On l'a retrouvée dans sa voiture, sur une petite route qui mène à Coustellet. C'est à quelques kilomètres de Lagnes, mais il semblerait qu'elle ait été assassinée ailleurs.

Assis face à la porte de La Maison rouge, il n'avait pas cessé de lancer des regards vers l'intérieur de l'établissement dans l'espoir d'apercevoir Linda. Mais cette dernière, accaparée par des clients successifs, était restée invisible. Il se leva et prit congé.

Il remonta en voiture et manœuvra prudemment dans la rue envahie de monde avant de disparaître dans la circulation.

Linda sortit enfin de la boutique.

— Tu as raté ton amoureux, ironisa Kristi.

Miss Catastrophe leva les yeux au ciel.

— Il m'appelle au moins trois fois par semaine, soupira-t-elle en s'asseyant près de Doug. Alors, qu'est-ce qu'il voulait ?

Kristi lui rapporta leur conversation ; elle demeura bouche bée.

— Mon Dieu, finit-elle par articuler, il faut que je prévienne Lilou de ce drame. La sœur de Camille est sa meilleure amie.

38

— Oh non ! C'est pas vrai ! s'exclama Kristi lorsque la vieille Peugeot commença à toussoter en descendant la côte de Saumane.

C'était le pire endroit pour tomber en panne, car la route, étroite et bordée de hautes murailles naturelles, s'enroulait en une série de virages en colimaçon. Impossible de s'arrêter là. Fort heureusement, après les virages, se trouvait un petit parking sur la droite. Elle l'atteignit au moment exact où le moteur calait.

C'était définitivement une mauvaise journée. Non seulement elle venait de rater une belle affaire, une superbe table de ferme dont le propriétaire demandait un prix exorbitant, mais en plus elle avait eu droit à une main aux fesses. Bref, l'histoire s'était soldée par une bonne baffe pour cet abruti qui, de surcroît, avait une haleine d'outre-tombe, et deux heures de perdues pour elle. Il y a des jours comme ça !

Après avoir ouvert le capot pour déceler une éventuelle panne, remué les fils des bougies et s'être rendu compte que, de toute manière, elle n'y connaissait rien en mécanique, elle décrocha son téléphone pour appeler l'assistance. Ensuite, elle prévint Linda qu'elle ne serait certainement pas là pour la fermeture de La Maison rouge à midi. Elle fut tentée de composer le numéro de Doug pour lui demander de l'aide, mais elle hésita. Il travaillait sur son nouveau roman et elle ne voulait pas le déranger. D'ailleurs, elle ne l'avait pas revu depuis que le lieutenant Dangelo leur avait annoncé la mort de Camille et la disparition de Nicole, la semaine précédente.

Moins d'un quart d'heure plus tard, elle aperçut au loin une dépanneuse jaune et bleu qui grimpait la côte. Le 4 x 4, muni d'une potence au bout de laquelle pendait un gros crochet, vint se garer de manière à pouvoir agripper l'avant de la Peugeot.

Un homme d'une cinquantaine d'années, pas très grand, le crâne bordé d'une couronne de cheveux blancs et portant une salopette gris-bleu en descendit. Il était accompagné par un jeune type d'une vingtaine d'années, à l'allure dégingandée avec, sur le nez, de petites lunettes ovales.

— Alors ma petite dame, on a oublié de mettre de l'essence ? commenta le plus âgé.

En temps normal après une journée pareille, elle n'aurait pas apprécié ce trait d'humour, mais ces deux énergumènes semblaient si sympathiques qu'elle sourit. Elle plaisanta :

— Vous avez un proverbe qui dit « Une femme au volant, la mort au tournant », c'est bien ça ?

Le vieux éclata d'un rire franc qui le fit paraître encore plus jovial.

— En fait, s'il dit ça, rétorqua la grande gigue, c'est que la dernière fois qu'on est venus ici, exactement au même endroit, c'était pour une panne d'essence. Enfin, c'était ce qu'on croyait au début.

— Ah oui ? Et finalement de quoi s'agissait-il ? demanda-t-elle, pas vraiment intéressée par ces histoires de garage.

— Le type s'était fait sucrer le réservoir. Sûrement quelqu'un qui pensait qu'il avait besoin de douceur…

Les deux mécanos rirent de cette plaisanterie douteuse. Le plus âgé, qui avait sorti sa caisse à outils et s'affairait sous le capot, se retourna :

— Et en plus il n'est jamais venu récupérer sa voiture, ce con-là. Bon, il faut dire qu'il avait quand même une sérieuse excuse, il est mort.

Nouvel éclat de rire des deux comparses. La gigue s'avança vers Kristi, un sourire charmeur sur les lèvres.

Un peu périmée pour toi, mon gars, pensa Kristi, tout de même flattée de voir qu'elle plaisait à un aussi jeune homme.

— Vous savez, c'est le type qui est mort au parc Gautier, il y a deux mois à peu près.

Kristi eut l'impression de recevoir un coup de poing dans l'estomac. Elle s'exclama :

— Vous parlez de Stéphane Carpentier, l'agent immobilier ?

Ravi d'avoir capté son attention, le gamin poursuivit :

— Oui c'est ça !

— Et vous vous souvenez de la date ?

— Ce serait difficile à oublier, rétorqua le vieux. C'était le jour… où il a cassé sa pipe.

Il montra triomphalement une bougie qu'il venait de démonter.

— Voilà votre problème, ma petite dame, vos bougies sont complètement mortes. Il faut penser à les changer de temps en temps, vous savez ?

Kristi l'entendit à peine tant elle était choquée par la révélation du mécanicien.

— Il n'est donc pas rentré à L'Isle-sur-la-Sorgue avec son véhicule, dit-elle d'une voix tout juste audible.

— Ah ça non, c'est sûr, rétorqua le jeune homme. Il n'a même pas voulu qu'on le dépose. Il nous a dit qu'il avait un ami qui pourrait le dépanner et il est parti à pied.

— Il vous a dit le nom de son ami ?

L'autre secoua la tête négativement :

— En tout cas vous, vous repartirez dans votre véhicule, ma belle dame, lança le vieux en se redressant péniblement. Allez-y, faites un essai pour voir !

Kristi se mit au volant et tourna la clé de contact. Le moteur toussota puis démarra d'un seul coup. Elle serra les poings en signe de victoire.

— Vous êtes les meilleurs, les gars, s'exclama-t-elle.

Le séducteur roula un peu des épaules :

— On est des dieux de la mécanique vous voulez dire ?

— Je vous le concède. Combien est-ce que je vous dois, mes seigneurs ?

L'aîné fit un semblant de calcul mental :

— Payez-nous les bougies et le gazole de la dépanneuse. Ça fera trente euros en tout et on est quittes si vous réglez en liquide. Ça nous a fait plaisir de secourir une aussi jolie femme.

— Flatteurs ! Tenez, c'est pour vous, dit-elle en leur tendant un billet de cinquante euros et une carte de visite. J'aurai peut-être bientôt un autre travail pour vous : la remise en état d'une Peugeot 301. Et si vous passez par L'Isle, je vous inviterai à boire un café.

Le plus jeune sortit un calepin et un stylo de la poche de sa combinaison et griffonna quelque chose sur une page qu'il détacha d'un geste sec.

— On viendra ! Et au cas où vous seriez de nouveau en rade, je vous laisse mon numéro personnel.

En voilà un qui ne lâche rien, pensa Kristi. Il était plutôt mignon, dommage qu'il lui manquait vingt ans au compteur. Elle s'aperçut soudain qu'il ressemblait un peu à Doug.

Elle regarda la dépanneuse s'éloigner sur la route en direction de Lagnes. Ce que venaient de lui apprendre les deux mécaniciens changeait la donne. En effet, Doug et elle avaient toujours supposé que Carpentier était parti de chez lui et donc qu'il n'avait pu être empoisonné qu'entre son arrivée sur le parking et le parc Gautier. Or, en partant d'ici, cela laissait presque un quart d'heure supplémentaire au meurtrier pour agir.

Et qui pouvait bien être cet ami qui l'avait dépanné ? Elle avait sa petite idée.

39

Grâce aux « dieux de la mécanique », Kristi arriva finalement à La Maison rouge pour faire la fermeture de midi. Les derniers clients étaient partis et Lilou et sa mère discutaient avec Doug sur la terrasse.

— Tu dois vraiment trouver une voiture, la Peugeot est bonne pour la casse, s'inquiéta Linda.

Elle s'aperçut soudain que son amie portait des traces de cambouis sur le visage.

— Tu devrais aller te laver le museau, tu ressembles à un charbonnier. Les clients vont fuir s'ils te voient ainsi, dit-elle.

— Plus tard. Pour l'instant il faut que je vous raconte ce que j'ai appris.

Elle leur rapporta le récit des mécaniciens.

— Effectivement, convint Doug, cela change un peu le problème…

— Un peu ! le coupa Kristi, mais vous plaisantez ? Ça le complique encore. Nous avons à présent trois possibilités : soit Carpentier a été empoisonné lors de l'atelier, soit cela s'est produit durant son trajet entre l'aire de stationnement et le parc ou bien entre le lieu où il est tombé en panne et le parking.

— Je ne vois vraiment pas à quel moment il aurait pu être empoisonné au cours de la séance de rigologie, marmonna Doug en fouillant dans sa mémoire.

Kristi se prit la tête à deux mains :

— Ah, cette histoire va finir par me rendre folle. Je suis sûre que Camille a été tuée parce que l'assassin a cru qu'elle avait trouvé le carnet. Nicole a disparu au même moment, cette fuite semble bien l'accuser… Mais je ne sais pas ! Le lieutenant Dangelo a raison, flic c'est un métier…

— Pour Camille, il y a peut-être une autre explication à son meurtre, dit Lilou… Mais ça me gêne d'en parler. Je ne voudrais pas passer pour une balance.

Les regards se tournèrent vers la jeune fille dont les joues s'empourprèrent. Linda mit une main sur la sienne :

— Si tu sais quelque chose ma chérie, tu dois le dire. C'est vraiment grave ce qui est arrivé.

Lilou hésita un instant puis finit par se lancer :

— Camille avait une petite plantation. Elle cultivait, quoi !

Les sourcils de Linda se soulevèrent. Elle s'était attendue à une chose énorme.

— Et alors ?

Lilou la regarda d'un air navré. Elle pensait que sa mère n'avait pas saisi. Ce fut Doug qui fit en quelque sorte la traduction :

— Elle cultivait du cannabis, Linda.

Miss Catastrophe sembla soudain un peu fâchée par cette sollicitude :

— Non mais, vous me prenez pour une idiote ? J'avais parfaitement compris. Je répète ma question

ET ALORS ? Moi aussi je cultive du cannabis, ce n'est pas pour ça qu'on a essayé de m'assassiner.

— Toi maman ? Tu… fumes ?

Linda haussa les épaules.

— Bien sûr que non, je tiens trop à mes poumons. Je fais parfois des tisanes ou des biscuits, c'est très relaxant.

Lilou demeura bouche bée. Elle articula péniblement :

— Ne me dis pas que les cookies que tu gardes dans le placard du haut et que tu m'as interdit de toucher…

Elle ne parvenait pas à finir ses phrases. Linda fit oui de la tête.

— Et où est-ce que tu planques ton matériel ?

— Dans l'ancien atelier de ton père.

— Celui dont tu m'as expliqué avoir perdu la clé ?

Nouveau hochement de tête. Lilou se laissa tomber en arrière sur sa chaise :

— Ma mère est une droguée et un jour, mon père qui est flic viendra la mettre en prison.

Linda éclata de rire :

— Mais à ton avis, qui m'a montré comment faire, ma chérie ?

Kristi posa une main sur l'épaule de Lilou qui semblait effondrée :

— Allons, ce n'est pas non plus la fin du monde ! Tu sais, plein de gens ont un ou deux plants chez eux. Cela dit, ça reste un délit, dit-elle en lançant un regard sévère à Miss Catastrophe.

Doug s'adressa à son tour à Lilou :

— Effectivement, c'est un délit, mais ça me paraît quand même un peu léger comme mobile. Ce serait un règlement de comptes ?

Lilou haussa les épaules. C'était une possibilité. Doug était perplexe :

— Non, ça ne va pas ! Camille a été tuée avec le même poison que Carpentier. Donc les deux meurtres sont, de toute évidence, directement liés. Sais-tu où elle cachait son matériel ? questionna-t-il.

Lilou secoua la tête.

— Elle ne revendait pas, tout de même ? poursuivit-il.

— Non, je ne crois pas, à part à ses copains parfois.

— Une si chaaaarmante jeune fille, se moqua Kristi en parodiant Doug.

L'écrivain ignora la remarque. Il avait à présent l'habitude des railleries de Kristi.

Lilou, qui avait toujours du mal à digérer les aveux de sa mère, déclara :

— Pour Carpentier, il y a une chose que je ne comprends pas. Le meurtrier ne l'a pas séquestré après lui avoir injecté le poison. Dans ce cas, pourquoi n'a-t-il pas couru à l'hôpital ?

— Parce qu'il ne se savait pas en danger de mort, raisonna Doug. Stendhal raconte, dans *Promenades dans Rome*, qu'il y avait un prince Savelli, ennemi juré des Borgias, qui avait conçu un piège imparable pour éliminer ses victimes. Il avait fait fabriquer une clé, munie d'un ardillon enduit d'une substance létale, qui ouvrait une bibliothèque. Lorsqu'il voulait se débarrasser d'un gêneur, il lui confiait cette clé et lui demandait d'aller chercher un document dans ladite armoire. La serrure avait été trafiquée pour résister, de sorte que la victime devait forcer et s'entaillait avec le dard fatal. Vingt-quatre heures plus tard, elle décédait, ni vu ni connu.

— Diabolique ! approuva Kristi. Il aura donc suffi que le ou la meurtrière le griffe avec un objet quelconque, bague, bijou, ou n'importe quoi d'autre pour introduire le poison mortel dans son organisme.

Le téléphone de Doug sonna. Il se leva et se mit un peu à l'écart pour prendre la communication. Il revint quelques minutes plus tard, la mine perplexe.

— Un souci ? demanda Kristi.

— C'était mon contact au Bastion. Nicole Chastang vient d'être arrêtée à la frontière espagnole, dans des conditions étranges. Il paraît qu'elle raconte une histoire complètement délirante.

40

Le lieutenant Dangelo fixait Nicole Chastang, assise devant lui depuis près d'une heure, répétant toujours la même histoire débile, comme tant d'assassins l'avaient fait avant elle, dans cette salle d'interrogatoire.

Il avait cependant du mal à imaginer que cette femme de soixante-huit ans, au regard inquiet derrière ses lunettes rondes à monture d'écaille, ait pu tuer deux personnes de manière aussi machiavélique. Et pourtant tout l'accusait, jusqu'à l'arme du crime, un serpent hybride au venin d'une toxicité extrême, retrouvée dans l'un des vivariums à peine dissimulés dans sa cave. C'était d'ailleurs un peu ce qui le gênait : « à peine dissimulés ».

D'après les spécialistes de l'IRCGN, l'Institut de recherche criminelle de la gendarmerie nationale, le doute n'était pas permis. La science génétique ne ment pas : le poison qui avait causé la mort des deux victimes provenait bien de ce reptile. Cette preuve par l'ADN, Nicole Chastang, en tant qu'ancienne prof de chimie, ne pouvait l'ignorer. Alors, pourquoi s'entêtait-elle à nier l'évidence et à raconter une histoire abracadabrante ?

Dangelo posa les coudes sur son bureau et appuya son menton sur ses poings fermés :

— C'est une drôle de passion que vous avez, madame Chastang. Moi, je connais des collectionneurs de cartes de foot, de montres, de boîtes de conserve même, mais collectionneur de serpents… Vous êtes la première que je rencontre.

— Je ne collectionne pas les serpents, je les étudie pour documenter un livre. Je vous ai d'ailleurs donné l'adresse de l'éditeur à qui j'ai proposé de vendre mon travail une fois celui-ci terminé.

Dangelo hocha la tête. Effectivement, la maison d'édition lui avait confirmé un contact avec Nicole Chastang, quelques mois plus tôt. Mais depuis, ils n'avaient plus eu la moindre nouvelle. Le gendarme poursuivit sur un ton emphatique :

— Si je résume : vendredi dernier, vers deux heures du matin, vous avez entendu du bruit provenant de votre cave, celle où vous conservez vos bestioles. Vous étiez nauséeuse, mais vous vous êtes tout de même levée pour aller voir ce qui se passait. Et là ?

— Et là je ne me souviens plus. On a dû m'endormir à l'aide d'un soporifique.

Dangelo soupira :

— Donc vous étiez dans les vapes lorsque, deux heures plus tard environ, Camille Leblond était assassinée à l'aide d'un concentré de venin de votre serpent, un serpent unique obtenu par hybridation ?

Des larmes montèrent dans les yeux de l'ancienne prof de chimie :

— Mais puisque je vous dis que ce serpent ne m'appartient pas. Est-ce que vous avez trouvé un seul autre serpent venimeux dans mon élevage ?

— Non, c'est vrai ! Mais vous avouerez que votre histoire est difficile à croire. Cette bestiole n'est tout de même pas arrivée là par magie !

Nicole laissa retomber son menton sur sa poitrine. Une larme coula le long de sa joue.

— Bon admettons, poursuivit le gendarme. Et ensuite, que s'est-il passé ?

— Mais je vous l'ai déjà dit vingt fois, Lieutenant. Je me suis réveillée dans une sorte de cave où l'on m'a séquestrée durant plusieurs jours.

— Vous souvenez-vous de quelque chose de particulier, sur votre lieu de détention ?

— Non, il y avait un vieux lit à ressorts avec un matelas, une table et… un pot de chambre pour les besoins naturels.

Dangelo hocha la tête :

— Autre chose ?

Nicole réfléchit quelques secondes et remonta le fil de ses souvenirs. Elle était littéralement épuisée.

— Oui, dit-elle, il y avait une drôle d'odeur, une odeur écœurante.

Le flic dodelina une nouvelle fois du chef, c'était un geste faussement compatissant :

— Et ensuite ?

— Ensuite, on a dû me droguer encore une fois, puisque je me suis réveillée dans ma voiture…

— À la frontière espagnole, juste au moment où un coup de fil alertait les gendarmes locaux qu'un véhicule était dissimulé sur un chemin forestier.

— Je sais, ça paraît fou, mais c'est la vérité.

Il la sentait prête à craquer et changea de tactique. Il devint plus offensif :

— Madame Chastang, est-ce que Stéphane Carpentier vous faisait chanter ?

Il avait parlé sur un ton dur qui tranchait avec l'apparente empathie montrée jusque-là. Nicole eut l'impression que son cœur allait jaillir de sa poitrine. Elle était acculée. Elle répondit en hochant la tête :

— C'est exact, Lieutenant, cela durait depuis dix ans. Il a ponctionné toutes mes économies et toute ma retraite. J'étais même sur le point de vendre ma maison pour le payer. Ensuite, je serais partie ou je serais morte.

Nouveau changement de tactique et retour à la douceur. À présent que le robinet était ouvert, il ne restait plus qu'à régler le débit et Dangelo était un expert en la matière. Il avança une main et la posa sur celles de l'ancienne prof, sagement plaquées sur la table d'interrogatoire.

— Nicole, dites-moi tout à présent. Votre calvaire n'a que trop duré. Vous verrez, une fois que vous aurez parlé, vous vous sentirez soulagée. Je vous ferai servir un bon repas et je demanderai qu'on vous laisse dormir bien tranquillement jusqu'à demain.

La septuagénaire baissa les yeux. Elle semblait soudain calme et rassérénée :

— Il y a dix ans, le 11 février 2012, je rentrais chez moi après les cours. Les vacances commençaient et j'étais contente, car je devais rejoindre un groupe d'amis pour faire la fête. Je me suis engagée sur le chemin des Espélugues, où se trouvait la maison de mes amis. La nuit commençait à tomber et il y avait du brouillard…

Elle s'arrêta un moment et son regard se fondit dans le vague, comme si elle revivait les événements.

— Qu'est-ce qui s'est passé, Nicole ce soir-là ?

L'ancienne prof de chimie secoua la tête tristement :

— Je n'ai toujours pas compris. Il y a eu un choc et là, dans la lumière des phares, j'ai vu Lucas Laurent, un élève que j'avais eu en cours deux heures plus tôt, allongé sur la route. Je suis descendue comme une folle pour aller le secourir. J'étais totalement paniquée, dans un état second. Et juste à ce moment, un véhicule a surgi du brouillard.

Le lieutenant Dangelo retenait sa respiration. Il était en train de résoudre une affaire vieille d'une décennie qui avait, à l'époque, mis la ville sens dessus dessous. Le gendarme se leva et vint s'asseoir sur le bureau tout près de Nicole.

— Qui était dans cette voiture ? demanda-t-il.

— C'était Stéphane Carpentier. Il s'est approché du petit, a dit qu'il était mort et que j'irais en prison où les tueurs d'enfants sont martyrisés par les autres détenus et plein d'horreurs de ce genre. Et puis il m'a expliqué qu'il m'aimait bien et qu'il ne voulait pas de ça pour moi. Il m'a ordonné de partir ; qu'il s'occuperait de tout !

— Il a attendu que vous soyez loin avant de signaler le drame, afin que vous puissiez vous forger un alibi. C'est pour ça que son moteur était froid quand les collègues sont arrivés. Et à partir de là, il s'est mis à vous faire chanter ! supposa Dangelo.

— Ça a commencé dès la semaine suivante. Ce salaud n'a pas perdu de temps.

— Mais puisque vous aviez à présent un alibi, et grâce à lui en plus, pourquoi avoir cédé ? Il n'avait aucune preuve, c'était parole contre parole.

— Hélas, je ne m'en suis aperçue que le lendemain, mais ma plaque d'immatriculation avant s'était détachée dans l'accident, et elle portait le sang de Lucas à ce que m'a affirmé Carpentier. Si vous saviez comme je suis désolée, dit-elle en prenant sa tête entre ses mains.

Ses nerfs lâchaient. Dangelo, bien que remué par cette histoire, se devait toutefois d'enfoncer le clou :

— Et donc, après dix longues années à payer, vous avez décidé de vous débarrasser de votre maître chanteur... Comme je vous comprends.

Une intense lumière se raviva dans les yeux de Nicole, comme si son esprit, un instant perdu dans les brumes du temps, venait de réintégrer son corps.

— J'y ai pensé mille fois, lieutenant, mais ce n'est pas moi qui l'ai tué, ni lui ni cette gourde de Camille. Et à présent, je ne vous dirai plus rien tant que je n'aurai pas vu un avocat.

— Une dernière question quand même, madame Chastang. C'est le légiste qui m'a demandé de vous la poser. Le serpent que l'on a retrouvé chez vous est un hybride. Qu'avez-vous fait du couple qui a servi à le créer et de quelles races s'agissait-il ?

Pas de réponse ! Il tenta une ultime manœuvre :

— Connaissez-vous le professeur Troskus ?

Elle le regarda, étonnée.

— Je l'ai croisé, il y a quelques années.

— Vous avez été sa maîtresse, n'est-ce pas ?

Nicole faillit s'étrangler :

— La maîtresse de ce pervers ? Non, mais vous plaisantez, Lieutenant ? Je ne pouvais pas le supporter. De toute manière, j'étais déjà trop vieille pour lui, mais je ne vois pas le rapport.

Dangelo fronça les sourcils. D'après Kristi et Doug, c'était pourtant bien ce qu'avait révélé le toubib marseillais, tout comme il leur avait expliqué que la femme, devant lui, connaissait parfaitement les serpents venimeux. Quelque chose ne collait pas !

41

En pénétrant dans l'allée en friche de l'ancienne maison d'Alexandrine Fage, qui désormais lui appartenait, Kristi eut l'impression que les vernis du Japon avaient encore pris de l'ampleur depuis sa dernière visite.

L'espèce était extrêmement invasive mais donnait au jardin une allure de jungle qu'elle trouvait du plus joli effet. Hélas, elle était bien consciente que, tôt ou tard, il faudrait les sacrifier à une esthétique plus traditionnelle. Et puis, en poussant, ces arbustes risquaient d'abîmer les fondations du bâtiment avec leurs racines.

Harlan gambadait avec délectation dans ce jardin où des lézards se chauffaient au soleil sur les pierres des murets et où des papillons voletaient de fleur en fleur, constituant pour lui autant de centres d'intérêt pour jouer.

Kristi avait décidé de se changer les idées avec cette visite dans sa future « maison de campagne ». Son premier travail fut de se rendre sous l'appentis et de repousser la bâche recouvrant la Peugeot 301. L'Américaine sentait qu'elle tombait amoureuse de ce véhicule d'un autre âge. Quoi de mieux qu'une camionnette d'époque pour une antiquaire ? Ce serait parfait pour livrer ses clients.

Restait à savoir si cette antiquité pouvait être remise en état. Rien n'était moins sûr, car sous la vieille peinture bleue dont des plaques entières se détachaient de la carrosserie, on apercevait de larges pans de métal rouillés jusqu'à l'âme. Mais elle espérait bien que les « dieux de la mécanique », dont le garage se trouvait à peine à cent mètres de sa nouvelle maison, pourraient réaliser des miracles.

Elle souleva le lourd capot qui résista avant de s'ouvrir dans un grincement de craie sur un tableau noir. Le moulin ne paraissait pas trop abîmé. Bien sûr, il faudrait totalement le démonter pour le restaurer, mais ce n'était pas vraiment un problème. Vu sa cote sur le marché des collectionneurs, l'opération serait de toute manière rentable.

Elle fit ensuite un inventaire plus précis de tout ce qui se trouvait sous le hangar. Elle tira à l'extérieur la vieille machine à coudre Singer et la nettoya avec un chiffon récupéré sur place. Sous une énorme couche de crasse, la Singer était en parfait état et, mis à part une courroie cassée, elle était totalement fonctionnelle. C'était réellement une belle pièce. Elle découvrit aussi d'autres meubles qu'elle n'avait pas remarqués lors de ses précédentes visites. Rien de bien extraordinaire de ce côté-là. Le bois était rongé par les vers et l'humidité. Elle aperçut un petit secrétaire Louis XVI qui paraissait bien conservé. Elle le tira également à l'extérieur pour l'observer à la lumière naturelle. Il était magnifique, bien que tous les tiroirs soient bloqués par un trop long séjour sous l'appentis. Une fois restauré, il pourrait trôner en bonne place dans son magasin d'antiquités.

Harlan émit quelques jappements brefs. Kristi se retourna et vit que chien tenait un bâton dans sa gueule. Il s'approcha et le déposa à ses pieds.

Elle se mit à rire :

— Tu n'as pas de problèmes dans ta vie, toi. Pas vrai ?

Elle lança le morceau de bois le plus loin possible et grimaça lorsque le projectile passa le mur mitoyen et atterrit chez Nicole Chastang. Harlan sauta le muret sans difficulté.

Elle le rappela à plusieurs reprises, mais il fit la sourde oreille. *Tête de mule !* pensa-t-elle en poussant le portillon qui séparait les deux jardins.

— Harlan ! appela-t-elle à nouveau.

Pas de réponse. Harlan avait disparu. Kristi fronça les sourcils. Elle commençait à s'inquiéter sérieusement lorsqu'elle entendit les aboiements étouffés du chien venant de sa propre maison. Un peu perplexe, elle revint sur ses pas. Comme elle le lui avait demandé, Vincent Albaron avait changé les portes et posé de nouvelles serrures. Elle sortit de la poche de son jean la clé qu'il lui avait remise et pénétra dans la bicoque.

Les aboiements d'Harlan devinrent plus nets, provenant de la cuisine sur sa droite. Elle alluma la torche de son téléphone et se dirigea dans cette direction. L'électricité était toujours branchée, mais les ampoules dans l'entrée étaient brisées. La pièce était vide. Où était donc cet animal ?

Soudain, elle repéra, dans le fond de la cuisine, un panneau de bois appuyé contre le mur, près de l'ancien fourneau en fonte. Elle l'avait remarqué, à sa dernière visite avec Doug, mais elle avait alors pensé qu'il s'agissait d'une simple planche déposée là. De toute évidence, les aboiements provenaient bien de cette direction.

Elle décida d'ouvrir en grand les volets pour inonder la pièce de lumière, puis elle examina le panneau. Elle découvrit, derrière, une petite porte qui donnait sans doute sur une cave, comme on en trouve beaucoup dans les anciennes maisons provençales. Elle abaissa la poignée et le battant pivota sans peine. D'un seul coup elle reçut de plein fouet les trente kilos d'Harlan qui lui fit la fête.

— Mais comment es-tu arrivé là, toi ? demanda-t-elle.

Harlan semblait dans un état second. Il titubait, sautait, retombait maladroitement, se cognait contre les murs… Cela rappela à Kristi sa première rencontre avec le chien.

Une série de marches descendait et se perdait dans l'obscurité. Toujours à la lueur de son smartphone, elle s'engagea dans l'escalier. Une dizaine de marches plus bas, elle atteignit un sol en terre battue. La lumière de la torche improvisée était puissante, mais pas suffisamment pour percer totalement les ténèbres. Elle se trouvait, comme elle l'avait supposé, dans une cave voûtée où s'entassaient des casiers à vin. La plupart des alvéoles étaient vides, les autres abritaient de vieilles bouteilles poussiéreuses sans aucune étiquette.

Une odeur de moisi flottait dans l'atmosphère. C'était presque écœurant. Toutefois, en se déplaçant à travers cet étroit cellier, Kristi sentit un courant d'air frais. Elle s'avança dans la direction d'où venait cette légère brise et s'aperçut qu'un petit couloir prolongeait la pièce principale. Elle l'emprunta, fit quelques mètres et déboucha dans une autre cave, éclairée par un oculus disposé à deux mètres de hauteur environ.

Elle découvrit plusieurs paillasses, dont certaines étaient renversées. Des débris de verre jonchaient le sol et, sur une table encore debout, se trouvaient des vases contenant des plants de cannabis jaunis, faute d'avoir été entretenus.

Kristi s'approcha de l'oculus, suffisamment grand pour qu'une personne puisse s'y glisser.

Elle se hissa contre le rebord de la lucarne et s'aperçut qu'elle donnait dans le jardin de Nicole Chastang. On distinguait parfaitement le garage et le perron de l'habitation.

C'était par là qu'Harlan était rentré.

Kristi allait repartir lorsqu'elle remarqua des empreintes de pas sur la terre meuble. Les dessins des semelles évoquaient deux individus, des gamins ou des femmes à en juger par la pointure, probablement du trente-six ou du trente-sept. L'entremêlement des traces et le désordre dans la cave pouvaient laisser supposer que l'on s'était battu ici. Considérant la distance qu'elle avait parcourue depuis l'escalier, Kristi estima qu'elle devait se trouver sous la propriété de Nicole. Peut-être que les deux maisons n'en étaient qu'une seule, à l'origine. Cette cave ressemblait beaucoup à celle de Nicole et le mur du fond paraissait plus récent que le reste de la maçonnerie.

Elle photographia méthodiquement les lieux avec son téléphone et reprit le chemin de la sortie. C'est à cet instant qu'un rayon de soleil traversa l'oculus et accrocha un objet sur le sol. Elle s'agenouilla et découvrit une petite boucle d'oreille en or blanc et émeraude qui représentait une fleur.

Elle tendit la main pour la saisir, mais, à sa grande stupéfaction, l'objet se mit à bouger. Elle fit une seconde tentative et, à nouveau, le bijou se déroba, comme s'il était vivant.

42

Kristi avait l'impression de vivre une sorte de rêve étrange dans lequel elle discernait des silhouettes autour d'elle. Elle percevait, de manière indistincte, des voix qui lui parvenaient comme déformées à travers un mur. Et puis il y avait ce léger sifflement et ce petit goût citronné dans sa bouche.

— Madame Monier, vous m'entendez ?

Elle voulut répondre, mais sa gorge lui faisait mal. Aucun son ne put en sortir.

— Kristi, allez ma vieille, il faut te réveiller maintenant !

Cette fois, elle identifia la voix de Linda. Sa vision s'éclaircit progressivement. Autour d'elle, les murs d'une chambre d'hôpital faisaient une ronde qui se calma bientôt. Un jeune type en blouse blanche, plutôt canon, était penché sur elle, si près de son visage qu'elle pouvait sentir son haleine mentholée.

— Bienvenue parmi les vivants, madame Monier. Je suis le docteur Griffon et vous êtes à l'hôpital d'Avignon. Vous rappelez-vous ce qui vous est arrivé ?

Kristi secoua la tête mais elle regretta immédiatement son geste. C'était comme si une boule de bowling se promenait dans son crâne. Elle tenta tout de même de remonter le fil de ses souvenirs ; elle était à Lagnes, elle avait garé sa voiture sur la place de la mairie, comme d'habitude, et puis… et puis plus rien. C'était le trou noir, le vide total.

— Eh oui, c'est comme ça quand on veut faire la jeunette et se mettre au chichon. À ton âge quand même ! dit Linda sur un ton malicieux.

Comme Kristi plissait les yeux pour signifier à son amie qu'elle ne comprenait rien à son discours le docteur Griffon vint à son secours :

— On vous a trouvée inanimée. Il semblerait que vous ayez été intoxiquée par des émanations de chanvre indien. En principe, ce genre de produit vous plonge simplement dans un état second, mais on dirait que vous y êtes allergique. Heureusement que votre chien était là, c'est lui qui a ameuté les voisins. Vous pourrez lui offrir une bassine de croquettes.

La pièce ne tournait presque plus autour de Kristi mais elle ne comprenait toujours pas ce qu'elle faisait là. Elle voulait se rendormir. Le docteur beau gosse insista :

— Non, non, madame Monier, il faut rester parmi nous. Vous pourrez dormir quand vous aurez totalement éliminé cette cochonnerie. Votre amie, madame Tomaso, est ici. Elle va vous faire la conversation.

Pour ça, je lui fais confiance, mais je ne suis pas sûre que ce soit la bonne solution pour demeurer éveillée, pensa Kristi.

Le docteur Griffon griffonna quelques informations sur la feuille de soins, au pied du lit, remit l'écritoire en place et sortit rejoindre ses autres patients après lui avoir adressé un clin d'œil.

Linda s'assit près d'elle et prit sa main.

— Eh bien, ma vieille, tu nous as fait une sacrée frayeur. Sans Harlan…

— Mais qu'est-ce qui s'est passé ? demanda Kristi qui réussit enfin à articuler quelques mots. Je ne me souviens absolument de rien.

Linda secoua la tête :

— Je ne sais pas exactement, mais comme te l'a expliqué le beau mec au stéthoscope, tu as été en contact avec une substance à laquelle tu as fait une mauvaise réaction. D'après ce qu'ont dit les pompiers, l'air de la pièce était chargé en particules. Tu n'as rien senti en entrant ?

Elle plissa les yeux.

— Oui c'est vrai, comme une odeur de levure chimique pour la pâtisserie. Je comprends à présent pourquoi Harlan me paraissait bizarre la première fois que je l'ai vu. Il était totalement défoncé. Il connaissait déjà ce local.

— Vous faites une belle équipe de drogués, plaisanta Linda en passant une main sur le front de Kristi qui transpirait abondamment.

— Depuis quand suis-je ici ? demanda-t-elle.

— Depuis vingt-quatre heures environ. Tu es restée inconsciente longtemps. Et si Harlan n'était pas allé chercher Nicole Chastang et Laetitia Albaron, tu serais encore dans cette cave.

Kristi fronça les sourcils :

— Nicole Chastang ? Mais je croyais que…

— Son avocat l'a fait libérer sous contrôle judiciaire ; pas assez de preuves pour la garder en cellule, m'a dit Dangelo. Un vrai ponte, cet avocat. Les flics ont pourtant retrouvé chez elle le serpent qui a fourni le venin dans les deux meurtres. Mais figure-toi que la bestiole avait été mise dans le même vivarium qu'une autre espèce non compatible. D'ailleurs elle a bouffé son hôte. L'avocat a dit que jamais une experte en herpéto… quelque chose n'aurait fait ça.

L'Américaine opina du chef. Le raisonnement se tenait, mais tout de même, les preuves étaient vraiment sérieuses.

— Et ce n'est pas tout, poursuivit Linda. Elle a avoué pour Lucas Laurent ! C'est bien elle qui l'a renversé, il s'agissait d'un accident. Carpentier l'a couverte et puis il s'est mis à la faire chanter.

Kristi hocha la tête, elle s'en doutait depuis un moment.

— Et que faisait Laetitia Albaron chez elle ?

— Elle est venue la récupérer à sa sortie de la gendarmerie car sa voiture a été saisie par les flics à la frontière espagnole.

— Elle cherchait donc à fuir. Cela ne plaide pas en sa faveur.

Linda écarta les bras pour lui signifier qu'elle allait lui révéler une chose énorme. Elle lui livra la version que Nicole avait servie au lieutenant Dangelo.

Kristi, qui s'était relevée sur ses coudes pour écouter le compte rendu de Miss Catastrophe, se laissa retomber sur son oreiller. À cet instant, on frappa à la porte.

— Entrez ! lança simplement Linda.

Le lieutenant Dangelo apparut dans l'encadrement.

— Tiens, d'ailleurs, quand on parle du loup… murmura Linda.

Dangelo afficha un sourire un peu niais en apercevant la jeune femme.

— Bonjour, Linda. Je me doutais que tu serais là. Comment va-t-elle ? questionna-t-il.

C'est Kristi qui répondit avec une voix d'alcoolique après une nuit de fête :

— Je vous entends, Lieutenant ! Et si vous êtes ici pour me faire la morale, vous pouvez rentrer à L'Isle.

— Je venais prendre de vos nouvelles et vous dire que les gars de l'identité judiciaire ont passé votre cave au peigne fin. C'est sans aucun doute là que Camille fabriquait ses petites préparations maison. On a trouvé ses empreintes partout.

Kristi tenta une nouvelle fois de se relever :

— Vous avez remarqué que tout était sens dessus dessous, comme s'il y avait eu une bagarre ?

Dangelo hocha la tête :

— Il se pourrait bien que ce soit chez vous que Camille ait été tuée.

La mémoire de Kristi était toujours embrumée, mais un souvenir refit brusquement surface :

— Est-ce que vous avez retrouvé la boucle d'oreille ?

Le gendarme afficha sa surprise, pensant que l'antiquaire était toujours sous l'emprise du cannabis :

— De quoi parlez-vous ?

Elle lui raconta comment elle avait découvert le bijou sur le sol. Dangelo secoua la tête :

— Non, nous n'avons rien aperçu de tel. Mes hommes ont bouclé les lieux après que les pompiers vous ont emmenée. Elle doit encore s'y trouver. Mais ce bijou pouvait être là depuis longtemps.

— Non, précisa Kristi en forçant ses souvenirs, il était récent.

— Il pourrait très bien appartenir à Camille ! s'exclama Linda.

— C'est possible, reconnut le gendarme. Je vais immédiatement retourner à Lagnes pour retrouver cette boucle d'oreille. Un des pompiers l'a peut-être enterrée en marchant dessus. J'ai un détecteur de métaux à la brigade. Qui sait, avec un peu de chance, il y aura même de l'ADN, ainsi nous serons fixés. Comment était-il, ce bijou ?

Après que Kristi lui eut détaillé sa trouvaille, il salua les deux femmes et sortit de la pièce. Mais au moment de passer la porte, il se ravisa :

— Vous savez, malgré le talent de l'avocat de Nicole Chastang, je suis persuadé que c'est elle la meurtrière. Je la remettrai bientôt derrière les barreaux, donc vous pouvez considérer cette affaire comme classée. Je pense qu'il est inutile de vous préciser que votre enquête personnelle, avec l'écrivain, se termine également là ?

L'Américaine leva la main droite :

— Juré, Lieutenant !

Dangelo sortit, laissant les deux femmes en tête à tête.

— Veux-tu bien me passer mes vêtements ? demanda Kristi.

Linda la regarda, horrifiée :

— Non, mais tu n'y penses pas. C'est hors de question !

Kristi repoussa les draps de la manière la plus énergique dont elle était capable. Linda soupira, comprenant qu'elle ne pourrait pas la raisonner. Elle alla jusqu'à l'armoire aux portes grises et décrocha les vêtements qu'elle avait elle-même suspendus la veille.

43

Pour sortir de l'hôpital, les deux femmes avaient dû affronter le docteur Griffon ainsi que quelques infirmières bien décidées à leur faire rebrousser chemin vers la chambre médicalisée.

Finalement, après la signature d'une décharge, Kristi avait pu retrouver sa liberté sous l'œil réprobateur de sa complice forcée.

Elles roulaient à présent sur la voie rapide, en direction de L'Isle-sur-la-Sorgue.

— Tu as intérêt qu'il ne t'arrive rien cette nuit, ma vieille. De toute manière je te préviens, soit tu viens dormir à la maison, soit Lilou et moi, on vient s'installer chez toi.

Kristi allait protester, mais Linda leva un doigt autoritaire pour la faire taire. L'Américaine, encore bien fatiguée par sa récente expérience, obtempéra :

— C'est vous qui venez à la maison ! J'ai envie de retrouver mon environnement familier.

Un peu moins d'une heure plus tard, Linda gara sa petite 205 devant La Maison rouge. Elle aida Kristi à descendre et ouvrit la porte de la boutique, laissée aux bons soins de Lilou et Harlan.

Presque immédiatement, une tornade beige se précipita vers sa maîtresse qui lui caressa longuement la tête :

— Mais oui, Harlan, tu es un bon chien, merci.

Lilou à son tour s'approcha et prit Kristi dans ses bras :

— Tu nous as fait une drôle de peur !

La clochette de la porte d'entrée tinta lorsque le lieutenant Dangelo entra :

— Non, mais je rêve ! C'était donc vrai. Je ne voulais pas le croire, lorsque le docteur Griffon m'a prévenue que vous vous étiez enfuie de l'hôpital !

— Enfuie n'est pas vraiment le mot ! rectifia Kristi avec une évidente mauvaise foi.

Dangelo secoua la tête avec un air consterné.

Linda enfonça le clou :

— C'est une tête de mule, que veux-tu que je te dise ?

Un peu piquée au vif, Kristi lança :

— Merci de vous inquiéter, Lieutenant. Et puisque vous êtes là, si vous dîniez avec nous, ce soir ?

Linda lui décocha un regard assassin. Elle savait que Dangelo sauterait sur l'occasion de passer un moment avec elle.

L'Américaine répondit par un sourire qui signifiait : bien fait pour toi, peau de vache ! Bien sûr, Dangelo accepta et finalement Kristi en fut heureuse, car après cette épreuve, elle avait envie d'avoir du monde près d'elle.

Ce soir-là, La Maison rouge ferma un peu plus tôt qu'à l'accoutumée. Dangelo revint un peu plus tard. Linda et Lilou préparèrent le repas tandis que le militaire dressa le couvert, reléguant la propriétaire des lieux sur le canapé jusqu'au dîner.

Ils allaient passer à table lorsque la sonnette de l'interphone résonna. Lilou se précipita pour découvrir sur l'écran qui était ce visiteur tardif.

La jeune fille se tourna vers Kristi en faisant une mimique qui montra ses dents :

— C'est Doug et il a un bouquet de fleurs, qu'est-ce que je fais ?

Kristi eut un geste fataliste :

— Ouvre-lui la porte et dis-lui de monter !

Quelques minutes plus tard, Doug entrait à son tour dans le salon, portant une magnifique composition de pivoines. Jean et veste de costume noire sur une chemise blanche à fines rayures parme, une cravate dans les mêmes tons… l'écrivain à succès était égal à lui-même, élégant en toutes circonstances.

Les trois femmes, de la plus jeune à la plus âgée, ne purent réprimer un émoi qui fit grincer des dents le lieutenant Dangelo, pourtant lui-même bel homme. Mais il dut s'incliner devant le charme anglais qui a toujours un effet irrésistible sur le beau sexe.

— J'arrive de l'hôpital d'Avignon où je pensais vous voir, mais on m'a dit que vous étiez sortie. Je n'ai appris que cet après-midi ce qui s'était passé.

— C'est gentil à vous Doug. Désolée de ne pas vous avoir prévenu, et merci pour les fleurs. Vous resterez bien manger avec nous ?

— C'est-à-dire que vous avez déjà pas mal de monde, je ne voudrais pas vous fatiguer.

Dangelo prit cette remarque pour lui. Il contre-attaqua :

— C'est vrai que vous avez l'air épuisée ! Il vaudrait mieux que nous ne soyons pas trop nombreux.

Kristi insista.

La soirée fut conviviale et chaleureuse. Un feu de cheminée aurait même été un élément intéressant du décor si la scène s'était déroulée en hiver. Mais, ce soir-là, la fenêtre resta grande ouverte pour laisser entrer la fraîcheur du crépuscule. Linda avait trouvé des nems dans le réfrigérateur et, en quelques coups de cuillère à pot, la fée du logis avait concocté un authentique repas chinois.

Harlan vint poser son museau sur la cuisse de Kristi qui le caressa entre les yeux.

Le lieutenant Dangelo leva son verre :

— Vous avez vraiment eu beaucoup de chance, sur ce coup. Si Mme Albaron et Mme Chastang n'étaient pas arrivées à ce moment-là et si Harlan n'avait pas fait autant de raffut pour les alerter et les attirer dans la cave…

Kristi hocha la tête :

— Et au fait, est-ce que vous avez retrouvé la boucle d'oreille ?

Dangelo se frappa le front du revers du poing :

— C'était précisément ce que j'étais venu vous dire cet après-midi. J'ai exploré la cave, millimètre par millimètre, à l'aide d'un détecteur de métaux, mais je n'ai rien trouvé. Nous avons aussi fait des moulages des empreintes de chaussures, au cas où. Mais elles ne correspondent pas à celles de Nicole Chastang. Pour la boucle, vous êtes vraiment sûre ?

— Absolument, je l'ai parfaitement vue, je pourrais même vous la dessiner ! insista Kristi.

— D'accord, d'accord, temporisa le gendarme. Mais vous étiez déjà sous l'influence du cannabis ! D'ailleurs, à ce sujet, l'équipe de l'identité judiciaire a nettoyé les lieux, vous ne risquez plus rien.

— C'est bien, parce que j'ai l'intention d'entamer des travaux de rénovation le plus vite possible. Et pour Nicole Chastang ?

Dangelo éclata de rire :

— Vous ne lâchez jamais l'affaire, vous ! Pour l'instant elle est sous contrôle judiciaire, jusqu'à ce que j'y voie plus clair.

— Honnêtement, je ne crois pas à sa culpabilité.

Dangelo fronça les sourcils. Il comprit que Kristi ne lui avait pas tout dit.

— J'espère que vous ne me cachez plus rien, à présent ? demanda-t-il sur un ton soupçonneux.

Kristi se racla la gorge et jeta un regard furtif vers Doug qui lui fit un signe de tête affirmatif. Elle lui révéla sa conversation avec les deux garagistes quelques jours plus tôt.

Curieusement, Dangelo ne maugréa pas cette fois. Il se contenta de pousser un profond soupir.

— J'étais déjà au courant.

— Et vous ne m'avez rien dit ?

Le gendarme éclata de rire et se resservit dans le plat que lui tendait Linda. Il lança, sur un ton ironique :

— Madame Monier, je vous adore… vraiment.

Durant tout le reste du repas, plus personne ne fit allusion au meurtre de Carpentier ou à celui de Camille.

La soirée se termina vers onze heures et demie et Doug, comme le lieutenant Dangelo, prirent congé.

Lilou s'installa dans la chambre d'amis tandis que Linda prenait le canapé, tout proche de la chambre de Kristi.

Lorsque cette dernière se retrouva seule, elle se déshabilla rapidement et se jeta sur son lit. Elle sentit Harlan se glisser près d'elle. En principe, il n'avait pas le droit de monter sur le lit, mais ce soir-là, elle n'eut ni le cœur ni le courage de le chasser. Harassée par les événements éprouvants qu'elle venait de vivre, elle s'endormit immédiatement.

44

Lorsque Kristi se réveilla, le lendemain matin, Harlan n'était plus auprès d'elle. L'appartement embaumait le café et une odeur de croissants chauds vint lui chatouiller les narines.

Elle se leva et alla jusqu'à la salle à manger où la table du petit déjeuner était déjà dressée.

Lilou, en short et débardeur, ses longs cheveux blonds dénoués tombant dans son dos, finissait de préparer le café. Elle se retourna et lui adressa un sourire qui dévoila ses jolies dents d'enfant :

— Maman est allée promener Harlan ou… peut-être le contraire, dit-elle malicieusement, connaissant l'impétuosité de l'animal lorsqu'il s'agissait de faire sa sortie matinale.

Le foulement caractéristique des pattes du chien contre le carrelage de l'escalier les informa que la balade était terminée. Le labrador déboula dans l'appartement et sauta sur sa maîtresse. Linda arriva quelques secondes plus tard. Elle était en sueur :

— Ce chien a une énergie incroyable, dit-elle en se laissant tomber sur une chaise. Et pourtant dans la journée on le dirait une serpillière. C'est très étrange.

Les trois filles déjeunèrent tranquillement, presque jusqu'à l'heure d'ouverture de la boutique, puis elles descendirent pour accueillir les premiers clients.

La première personne qui entra fut Laetitia Albaron. La jeune femme, tout sourire, s'avança vers Kristi et la prit dans ses bras.

— Heureuse de voir que tu vas bien. Tu nous as fait une de ces peurs dimanche, dit-elle en se reculant un peu pour mieux l'observer.

— C'est grâce à toi ! Je crois que je vous dois la vie, à toi et à Nicole. Si vous n'aviez pas été là…

Laetitia désigna Harlan qui avait retrouvé son état passif et dormait près du comptoir :

— En réalité, c'est surtout lui qu'il faut remercier.

Un client entra.

— Mais je vais te laisser travailler. On mange ensemble à midi ?

— Bien sûr, avec plaisir. Rendez-vous au café du Village des antiquaires, si tu veux.

Laetitia lui fit un signe de la main en guise d'accord et sortit. Kristi suivit du regard la chevelure sanguine de la jeune femme, jusqu'à ce qu'elle disparaisse dans la rue Carnot.

Doug arriva vers dix heures trente. Ils s'installèrent sur la terrasse.

— Quelle histoire tout de même, murmura Kristi, les yeux plongés dans sa tasse à café. Tout cela me met mal à l'aise, comme un livre avec une mauvaise fin.

Doug tapota du bout des doigts sur la table et réfléchit un instant :

— Je comprends ce que vous voulez dire. Ça n'a pas dû être évident pour Nicole de confesser la mort du gamin. Aurait-elle avoué une partie de la vérité pour en cacher une plus terrible ?

— Pour vous, elle aurait donc bien assassiné Stéphane et Camille ?

Doug secoua la tête :

— C'est une possibilité. Mais son histoire d'enlèvement est tellement énorme qu'il paraît difficile de l'avoir inventée. Pour se fabriquer un alibi, je pense qu'elle aurait pu trouver mieux.

— Mais si ce n'est pas elle, qui alors ?

— Admettons que la mort de Carpentier et de Camille soit bien liée à celle de Lucas Laurent. Qui aurait le plus à cœur de venger la mort d'un enfant ?

— Vous voulez parler de sa mère Sandrine, je suppose ?

— C'est tout de même elle qui aurait eu le mobile le plus sérieux. Imaginons qu'elle ait, d'une manière ou d'une autre, appris la vérité. Vous savez, dans les enquêtes criminelles, c'est souvent celui qui a le meilleur mobile qui est l'assassin.

— Bien sûr, mais souvenez-vous que si, comme nous le soupçonnons, Carpentier a bien été empoisonné par la personne qu'il est allé voir le jour où sa voiture a été sabotée, ça la met hors de cause puisqu'elle était avec vous. Et pour Camille, pourquoi l'aurait-elle tuée ?

Doug finit le restant de café au fond de sa tasse :

— D'un autre côté, les deux meurtres auraient pu avoir des mobiles et des assassins différents si, dans les deux cas, l'arme n'avait pas été la même.

— Le venin du boomslang ! D'ailleurs, toujours pas d'informations en provenance des mauvais garçons des docks de Marseille ?

Doug secoua la tête et répondit, sur un ton un peu amer :

— Peut-être une fausse piste. Vous savez, les trafiquants d'animaux sauvages ne sont pas forcément des gens fiables.

Kristi opina gravement du chef. Puis elle demanda :

— Dites-moi, Doug, cet après-midi je ferais bien un tour dans votre superbe voiture de frimeur, vous m'emmenez ?

Doug sourit :

— Mais bien sûr, où allons-nous ?

— Je voudrais que vous m'accompagniez à Lagnes. J'aimerais aller voir Nicole Chastang pour la remercier et tenter de retrouver cette boucle d'oreille. Elle doit bien être quelque part.

L'écrivain n'eut pas le temps de répondre. Plusieurs clients entraient dans la boutique. Kristi se leva :

— Je vous laisse, Doug, le devoir m'appelle. À midi je déjeune avec Laetitia Albaron. Vous passez me prendre vers quinze heures, devant la supérette de l'autre côté de la rue, c'est d'accord ?

Il fit un geste fataliste. Il avait prévu lui aussi de l'inviter à déjeuner, mais la belle rouquine l'avait devancé.

Vers treize heures, Kristi se précipita au Café des antiquaires dont la terrasse était bondée de touristes.

Elle aperçut immédiatement la chevelure flamboyante de Laetitia. La femme du constructeur local, qui était déjà installée depuis un moment, à en juger par le verre d'apéritif vide devant elle, lui adressa un petit signe.

— Désolée pour le retard, s'excusa Kristi.

— J'imagine très bien ce que c'est que de tenir un commerce. J'ai commencé sans toi, dit-elle en désignant le verre sur la table.

Ce disant, elle leva la main pour appeler le serveur et poursuivit :

— Je suis contente de te voir remise sur pied. Tu sais, tu devrais la vendre, cette maison, elle n'apporte que des ennuis !

Kristi la regarda d'un air surpris :

— Tu ne crois tout de même pas à une malédiction ou à un truc de ce genre ?

Laetitia afficha un grand sourire qui dévoila des dents d'une symétrie parfaite. C'était une femme magnifique, un vrai canon. Kristi, qui n'était pourtant pas spécialement attirée par les individus de son sexe, ressentit des frissons dans sa colonne vertébrale devant ce visage parfait.

— Non, bien sûr, mais c'est une source d'emmerdements. Tu sais, la proposition de mon mari tient toujours. Si tu négocies un peu, je crois même que tu peux faire monter les enchères, dit-elle sur un ton complice.

— Nous verrons, mais pour l'instant j'ai d'autres projets.

— C'est toi qui décides. Mais moi, à ta place, je n'hésiterais pas.

Kristi changea de conversation :

— Lorsque vous êtes venues à mon secours l'autre jour, vous n'avez pas trouvé une boucle d'oreille qui représentait une fleur ?

Laetitia esquissa une moue sensuelle :

— Non pourquoi, tu l'as perdue ? Je n'avais jamais remarqué que tu portais des bijoux.

Kristi lui détailla comment elle avait découvert le bijou et lui expliqua qu'elle pensait que celui-ci appartenait peut-être à la meurtrière.

— Ce serait donc une femme qui serait derrière tout ça ? Mais à quoi ça rime ? Tu sais, Nicole est mon amie et, même si elle avait toutes les raisons d'éliminer Carpentier…

Kristi la coupa gentiment :

— Raconte-moi simplement ce qui s'est passé le jour où vous m'avez secourue, toi et Nicole.

— Eh bien, je l'ai récupérée à la gendarmerie, car sa voiture est restée à la frontière espagnole. Dès que nous sommes arrivées, ton chien est venu nous chercher en aboyant comme un fou. On l'a suivi et on t'a trouvée inanimée sur le sol.

— Et ensuite ?

— Et ensuite, comme tu étais inconsciente, Nicole m'a demandé de sortir pour prévenir les pompiers, car le portable ne captait pas dans la cave. Les pompiers m'ont ordonné de ne surtout pas tenter de te déplacer sauf s'il y avait un danger immédiat. Je suis redescendue le dire à Nicole et là, elle a compris qu'il y avait quelque chose dans l'air, à cause des plants de cannabis et peut-être des produits chimiques entreposés. Elle commençait elle-même à se sentir mal. Alors finalement on t'a sortie au moment où les secours arrivaient.

— Donc, Nicole est restée seule avec moi dans la cave durant plusieurs minutes ?

Laetitia opina du chef.

— Quatre ou cinq, au maximum. Mais je ne l'imagine pas voler une boucle d'oreille, fût-elle en émeraude. Elle a quelques soucis financiers, mais je ne crois pas que ce soit à ce point-là.

— Dans ce cas, peut-être qu'un pompier ou un gendarme l'aura emportée sous sa semelle. Tant pis et, de toute façon, je ne suis même plus sûre d'avoir vu ce bijou.

— Il faut dire qu'avec tout ce que tu avais sniffé, tu ne devais pas être très claire, conclut la rouquine en éclatant de rire.

45

Doug arriva à quinze heures précises devant la supérette et gara sa voiture face à l'entrée devant laquelle Kristi l'attendait déjà. Elle avait troqué son jean contre une petite robe blanche qui mettait ses jambes en valeur et fit virevolter le volant du vêtement en s'installant dans la Maserati.

Elle secoua la tête et dit d'un air malicieux :

— Doug, vous êtes le roi de la frime.

L'écrivain émit un rire discret :

— Pour info, cette voiture, c'est un cadeau de la maison d'édition de votre mère pour fêter les deux millions d'exemplaires vendus de mon avant-dernier roman. Et excusez-moi de ne pas être fauché !

Elle écarquilla les yeux. Elle ne pensait pas que le succès du livre avait été tel et comprit mieux l'élan de générosité de l'entreprise de sa mère.

— Allez roulez ! Je ne voudrais pas que les gens croient que j'ai fait fortune avec ma petite boutique ou que je suis une trafiquante internationale de drogue, dit-elle sur un ton enjoué.

Doug poussa un soupir et enclencha la première. La voiture démarra dans un bruit rauque de pot d'échappement et remonta l'avenue de la Libération avant de se diriger vers Lagnes.

Quelques minutes plus tard, le bolide vert anglais se garait sur la place de la mairie, où ils croisèrent une colonne de gamins revenant probablement d'une balade dans les collines, conduits par une institutrice au teint hâlé. La jeune femme regarda Doug par-dessus ses lunettes de soleil, se demandant d'où elle connaissait ce type si mignon. Un ex-amant peut-être ? Elle ne se souvint pas immédiatement que c'était sur la quatrième de couverture de ses livres qu'elle avait vu son visage.

Kristi poussa l'écrivain devant elle :

— Ah non, ça ne va pas commencer ! On a du boulot, vous ferez le joli cœur une autre fois.

Comme ils arrivaient devant la maison de l'ancienne prof de chimie, une Citroën Cactus blanche démarra en trombe.

— On dirait la voiture de Sandrine ! s'exclama Kristi, inquiète.

Le portail de Nicole était ouvert. Ils s'engagèrent dans l'allée qui conduisait à la petite maison et frappèrent à la porte. N'obtenant pas de réponse, ils insistèrent jusqu'à ce que des pas résonnent dans le hall d'entrée.

Nicole leur ouvrit finalement. Elle était en short et débardeur et portait des claquettes aux pieds. Ses yeux étaient rougis derrière ses lunettes à monture d'écaille. Elle esquissa un sourire en les apercevant.

— Contente de vous revoir dans le monde des vivants, dit-elle à Kristi. Je ne pensais pas recevoir de visites. Je ne suis plus trop fréquentable ces temps-ci.

— Pourtant, nous avons vu Sandrine partir, il y a quelques minutes, objecta Doug.

— Et nous étions inquiets ! continua Kristi.

Nicole s'effaça pour libérer le passage.

— Puisque vous êtes là, entrez un moment, dit-elle.

Ils s'installèrent sur le canapé du salon, face à Nicole qui se tenait sur un fauteuil, les mains jointes sur ses genoux et la tête basse.

— C'était bien Sandrine, effectivement. Moi aussi j'ai eu peur. Mais au contraire, elle est venue me dire qu'elle me pardonnait. Elle m'a dit qu'elle connaissait le poids de la culpabilité, mais que, bien sûr, elle préférait que je ne participe plus à ses ateliers !

Kristi et Doug se regardèrent, étonnés de cette mansuétude. Nicole poursuivit, comme si elle se confessait :

— Je sais que c'est terrible ce que j'ai fait et je vis avec cela depuis si longtemps que je suis presque soulagée à présent, même si je mérite l'enfer.

Kristi hocha la tête et répondit d'un air compatissant :

— Je comprends, Nicole, mais je venais simplement vous remercier de m'avoir secourue.

— C'est grâce à votre chien, il paraissait totalement affolé. Nous avons tout de suite saisi que quelque chose de grave s'était produit.

— La cave où vous m'avez trouvée était probablement le jardin secret de Camille. Vous n'aviez jamais rien remarqué ? demanda Doug.

Nicole répondit en désignant du menton l'ancienne maison d'Alexandrine Fage :

— J'ai bien senti des odeurs étranges quelquefois, mais j'ignorais jusqu'à l'existence de cette pièce. Pourtant, je suis allée à plusieurs reprises chez Alexandrine, lorsqu'elle était encore de ce monde.

Doug poursuivit :

— Et vous n'aviez jamais remarqué, non plus, le soupirail qui donne sur votre jardin ?

— J'avais toujours pris cette ouverture pour une vieille aération de puits. Comme dans le temps les deux habitations faisaient partie du même corps de ferme, il y a des éléments imbriqués, c'est normal. Il devait y avoir un puits aussi.

Kristi hocha la tête. Elle avait donc vu juste. Elle poursuivit :

— Stéphane Carpentier devait forcément être au courant qu'elle utilisait la cave pour ses petites cultures.

— Ça me paraît évident, confirma l'ancienne prof de chimie. Vous savez, ce n'était pas un type très recommandable. Trafiquer de la drogue ne devait pas le gêner, du moment que ça rapportait.

Elle se mordit la lèvre, consciente qu'elle parlait de l'homme qui l'avait fait chanter durant des années pour des actes encore plus terribles qu'elle-même avait commis. Et de plus, cet homme était mort et elle était la principale suspecte.

— Je vous assure que je ne suis pour rien dans ces deux meurtres, se crut-elle obligée d'ajouter. C'est vraiment une histoire de fou, jusqu'à ce serpent…

— Je ne savais pas que vous éleviez des serpents, lança Kristi.

Nicole se leva et alla jusqu'à un meuble à tiroirs au fond du salon. Elle en sortit une épaisse liasse de feuillets A4 qu'elle posa sur la table basse devant ses invités en disant :

— Mais uniquement des serpents non venimeux et originaires de nos régions. J'écris un livre sur leurs mœurs, voici le manuscrit presque terminé. Je ne comprends pas comment ce boomslang est arrivé là.

Elle plaqua ses mains sur son visage et fondit en larmes. On sentait que ses nerfs lâchaient. Kristi et Doug étaient partagés entre la compassion et une sorte d'aversion pour cette femme qui, dix années durant, avait vécu avec son morbide secret. Nicole releva finalement les yeux vers eux et dit en reniflant :

— On l'aura mis là pour m'incriminer. Ça ne peut être que les personnes qui m'ont enlevée.

Kristi s'avança et posa une main sur la sienne :

— Vous voulez bien nous raconter ce qui s'est passé ?

Nicole leur expliqua ce qu'elle avait déjà dit à plusieurs reprises au lieutenant Dangelo.

— Et vous ne savez pas où vous avez été détenue ni par qui ? s'enquit Doug.

Nicole secoua une nouvelle fois la tête

Après avoir quitté Nicole, Kristi voulut se rendre dans l'ancienne maison d'Alexandrine Fage, non sans une certaine appréhension. La porte avait été laissée grande ouverte par les pompiers. Sur le sol, de nombreuses traces de semelles à crampons attestaient du va-et-vient qui avait eu lieu quelques jours auparavant.

La porte de la cave avait été dégondée et posée contre le mur pour permettre aux secours de circuler plus librement. Kristi s'engagea dans l'escalier, rassurée par la présence de Doug derrière elle. En bas, tout avait disparu, seuls quelques débris jonchant le sol rappelaient encore les installations artisanales de Camille.

— Allons boire quelque chose ! proposa Doug devant la mine déconfite de son amie.

Ils montèrent vers le café de la fontaine et s'assirent à la même table qu'ils avaient occupée quelques jours plus tôt. Quelques retraités du village étaient attablés autour d'un demi ou d'un verre de rosé.

Immédiatement, la patronne arriva pour prendre leurs commandes et afficha un grand sourire en reconnaissant Doug. Elle ne demanda pas d'autographe cette fois, mais ne put s'empêcher de le complimenter sur son livre qu'elle avait adoré.

— Qu'avez-vous pensé de cette petite entrevue avec Nicole ? l'interrogea Kristi quand la serveuse fut partie.

— Une véritable victime ou une très bonne comédienne.

L'Américaine leva les yeux au ciel :

— Comme spécialiste mondial du crime, vous vous posez là, Doug ! En fait, vous n'êtes pas plus fixé que moi…

— Absolument pas !

Elle allait lui lancer une nouvelle pique lorsque deux cyclistes garèrent leurs machines sous le gros platane qui faisait face au troquet et se dirigèrent vers eux. Shorts rembourrés à l'entrecuisse, maillots à numéro, casques de compétition, ils s'avancèrent d'une démarche un peu claudicante à cause de leurs chaussures de vélo et marquèrent un temps d'arrêt en apercevant le couple.

L'un d'eux chuchota quelque chose à l'oreille de l'autre. Kristi distingua un « mais si » et un « je te dis que non ». Finalement, « mais si » prit son courage à deux mains et vint jusqu'à leur table.

— Excusez-moi, mais ne seriez-vous pas Doug Alexander ? demanda-t-il sur un ton presque obséquieux.

— Si, c'est bien lui ! marmonna Kristi, énervée d'être systématiquement dérangée quand elle était avec « son » écrivain.

Le jeune homme, qui devait avoir tout au plus vingt-cinq ans, se tourna vers son compagnon :

— Tu vois, j'avais raison !

L'autre s'avança à son tour :

— Nous sommes deux de vos lecteurs les plus assidus, dit « mais si ». Accepteriez-vous de faire une dédicace sur nos maillots ?

Doug s'exécuta de bonne grâce, comme à son habitude, et les deux garçons pénétrèrent dans le bar l'air contents.

Kristi soupira :

— Vous êtes terrible, vous. Philippe doit vous surveiller comme du lait sur le feu.

Il ne répondit pas à cette nouvelle pique.

— Vous savez quoi ? dit-il, je vous invite à dîner chez moi jeudi soir. Venez avec Linda et Lilou. Philippe sera là et je vous présenterai mon contact à la DRPJ de Paris.

46

Sandrine Laurent avait suspendu ses ateliers de rigologie pour une période indéterminée. Et pour cause ; malgré sa commisération, le fait d'apprendre qu'elle avait côtoyé la meurtrière de son enfant dix années durant l'avait beaucoup affectée. Aussi avait-elle décidé de prendre un temps de retraite dans une maison qu'elle possédait en Lozère.

Là, au milieu des forêts de chênes, des églantiers, des framboisiers et des genévriers, elle espérait pouvoir refermer une seconde fois cette blessure qui laissait sourdre une intense et amère douleur au fond de son âme.

Son petit, son tout-petit qui la rendait si heureuse et qui avait été, en quelque sorte, un cadeau du ciel lui manquait tellement. Lorsqu'on lui avait annoncé la terrible nouvelle, un soir de février, tout avait volé en éclats autour d'elle. Lucien, son mari, s'était rapidement éteint, rongé par le chagrin. Elle avait sombré dans l'alcool, puis la dépression avait suivi, jusqu'à ce que cette illumination presque mystique, en découvrant l'existence de la rigologie sur YouTube, ne vienne la tirer vers le haut.

Sa maison, un joli chalet en bois, était perchée au sommet d'un coteau qui dominait une étroite vallée où coulait un ruisseau aux eaux limpides. Assise à une table fabriquée à partir de vieilles planches fixées sur une paire de tréteaux, la rigologue caressait du bout de l'index, sur une photo écornée, la chevelure rousse d'un gamin au visage constellé de taches brunes. Son regard clair révélait un tempérament malicieux.

Un sentiment trouble envahit Sandrine. Elle avait tout deviné depuis longtemps déjà et il fallait à présent mettre un terme à tout ça. Lucas ne reviendrait jamais.

Elle observa un instant son smartphone posé devant elle. Elle joua un peu avec l'appareil, le faisant tourner entre ses doigts, puis composa un numéro. Au bout de quelques sonneries, la messagerie décrocha. Elle ne prit pas la peine de dire qui elle était, elle était forcément enregistrée dans le répertoire.

— Je sais que je n'ai pas été à la hauteur avec notre petit. Maintenant, je dois être forte. J'espère que tu me pardonneras de ne pas avoir mieux veillé sur lui. Je sais que c'est toi qui as tué Stéphane et Camille, il faut que ça s'arrête. Je ne peux pas garder le secret, encore une fois, pardonne-moi.

Elle raccrocha et composa le numéro de Nicole Chastang.

Kristi, Linda et Lilou arrivèrent vers dix-neuf heures devant la grille de la somptueuse propriété luberonnaise de l'écrivain à succès. Kristi allait sonner, mais le portail pivota immédiatement dans un léger bruit de moteur électrique. Les trois filles s'avancèrent dans l'allée gravillonnée, bordée de cyprès et garèrent la petite 205 entre la Masaratti de Doug et la Mercedes de

Philippe. Sur le parking se trouvaient également deux autres voitures, l'une de marque anglaise et l'autre, plus modeste, une Renault.

— J'ai un peu honte, soupira Linda en comparant son épave aux mécaniques rutilantes sagement stationnées devant la villa.

Kristi et Lilou, elles, n'avaient pas ce genre de scrupules. Elles grimpèrent les marches qui conduisaient au perron avec des allures de princesses, au moment exact où Doug apparut pour les accueillir.

Toutes les trois étaient magnifiques, vêtues de robes de soirée. Kristi avait prêté l'une de ses toilettes à Lilou qui faisait approximativement la même taille qu'elle. L'écrivain, toujours aussi raffiné, afficha son plus beau sourire :

— Mesdames, vous êtes sublimes et je vous remercie d'avoir accepté cette invitation, dit-il en les priant de le suivre dans le grand hall.

Il les conduisit jusqu'au salon. Philippe était là en compagnie d'un élégant quinquagénaire, très distingué dans un costume gris clair.

Doug fit les présentations :

— Vous connaissez déjà Philippe et voici John Pendelgrow, son compagnon.

Les deux hommes s'inclinèrent avant de prendre les mains que leur tendirent Kristi, Linda et Lilou.

Kristi crut que ses jambes allaient se dérober sous elle. Depuis le début, elle était intimement persuadée que Doug et Philippe étaient ensemble. Elle maudit sa propension à toujours tirer des conclusions trop hâtives.

À présent, elle était piégée. Elle ne savait trop quelle attitude adopter.

— Je pense qu'on se souviendra longtemps de cette soirée, ma vieille, lui murmura Linda à l'oreille.

Elles n'étaient pas encore au bout de leurs surprises. Une jeune femme d'une trentaine d'années, à la chevelure d'un blond doré, aux yeux vert émeraude et pourvue de formes parfaitement proportionnées, fit son entrée dans le grand salon. Elle était la seule à porter un jean et un chemisier blanc, mais, même vêtue d'un sac de pommes de terre, elle aurait été sublime. L'écrivain la laissa avancer de quelques pas dans la pièce pour ménager son effet, avant de la présenter :

— Et voici Agatha, l'amour de ma vie !

Cette fois, Kristi dut carrément s'accrocher au bras de Linda qui fit de même avec Lilou, pour ne pas s'écrouler.

— Toi, je te retiens avec tes théories à la con, murmura Miss Catastrophe à l'oreille de l'Américaine tout en adressant un immense sourire hypocrite à la nouvelle venue.

Lilou quant à elle la trouva immédiatement sympathique. Linda et Kristi demeuraient sans voix.

Comme le silence s'éternisait, Agatha prit la parole :

— Vous devez être Kristi, et vous Linda, énonça-t-elle en désignant successivement la blonde et la brune, toujours sans réaction. Papa m'a beaucoup parlé de vous !

— Papa… répéta bêtement Kristi.

Doug, apparemment heureux de son effet, s'avança et passa un bras protecteur autour des épaules de la jeune femme :

— Cette soirée était donc l'occasion de faire d'une pierre deux coups ; vous présenter ma fille, mais aussi, comme je vous l'avais promis, mon contact au 36 rue du Bastion, la commissaire Agatha Alexander qui fait le lien entre la police française et le Yard.

Philippe interrompit Doug en lançant une invitation générale à prendre l'apéritif. Kristi attrapa l'écrivain par le bras et lui murmura, sur un ton de reproche :

— Vous m'avez piégée, Doug, vous trouvez ça fair-play ?

— Mais c'était en toute amitié et dans votre intérêt. Si vous voulez devenir détective, vous devez apprendre à ne pas extrapoler à partir d'une simple intuition.

— Message reçu, dit-elle humblement. Mais rassurez-moi, les autres ne sont pas au courant de mes… extrapolations ?

Doug prit un air offensé :

— Allons ma chère, pour qui me prenez-vous ? Bien sûr que tout le monde est au courant !

Il éclata de rire, mais d'un rire discret qui faisait une partie de son charme et lui tendit un bras auquel elle s'accrocha, sans rancune. Elle avait bien mérité une leçon. Ils allèrent rejoindre le reste des invités sur la terrasse d'où l'on apercevait la silhouette majestueuse du Luberon.

47

Les premiers jours de juin annonçaient la couleur pour la saison estivale qui approchait à grands pas. Il ferait extrêmement chaud à L'Isle. Ce serait un été torride qui allait drainer une foule considérable de touristes en recherche d'exotisme.

Les petites ruelles ombragées, les quais aux antiquaires, les jardins publics, bref tous les lieux offrant un peu de fraîcheur seraient bientôt pris d'assaut par des Anglais, des Américains et pas mal d'autres nationalités. Les marchands de glaces, les restaurateurs et les patrons de bistrot s'en frottaient déjà les mains.

Quant aux antiquaires, ils attendaient avec impatience la foire internationale « Antiques Art & You », qui propulsait tous les ans la ville sur le devant de la scène mondiale. Certes, il restait encore deux mois et demi avant le grand événement, mais les professionnels approvisionnaient déjà leurs stocks. Kristi ne faisait pas exception à la règle et s'investissait à fond dans son travail. Doug avait pris quelques jours de vacances, avec sa fille, du côté de Monaco et elle devait se rendre à l'évidence : il lui manquait un peu.

D'un autre côté, elle se sentait le cœur léger. En effet, elle en avait appris plus sur le mystérieux écrivain grâce à son adorable fille. Sa femme et lui avaient divorcé alors qu'Agatha n'avait que de deux ans. Elle les avait abandonnés pour une vie meilleure, avait-elle dit. Elle ne supportait plus les conditions misérables dans lesquelles Doug, écrivain raté – c'était ses propres paroles –, l'obligeait à vivre. Elle méritait mieux selon elle. Et donc, un matin, elle lui avait annoncé qu'elle le quittait pour un agent d'assurances qui gagnait correctement sa vie et possédait même une petite résidence secondaire dans la banlieue de Londres, comble du luxe à ses yeux.

Concernant Agatha, elle lui avait demandé :

— Garde-la jusqu'à ce que je sois installée et puis je reviendrai la chercher.

Deux enfants et pas mal de séances de psy plus tard, elle n'était jamais revenue.

À plusieurs reprises, Doug avait failli arrêter d'écrire pour trouver un « vrai » travail, mais Agatha lui avait livré une véritable guerre pour qu'il poursuive dans cette voie :

— Je savais qu'il avait un immense talent, avait-elle expliqué à Kristi.

Kristi, Linda et Lilou avaient bien entendu versé une larme à l'évocation de cette triste histoire racontée par la fille de l'écrivain aux multiples best-sellers.

— Tu ne rêverais pas à un beau romancier célibataire, par hasard ?

Kristi, les deux bras appuyés sur le comptoir de La Maison rouge, sortit brusquement de ses pensées. Elle regarda Linda et haussa les épaules :

— Qu'est-ce que tu vas imaginer ? Bien sûr que non !

— Ben voyons, répondit Miss Catastrophe, d'un air entendu.

Un client entra et Kristi se jeta littéralement sur lui pour éviter de poursuivre cette conversation. Lorsqu'il fut parti, l'Américaine trouva une foule d'occupations pour échapper à son employée et à ses allusions. Vers dix-huit heures trente, Lilou arriva comme à son habitude pour chercher sa mère.

— Tu peux y aller, lança Kristi à Miss Catastrophe.

Linda fronça les sourcils et lui rétorqua, d'un air soupçonneux :

— Dis donc toi, depuis l'autre soir chez Doug, tu n'es plus la même. J'ai l'impression que tu veux te débarrasser de moi, on ne sort même plus boire un verre.

Kristi répondit avec un haussement d'épaules :

— Mais qu'est-ce que tu vas imaginer ? C'est juste que je suis un peu fatiguée en ce moment.

— Hum, des trucs de fille ?

— Voilà, tu as tout compris !

Linda ne parut pas vraiment convaincue :

— Tu es sûre que Doug n'aurait pas un concurrent qui passerait te rejoindre, après la fermeture du magasin.

— Oh, mais tu m'énerves à la fin ! Je te dis que je suis simplement lasse.

Lilou fit un clin d'œil à Kristi et tira sa mère par le bras :

— Allons, viens Maman. Tout le monde a le droit d'être fatigué, non ?

Linda obtempéra et suivit la collégienne. Dès qu'elles eurent disparu au bout de la rue, Kristi mit un peu d'ordre dans la salle en surveillant attentivement la pendule Nescafé dont la grande aiguille semblait faire exprès de retomber systématiquement en arrière. Elle atteignit enfin le chiffre douze, marquant l'heure de fermeture de la boutique.

L'Américaine se précipita vers la grille de sécurité qu'elle verrouilla.

Elle allait éteindre la lumière lorsque l'on toqua à la porte. Elle reconnut à travers la vitre Laetitia Albaron. Un peu contrariée, mais intriguée, elle alla ouvrir.

— Hello, Laetitia, qu'est-ce qui t'amène ? demanda-t-elle.

La rousse incendiaire paraissait extrêmement agitée :

— Désolée de te déranger si tard, mais je ne savais plus vers qui me tourner. C'est terrible ce qui arrive !

Elle reprit son souffle.

— Je… Je viens d'apprendre par les gendarmes que Nicole a tenté d'éliminer Sandrine dans son chalet en Lozère.

Kristi s'exclama écarquilla les yeux :

— Mais, je pensais qu'elle était sous contrôle judiciaire ?

Laetitia secoua la tête :

— Je ne sais pas ce qui s'est passé, mais en tout cas, les flics l'ont retrouvée, prostrée devant le corps de notre Sandrine. Elle prétend que c'est Sandrine qui l'a appelée. Elle avait soi-disant des révélations à lui faire qui auraient pu lever tous les soupçons qui pèsent sur elle.

— Eh bien là, c'est gagné ! Mais tu as dit : « Tenter d'éliminer ». C'est donc que Sandrine est toujours en vie ?

Laetitia ferma les yeux et prit une profonde inspiration avant de répondre. On la sentait prête à fondre en larmes :

— Dans un triste état, elle est dans le coma.

— Ne me dis pas que c'est encore un empoisonnement au venin de boomslang ?

La rouquine secoua la tête.

— Nicole l'a étranglée !

— Mais pourquoi ? Sandrine est même venue la voir chez elle pour lui annoncer qu'elle lui avait pardonné la mort de son fils, après tant d'années.

— Mais est-ce qu'elle lui avait pardonné celle de Carpentier, dont elle était amoureuse depuis l'enfance ? Qui sait, elle avait peut-être trouvé des preuves qui incriminaient officiellement Nicole.

— On n'est pas sûrs que Nicole ait bien tué Carpentier et Camille. Enfin, c'est ton amie, tu devrais prendre sa défense !

Les épaules de Laetitia s'affaissèrent sous le poids des sentiments contradictoires qui s'affrontaient en elle.

— Oui, tu as raison, dit-elle, je ne sais plus où j'en suis. En fait, je n'ai pas tout raconté aux gendarmes…

Les sourcils de Kristi s'abaissèrent, ce qui eut pour effet d'accentuer les ridules au coin de ses yeux.

— Qu'est-ce que tu veux dire ?

— Je savais qu'on faisait chanter Nicole. Je ne savais pas qui ni pourquoi, mais je l'ai vue lentement sombrer et je me reproche de n'avoir rien tenté. Elle me l'avait avoué et, dans un moment de déprime, avait ajouté qu'à part se tuer ou tuer son maître chanteur, elle n'avait plus de solutions.

Kristi hocha gravement la tête :

— Évidemment, si tu avais confié ça aux gendarmes, ça n'aurait pas joué en sa faveur.

— Mais ça aurait peut-être sauvé Camille et Sandrine ! Tu comprends mon désarroi ?

— Je l'imagine en tout cas.

Effectivement, la conscience de Laetitia devait être lourde de culpabilité. Kristi poursuivit :

— Mais au fait, comment est-ce que tu es au courant de ce qui s'est passé chez Sandrine ? Tu as pu parler à Nicole ?

— Elle avait droit à un seul appel téléphonique et c'est à moi qu'elle l'a donné. Elle jure que Sandrine était pendue lorsqu'elle est arrivée. Elle s'est contentée de la décrocher, en constatant qu'elle était encore vivante. Ensuite elle a appelé les secours.

Kristi ferma les yeux un instant pour réfléchir :

— Et tu ne trouves pas ça bizarre ? Pourquoi aurait-elle appelé les secours ?

— C'est qu'une voisine est arrivée à ce moment-là et ce qu'elle a vu est sujet à controverse. Nicole n'a téléphoné aux urgences que lorsqu'elle l'a entendue entrer dans la maison. Sandrine avait raconté à cette voisine qu'elle devait recevoir quelqu'un qui lui faisait peur. C'est pour ça que l'autre s'est pointée.

Laetitia se laissa choir sur une chaise et enfouit son visage entre ses paumes. Kristi posa une main sur son épaule.

— Bon, dit-elle, de toute manière tu ne peux plus rien faire à présent. Laisse les gendarmes se charger de cette affaire. Lorsque Sandrine reviendra à elle, elle pourra sûrement éclairer les enquêteurs.

Laetitia se leva et la prit dans ses bras.

— Merci, Kristi, tu es une véritable amie, la remercia-t-elle.

Kristi referma soigneusement derrière elle lorsqu'elle sortit. Elle éteignit les lumières et monta à l'étage où l'attendait une tâche extrêmement importante qui occupait une partie de ses nuits.

Ce n'était pas un amant secret, comme l'avait supposé Miss Catastrophe, mais la collection complète des œuvres de Doug, navets de la première heure compris, qu'elle s'était promis de lire avant son retour.

Cependant, les révélations que venait de lui faire Laetitia ne lui permirent pas de se plonger à corps perdu dans les récits palpitants de Doug.

48

Ce samedi matin, comme tous les samedis depuis quelques semaines, Lilou était venue prêter main-forte. Ce n'était pas du luxe avec la brocante internationale qui approchait à grands pas et l'adolescente gagnait honnêtement le « salaire » que lui octroyait Kristi. En début de week-end, l'activité augmentait en effet sensiblement, même si l'entreprise peinait à remplir sa caisse.

Harlan, perturbé par tout ce va-et-vient, avait établi son quartier général dans l'arrière-salle, tout près de sa gamelle. Il y avait beaucoup d'Américains, attirés par la présence d'une compatriote et sans aucun doute par l'idée d'obtenir une ristourne sur leurs achats, au nom de la solidarité de la grande tribu US.

Lilou, préposée aux paiements, ne l'entendait bien sûr pas de cette oreille et se révélait être une excellente négociatrice. Kristi et Linda s'occupaient, quant à elles, de renseigner les clients et de conclure les ventes.

Mais si ce matin Lilou était aussi impatiente, c'était parce qu'elle savait que Doug devait passer. Elle adorait cet homme à l'humour subtil qui représentait un peu le père idéal qu'elle aurait souhaité avoir. Non pas que son père soit un mauvais père, loin de là, et elle l'aimait beaucoup, mais il faut dire que ce dernier ne lui avait jamais accordé trop d'attention. Obsédé par son travail, il était toujours sur le terrain pour essayer de faire mieux que les autres. Lorsqu'il avait demandé sa mutation pour une brigade de gendarmerie à Lyon, après la séparation, il lui avait proposé de vivre avec lui. Elle avait refusé du bout des lèvres et lui n'avait pas trop insisté, apparemment soulagé de ne pas avoir à s'occuper à temps plein d'une adolescente.

Doug arriva vers treize heures, alors que la cohue commençait à se dissiper. Il venait de faire des emplettes et portait un sac de courses en papier marron. Le dernier client fut expédié un peu plus vite que nécessaire.

Il lança un joyeux « Bonjour Mesdames » en entrant.

— Ça y est, Agatha est repartie ? interrogea Lilou, qui avait rapidement sympathisé avec la jeune femme malgré leur différence d'âge.

— Oui, elle est rentrée à Paris, puis elle doit aller à Londres. Elle m'a demandé de t'embrasser et de te dire que si tu voulais aller passer quelques jours à Paris pour les prochaines vacances, elle serait ravie de t'accueillir.

L'adolescente se mit à sautiller de joie en frappant dans les mains, comme le font les enfants lorsqu'ils sont excités. Elle se tourna vers sa mère :

— Maman, est-ce que je pourrai ?

Linda lui répondit en souriant :

— Je pense que tu ne risqueras pas grand-chose avec une commissaire de police.

— Elle a même promis de t'emmener sur une vraie scène de crime, précisa Doug.

Linda poussa un cri qui fit pouffer de rire la jeune fille.

— Je plaisante bien sûr, la rassura Doug, craignant que Linda ne fasse un malaise.

Kristi alla fermer la porte d'entrée, puis, s'adressant à Doug :

— J'ai prévu une petite collation pour le déjeuner : jambon de Parme, omelette aux morilles et fromage de chèvre du Luberon.

À cette évocation, Harlan daigna enfin sortir de derrière son comptoir.

— Il y en a largement pour quatre. Vous vous laissez tenter ? demanda-t-elle.

Doug posa son sac sur le zinc et fit mine d'hésiter.

— Hum, omelette aux morilles… oui ça peut-être intéressant, mais accompagnée d'un chablis blanc alors, dit-il en tirant de son sac une bouteille contenant un liquide d'un jaune presque doré.

— Et moi, j'ai une tarte aux airelles, s'exclama Linda en passant derrière le comptoir où elle avait rangé un plat en métal recouvert d'un torchon à carreaux rouges et blancs.

Au cours du repas, Doug leur raconta ses quelques jours de vacances avec sa fille dans la principauté : restaurants, piscine, bains de mer, balades dans la vieille ville…

Entre le fromage et le dessert, la conversation se porta naturellement sur l'affaire Nicole Chastang.

Doug avait été informé par Agatha de la mise en accusation de l'ancienne prof de chimie. Mais il avait également d'autres informations par le neveu de Roland Char, le chef d'atelier de chez Maserati qui avait fait jouer son réseau. Et ce n'étaient pas de bonnes nouvelles pour Nicole.

— La personne qui a acheté le boomslang, dit-il, a raconté au trafiquant qu'elle avait été prof de chimie à L'Isle-sur-la-Sorgue il y a plusieurs années.

Kristi fronça les sourcils, comme elle le faisait quand elle doutait d'un fait qu'on lui présentait comme établi.

— Quoi ? questionna Linda. Les choses ne te semblent pas assez claires ?

L'Américaine répondit par un haussement d'épaules :

— Si tu prévoyais de tuer quelqu'un, tu donnerais des infos sur toi au vendeur de l'arme ? Ça me paraît curieux, c'est tout.

— De toute manière, ça n'a plus grande importance, intervint Doug. C'est terminé à présent. Il s'agissait comme toujours d'une histoire finalement assez banale, avec un mobile anodin. Une personne connaît votre secret et vous menace de le révéler, vous l'assassinez pour la faire taire et puis c'est l'enchaînement infernal. Une autre comprend ce que vous avez fait et il faut l'éliminer à son tour. C'est la logique stupide des meurtriers amateurs qui espèrent effacer leurs traces, mais laissent encore plus d'indices.

49

L'histoire de Nicole Chastang avait fait beaucoup de bruit à L'Isle-sur-la-Sorgue et avait également réveillé de vieilles blessures, des blessures qui remontaient à une dizaine d'années, lorsque le petit Lucas Laurent avait perdu la vie, par une froide nuit de février sur un chemin de campagne.

Deux mois après la mise en examen de l'ancienne prof de Chimie pour les assassinats présumés de Stéphane Carpentier, Camille Leblond et la tentative d'assassinat sur Sandrine Laurent, toujours dans le coma, le sujet alimentait encore les conversations. Il faut dire que la ville aux allures de gros bourg était plus habituée à faire la une des tabloïds pour les célébrités du show-business que l'on y croisait que pour ses assassins.

Nicole Chastang reconnaissait être responsable de la mort du gamin, mais clamait son innocence pour les autres crimes. Et comme d'habitude, les Islois étaient partagés en deux camps : les défenseurs de la vieille dame, pour lesquels, toutes les preuves dans cette affaire étaient circonstancielles, et ceux qui avaient l'intime conviction que justice avait été rendue.

Bien sûr, la déposition de la voisine intervenue le soir où Sandrine avait failli perdre la vie avait pesé dans la décision du juge d'incarcérer la suspecte qui, de plus, n'avait pas respecté son contrôle judiciaire en quittant le département. Le témoin avait rapporté que ce n'était qu'à son arrivée que Nicole avait composé le numéro des services d'urgence, contrairement à ce qu'elle plaidait.

De toute manière, à présent, il n'y avait plus rien à faire en attendant le procès. Kristi s'était résolue à passer à autre chose, malgré les doutes qui l'habitaient encore. Elle avait lancé les travaux de restauration dans l'ancienne maison d'Alexandrine, organisait des balades régulières avec Doug quand l'agenda de ce dernier le lui permettait et gérait bien sûr son entreprise.

Depuis quelques jours, pourtant, elle avait mis de côté ses loisirs car la grande brocante d'été était sur le point de commencer et elle ressentait une profonde angoisse à cette idée. Elle savait que des milliers de visiteurs allaient fondre sur la ville et que, durant ces trois journées, elle n'aurait pas le temps de toucher terre. Il ne fallait pas qu'elle se rate pour sa première manifestation, autant pour s'attirer le respect des autres antiquaires et brocanteurs que pour assurer des ventes qui représenteraient une partie de son chiffre d'affaires annuel.

Lorsque le réveil sonna, à cinq heures précises, le soleil n'était pas encore levé, mais dans la rue, le ballet des camions et des fourgons de livraison battait déjà son plein. Kristi, qui s'était endormie seulement trois ou quatre heures, enfouit sa tête sous l'oreiller en grommelant que, finalement, elle allait rester couchée ce matin.

Mais, dans la chambre, quelqu'un ne l'entendait pas de cette oreille. En effet, Harlan sauta sur le lit et mit sa truffe humide dans son cou. Elle poussa un petit cri qui, loin d'effrayer le labrador, le fit redoubler d'ardeur à secouer sa maîtresse.

— Ça va, ça va ! Tu as gagné, je me lève. Mais je te préviens que mardi, c'est la SPA pour toi, sale traître.

Harlan émit un jappement de désapprobation, comme s'il avait compris la menace.

Presque à tâtons, Kristi se dirigea vers la cuisine pour se préparer un café qu'elle avala d'un trait. Dans sa tête, un orchestre jouait un air qu'elle connaissait probablement, mais qu'elle n'arrivait pas à identifier vu que tous les instruments semblaient désaccordés. Pourtant, la veille, elle n'avait bu que deux verres de vin en compagnie de Doug et Linda.

— Tu ne tiens plus la route, ma pauvre vieille ! annonça-t-elle à son image dans le miroir placé à l'entrée du salon.

Elle se refit un café, prit une douche rapide et s'habilla. Lorsqu'elle sortit de la salle de bains, enroulée dans une grande serviette éponge, Harlan l'attendait assis sur son séant, sa laisse dans la gueule.

Kristi soupira. L'orchestre ne parvenait toujours pas à s'accorder. Elle arracha le drap de bain qu'elle jeta sur une chaise et se dirigea, nue, vers la chambre. Harlan la suivit des yeux un instant.

— Dis donc toi, espèce de voyeur ! Tu veux bien regarder ailleurs, lança-t-elle au chien qui ne parut pas particulièrement perturbé par l'injonction.

Lorsqu'elle descendit à la boutique, une demi-heure plus tard, Linda et Lilou étaient déjà arrivées. Son employée et amie était une véritable catastrophe ambulante, mais en tout cas, elle était extrêmement ponctuelle.

Ce matin, selon la stratégie que les trois filles avaient établie, Linda garderait le magasin tandis que Lilou et Kristi s'occuperaient du stand loué et installé au parc Gautier.

Après avoir mis au point les derniers détails de la journée, Kristi et Lilou se rendirent sur l'emplacement qui leur était réservé.

Pour l'occasion, toute la ville était transformée en une vaste zone piétonnière. Partout, des chapiteaux de toiles blanches se dressaient, attendant les premiers visiteurs. L'air sentait le café, la barbe à papa et le pop-corn, mais aussi le vieux bois et l'encaustique.

Déjà les premiers commerçants avaient calé, devant leurs étals, des tables sur lesquelles s'empilaient des bouteilles de vin rouge et des pièces de charcuterie. Pas question pour les brocanteurs de commencer à travailler le ventre vide.

Au début de l'avenue de la Libération, de gros cubes en béton avaient été installés et des vigiles montaient une garde peu attentive.

Les gendarmes étaient matinaux eux aussi. La brigade spécialisée dans les antiquités examinait les présentoirs et vérifiait les papiers sous l'œil complaisant de certains professionnels, mais agacés de certains autres, lassés de tant de contrôles.

Kristi et Lilou ouvrirent le stand et s'occupèrent de mettre les articles en valeur jusque vers neuf heures, quand un speaker annonça que les officiels, maire de la ville en tête, déclaraient la manifestation ouverte et allaient procéder à l'inauguration.

Une demi-heure plus tard, un mouvement de foule indiqua aux deux filles que le cortège municipal s'avançait vers elles.

Les premiers clients arrivèrent vers dix heures, timidement d'abord, puis en vagues successives de plus en plus rapprochées. Il faut dire que le temps était tout simplement magnifique. Aucun nuage dans le ciel, une légère brise qui apportait des parfums sucrés et adoucissait la température déjà élevée de cette fin de matinée... tout semblait parfait.

Lilou était aux anges. C'était elle qui avait réalisé la première vente et elle se sentait désormais la fibre commerçante. Elle venait de trouver sa vocation. Elle serait antiquaire, comme tante Kristi. Cette dernière, quant à elle, se félicitait de l'argent qui rentrait en caisse, car malgré le succès de sa boutique, les finances étaient difficiles à équilibrer. Le montant des charges et des impôts la faisait halluciner et parfois, elle avait peur de ne pas y arriver.

Elle était occupée à ranger une balance Roberval sur une étagère, au fond du stand, lorsqu'on appela son prénom. Elle se retourna vivement en reconnaissant la voix de Doug, mais le sourire qu'elle destinait à l'écrivain se figea en apercevant la femme qui l'accompagnait et surtout le paquet qu'elle tenait dans les bras. Un tout petit enfant de quelques mois à peine. Elle se mit à frissonner, ses jambes flageolèrent et elle eut l'impression soudaine de se trouver sur un manège à grande vitesse.

Lilou, pensant qu'elle allait défaillir, se précipita pour la soutenir. La peau de Kristi était froide et moite et elle sentit des tremblements dans tout son corps. Elle ne l'avait jamais vue ainsi.

50

Doug demeura figé un instant, surpris et même effrayé par la réaction de Kristi. Finalement, il s'approcha et lui prit la main. Elle se dégagea brutalement. Doug, abasourdi, recula d'un pas.

— Ne me touchez pas, espèce de salopard ! hurla-t-elle.

— Mais écoutez-moi au moins, balbutia l'écrivain.

— Je ne veux rien entendre ! Où est-elle à présent ?

— Elle s'est éloignée, rassurez-vous. Mais je ne comprends pas votre réaction.

Kristi devint écarlate ; des larmes brillaient dans ses yeux.

— Tu me fais peur Kristi, il faut que tu m'expliques. Qui est cette femme ? demanda Lilou, au bord des larmes.

— C'est ma mère !

Lilou, qui était au courant des déboires sentimentaux de son amie, mit une main en bâillon devant sa bouche.

— Alors tu veux dire que le petit c'est…

— Le fils de ma sœur et de mon mari, oui parfaitement !

Doug, qui ne connaissait pas l'histoire en entier, paraissait totalement désorienté. Lilou lui fit signe qu'il valait mieux qu'il s'en aille. Il n'insista pas et s'éloigna. Kristi le rappela :

— Dites-lui bien que si elle a envie de me parler, qu'elle vienne seule. Quant à vous, je ne veux plus jamais vous revoir.

Doug renonça à se justifier. Il hocha tristement la tête.

Lilou tenta d'apaiser son amie qui lui répondit un peu sèchement :

— Incident oublié. Il ne s'est rien passé ce matin, OK ?

Le ton ne souffrait aucune contradiction.

Durant toute la matinée, Lilou n'osa plus aborder le sujet. Même Harlan s'était réfugié sous un meuble et demeurait totalement immobile.

Vers midi et demi, Linda qui avait fermé la boutique conformément aux instructions de sa patronne, vint les rejoindre. Elle détecta immédiatement la tension qui régnait sur le stand, mais ne fit aucune remarque. Elle mit cela sur le compte de l'énervement généré par les préparatifs de ces derniers jours.

— Bon, moi je meurs de faim. Qui serait partante pour des frites bien grasses et bien huileuses ?

Elle n'attendit pas la réponse et se dirigea vers un food-truck qui proposait ce genre d'article. Lilou la suivit et en profita pour lui expliquer ce qui venait de se passer. Linda hocha la tête :

— Je comprends mieux l'ambiance. Je pense qu'à sa place, j'aurais également mal réagi.

— C'était quand même un peu excessif, elle m'a fait peur.

La curiosité étant plus forte que la compassion, Linda adopta un air complice :

— Et il est comment ce petit ?

Lilou ferma les yeux et mit ses deux mains sur sa poitrine :

— Adorable, Maman, un vrai petit ange. On a envie de le manger.

— Eh bien en attendant, mange tes frites ma puce, et va te promener une demi-heure, je vais parler avec madame « je fais la tête ». Et profites-en également pour emmener Harlan.

— Bon courage Maman !

Harlan ne se fit pas prier et bondit lorsque Lilou attrapa la laisse accrochée à l'entrée du stand. Ils disparurent rapidement dans la foule qui, à présent, avait envahi toutes les rues et les avenues de la ville. Le long de la Sorgue et même sur le cours principal, les brocanteurs avaient installé des tréteaux sur lesquels s'entassaient d'innombrables merveilles. Services de table en porcelaine de Chine, chandeliers rococo, chaises cannées, meubles Empire, armes anciennes… Autant d'objets rassemblés par ces commerçants de l'histoire qui auraient pu figurer à l'inventaire d'un trésor de pirate caché sur une île déserte.

Avec tous ces étrangers, L'Isle-sur-la-Sorgue était devenue Babel. Durant trois ou quatre jours et deux fois par an, les Islois abandonnaient leur petite ville tranquille, à l'ambiance si cosy, aux chineurs venus du monde entier. Lilou adorait cette ambiance de fête ininterrompue, avec de la musique dans les rues, des odeurs de bonbons et de beignets qui planaient dans l'air et cette rumeur de foule qui lui faisait un peu tourner la tête.

Elle s'arrêta devant une baraque foraine sur l'esplanade Robert-Vasse et s'acheta une énorme réglisse fourrée. Harlan la regardait avec de tels yeux implorants qu'elle fut tentée de lui en donner un morceau, mais elle se remémora les recommandations de Kristi qui lui avait expliqué que le sucre était mauvais pour les chiens.

— Désolée mon vieux, mais c'est pour ton bien, s'excusa-t-elle un peu hypocritement en mordant dans la friandise.

Harlan n'était pas de cet avis et le fit savoir par un aboiement de réprobation. Ils poursuivirent leur balade jusqu'au jardin public de la Caisse-d'Épargne où le labrador put boire à grandes lampées l'eau du bassin de la fontaine.

L'air était doux à l'ombre des grands platanes centenaires et les flonflons du manège sur lequel des enfants riaient emplissaient de bonheur le cœur de la jeune fille.

— Allez fainéant, il faut retourner bosser, dit-elle au chien qui s'était allongé de tout son long dans l'herbe, tandis qu'elle finissait de dévorer sa sucrerie.

Lorsqu'ils revinrent au stand, Kristi semblait un peu apaisée. Lilou savait que sa mère était parfois stressante dans la vie quotidienne, mais qu'elle pouvait aussi se montrer extrêmement efficace pour consoler les bleus de l'âme.

Elle réintégra son poste tandis que Linda reprenait le chemin de La Maison rouge. Le reste de la journée se déroula sans incident et, vers dix-neuf heures, quand le speaker annonça que la foire allait fermer ses portes, les deux filles avaient réalisé de magnifiques ventes.

Lilou ouvrit de grands yeux lorsque Kristi lui glissa un billet de cinquante euros dans la main.

— Tiens ma chérie, un petit bonus pour cette première journée de travail. Honnêtement, je n'y serais pas arrivée sans toi. C'est en plus de ta rétribution, bien sûr.

— Mais non, c'est beaucoup trop !

Kristi haussa les épaules.

— Allez on rentre, je n'ai plus ton âge, moi. Je suis morte. Je ne rêve que d'un bon verre de vin, d'un bain et de mon lit.

Harlan approuva d'un jappement l'idée de retrouver sa gamelle. C'est que lui n'avait rien mangé depuis le matin.

51

La veille au soir, le téléphone de Kristi avait sonné presque sans discontinuer. Sa mère, tout d'abord, avait essayé de la joindre à cinq reprises, puis son père avait pris le relais. Doug avait ensuite tenté sa chance. À chaque fois, elle avait laissé les appels échouer sur le répondeur, puis elle avait effacé les messages sans même les écouter.

Elle s'en voulait un peu au fond d'elle d'être aussi inflexible, mais elle n'arrivait pas à accepter cette trahison de la part de deux êtres qu'elle avait tant aimés, Vince et Abi. Elle finit par s'endormir après avoir beaucoup pleuré.

Lorsqu'elle aperçut sa mine horrible le lendemain matin dans le miroir, elle fut tentée de se recoucher et de passer les vingt prochaines années au fond de son lit.

Fort heureusement, comme chaque matin, Harlan devait faire sa promenade. C'est dans un vieux jogging gris que Kristi emmena l'animal faire le tour de la ville.

Lorsqu'ils revinrent, elle enfila une petite robe d'été, qui faisait peut-être un peu jeune pour son âge – mais de toute façon, aujourd'hui, elle s'en fichait – et se trouva prête au moment précis ou Lilou et Linda arrivèrent.

La mère et la fille étaient également vêtues légèrement car la journée s'annonçait chaude.

À neuf heures, Lilou et Kristi ouvrirent leur stand du parc Gautier. À peine s'étaient-elles installées qu'elles eurent droit à un contrôle de gendarmerie. Trois jeunes gars et une jeune femme, tous très athlétiques et fiers dans leurs uniformes bleus, vérifièrent les documents, le livre de police et inspectèrent, avec beaucoup de zèle, les objets qui trônaient sur les présentoirs.

Tout se passa pour le mieux et les militaires, après avoir salué les deux vendeuses, poursuivirent leur chemin.

Leur premier client fit le chiffre de leur journée. L'homme, un monsieur bedonnant, crâne dégarni et moustache blanche, acheta une collection complète de bouquins anciens que Kristi avait acquise la semaine précédente auprès de Mme Machin. Elle réalisa un joli bénéfice.

Comme tous les ans, l'édition locale du journal *La Provence* avait été distribuée gratuitement par les commerciaux du quotidien. Kristi profita d'un moment de calme pour déplier la une qui parlait bien sûr du grand événement qui se déroulait en ce moment même, la brocante. Mais ce fut un autre titre, sur la troisième page, qui retint son attention. Il s'agissait d'une disparition inquiétante, celle d'une secrétaire médicale à Marseille. L'info en elle-même n'avait rien d'extraordinaire, mais la photo capta le regard de Kristi. Ce visage lui parut familier.

L'arrivée d'un nouveau client lui fit oublier temporairement cette étrange sensation de déjà-vu, jusqu'à ce qu'elle aperçoive au bout de l'allée principale, vers midi, la silhouette du lieutenant Dangelo.

— Il n'a pas la tête des bons jours, murmura Lilou.

Effectivement, Franck Dangelo affichait une mine contrariée.

— Quelque chose ne va pas, Lieutenant ? questionna Kristi.

Dangelo pinça les lèvres puis demanda :

— On peut se parler, madame Monier ?

— Ne me dites pas que vos collègues ont repéré des objets volés sur mon stand ! essaya-t-elle de plaisanter, bien qu'elle-même ne soit pas à son plus haut niveau en matière de moral.

Le gendarme n'avait pas envie de rire.

— Je venais vous annoncer que Sandrine Laurent était décédée hier matin, sans avoir repris connaissance.

Le visage de Kristi se ferma et ses yeux s'humidifièrent. Elle tira une chaise de sous son comptoir et s'y laissa tomber. Lilou mit une main sur son épaule.

— Mon Dieu, c'est horrible, trouva-t-elle la force de répondre. On ne saura donc jamais ce qui s'est réellement passé.

— J'en ai bien peur, rétorqua le gendarme. D'autant que la femme qui a surpris Nicole devant le corps inanimé de Sandrine s'est envolée.

Kristi fronça les sourcils :

— Comment ça, « envolé » ?

— Disparu, perdu dans la nature, évaporé.

— Un enlèvement, comme pour Nicole ?

Dangelo répondit avec un haussement d'épaules :

— À condition que cette histoire soit vraie. Mais dans ce cas, on pense plutôt à une fuite. En effet, cette personne a quitté son domicile en emportant ses affaires, vêtements, papiers, argent. Elle a également vidé son compte bancaire et n'a jamais repris son poste de secrétaire médicale.

Kristi ouvrit de grands yeux et se leva d'un bond pour se précipiter sur le journal encore étalé sur le comptoir. Ça y était, elle se rappelait à présent où elle avait vu la femme dont parlait l'article. Elle pointa du doigt la photo :

— Ne me dites pas que c'est elle, votre témoin qui s'est enfui.

Dangelo tourna le quotidien vers lui et contracta les mâchoires.

— Mais si, c'est elle ! Vous la connaissez ?

— Plutôt oui ! C'est la secrétaire de l'ancien amant de Nicole Chastang, le professeur de toxicologie des Hôpitaux universitaires de Marseille.

Dangelo prit sa tête entre ses mains et annonça sur un ton posé :

— Madame Monier, j'aurais dû vous faire arrêter dès que vous avez mis votre nez dans mon enquête. Vous vous rendez compte de ce que vous avez fait ? Vous avez mené vos propres investigations et parlé à des témoins essentiels.

— Mais à ce moment-là, cette personne n'avait encore été témoin de rien du tout. Et puis ça n'a pas de sens, vous ne trouvez pas ? demanda-t-elle. Je peux comprendre pourquoi Nicole aurait tué Carpentier et même Camille, mais Sandrine ? C'est plutôt cette dernière qui aurait dû avoir envie de la voir morte, ne croyez-vous pas ? Pourtant, quelques jours avant, elle lui avait pardonné.

Dangelo secoua la tête :

— Parce que vous pensez que l'on peut pardonner un tel acte ? J'en doute !

Kristi, qui s'était enflammée, se calma un peu.

— Non, dit-elle, vous ne m'enlèverez pas de l'idée qu'un truc ne colle pas dans cette affaire.

— Et il y a encore quelque chose de plus étrange. J'imagine que votre ami l'écrivain ne tardera pas à le découvrir, grâce à ses contacts, alors autant que je vous le dise.

— Expliquez-vous, Lieutenant !

— Le légiste a réalisé l'autopsie de Sandrine Laurent. Figurez-vous qu'elle avait une malformation du col de l'utérus. Elle était infertile et n'a donc jamais pu avoir d'enfant.

Kristi eut l'impression de recevoir une gifle :

— Ça alors, j'avoue que je ne m'y attendais pas. Le petit aurait été adopté ?

Le gendarme répondit en secouant la tête :

— Aucune trace de formalités de ce côté-là. La naissance a été déclarée en bonne et due forme. Sandrine aurait accouché seule à son domicile. À cette époque, elle et son mari vivaient à Lyon.

— Et personne n'a trouvé ça étrange ? s'exclama Kristi.

Dangelo haussa les épaules.

— Vous savez, elle était déjà un peu… spéciale, orientée nature et tout ça. En revanche, poursuivit-il, quelques jours avant la naissance de leur fils, on a recensé un enlèvement d'enfant dans une clinique de Lyon.

52

Cela faisait beaucoup pour Kristi : la venue de sa mère et de sa sœur, ce gamin, la mort de Sandrine… Elle avait raconté toute l'histoire à Linda qui, elle aussi, avait été choquée.

— Sandrine, voler un enfant dans une maternité ? J'ai du mal à le croire ! s'était-elle exclamée.

— Nous serons vite fixées, avait répliqué Kristi, puisque le lieutenant Dangelo a retrouvé les parents du bébé enlevé à Lyon. Il a demandé l'exhumation du corps de Lucas pour des tests ADN.

Linda mit une main devant sa bouche :

— Mon Dieu, pauvre petit, il ne sera donc jamais en paix ?

La foire à la brocante tirait à sa fin. Pour cette dernière journée, Kristi s'était promis de demeurer zen. Les affaires avaient superbement fonctionné durant tout ce long week-end et presque tout son stock avait disparu. C'était déjà un motif de satisfaction pour la nouvelle commerçante. Elle laissa en suspens toutes les questions restées sans réponse dans cette étrange affaire pour se concentrer sur son travail.

Et elle était sur le point de tenir son pari lorsque, vers midi, Doug arriva en compagnie de sa mère. En somme, ces deux-là ne se quittaient plus. Au moins, cette fois-ci, elle n'avait pas amené le moutard.

Cela dit, comme elle ne voulait voir ni l'un ni l'autre, elle décida de s'éclipser discrètement.

Elle accrocha sa laisse au collier d'Harlan, contourna le stand et se perdit dans la foule des chineurs. À l'ombre fraîche des grands arbres, l'air avait des exhalaisons de verveine et de menthe poivrée. Il y avait aussi cette odeur de vieux bois et de cuivre patiné des objets venus du fond des âges. Cette ambiance qu'elle aimait beaucoup la rasséréna un peu.

Kristi déambula durant un long moment entre les baraques des exposants, comme une simple touriste, puis décida de retourner à La Maison rouge pour vérifier comment Miss Catastrophe s'en sortait.

Cette dernière semblait gérer parfaitement la situation. Elle fut étonnée de voir son amie et employeuse arriver à la boutique.

— J'ai eu la visite de Doug et de ta maman, dit-elle. Ils te cherchent partout. Apparemment ta mère a quelque chose d'important à te dire. Tu devrais peut-être la recontacter.

— Et moi, je n'en ai pas envie.

Linda soupira :

— Je te trouve un peu dure quand même.

Kristi lui lança un tel regard qu'elle préféra ne pas insister, d'autant qu'un client entra. Sauvée par le gong !

Lorsque le client fut parti, Linda constata que son employeuse avait également disparu. Elle s'était réfugiée dans son appartement au premier étage pour prendre une douche. Harlan, après avoir vidé une gamelle d'eau, se laissa choir sur le carrelage pour profiter de la fraîcheur de la pierre. Quand Kristi eut terminé, elle s'enroula dans une grande serviette de bain et se coiffa devant la glace du lavabo.

— Mais qu'est-ce que tu fais, ma fille, à fuir comme ça ? Tu n'es coupable de rien après tout ! Alors à présent, comporte-toi comme une adulte. Tu as presque cinquante balais, bon sang ! lança-t-elle à son reflet dans le miroir.

Elle enfila rapidement un pantalon léger en toile écrue et un débardeur beige et observa le résultat.

— Pas mal quand même, non ? Qu'est-ce que tu en dis ? demanda-t-elle à Harlan dont la langue traînait sur le sol.

Pour toute réponse, le labrador, qui avait relevé la tête, la reposa lourdement sur le carrelage.

— Je vois que tu es d'accord avec moi. Continue comme ça et nous serons toujours amis.

Elle repensa à sa mère. Pourquoi était-elle venue avec le fils de Vince, en sachant très bien que cela la ferait souffrir ? Et pourquoi son père ne l'avait-il pas prévenue ? Elle laissa de côté ses interrogations car elle devait reprendre le travail. Elle ne pouvait laisser la pauvre Lilou se débrouiller seule. Après tout, c'était elle la patronne, que diable.

Elle redescendit à la boutique, toujours suivie par Harlan, pas vraiment enchanté de retourner se brûler les pattes sur le goudron surchauffé de la rue.

— Ce soir, tu fermeras à dix-huit heures et tu viendras nous rejoindre au parc Gautier pour l'apéritif de clôture de la foire. N'oublie pas ! lança-t-elle à Linda qui lui répondit d'un hochement de tête.

Le dernier jour de la brocante internationale avait une saveur toute particulière que Kristi ne connaissait pas encore. C'était l'occasion pour tous les professionnels de se retrouver entre eux, par petits groupes, dans les restaurants où sur les stands, pour partager un bon repas. C'était aussi l'heure de faire le bilan de la manifestation et d'affiner la stratégie de la prochaine rencontre.

En arrivant à son stand, Kristi trouva Lilou en pleine négociation avec un client. Elle l'observa sans dire un mot durant un long moment. Cette gamine était décidément vive et intelligente ; le genre d'enfant qu'elle aurait aimé avoir.

L'acheteur repartit finalement avec une magnifique lampe, une paire de serre-livres et une canne-épée du XIXe siècle.

Dans les haut-parleurs, le speaker annonça que, quelques minutes plus tard, la manifestation fermerait ses portes. Voilà ! Ce long week-end se terminait et L'Isle-sur-la-Sorgue allait revenir à son état naturel, une jolie ville d'eau, avec ses amoureux se baladant main dans la main dans la rue, ses retraités en shorts et chemises hawaïennes, sa douceur de vivre. La cité allait souffler et retrouver ses airs de petite Venise.

Lorsque les grilles du parc se refermèrent sur le dernier visiteur, les antiquaires dressèrent une véritable table de fête pour un apéritif dînatoire qui dura jusque vers vingt et une heures.

Les plus pressés de regagner leurs pénates, ou ceux qui habitaient le plus loin, chargèrent leurs camions tandis que les autres se donnèrent rendez-vous le lendemain matin pour remballer leur marchandise.

Kristi, Linda et Lilou rentrèrent tranquillement à La Maison rouge en profitant de la douceur de l'air du soir. Les deux femmes, qui avaient bu un peu plus que de raison, riaient un peu fort et plaisantaient sous le regard réprobateur de Lilou.

Lorsqu'elles arrivèrent devant la boutique, la bonne humeur de Kristi s'évapora d'un seul coup en apercevant la grande femme blonde, aux yeux très noirs, vêtue d'un tailleur crème BCBG, assise sur l'une des chaises de la terrasse.

— Linda, Lilou, je crois que vous connaissez déjà ma mère, dit Kristi en s'avançant vers cette femme qui attendait, les mains bien à plat sur ses jambes croisées, dans une posture très victorienne.

Sophia Monier aurait soixante-quinze ans dans quelques semaines, mais elle en paraissait outrageusement quinze de moins. Elle était éditrice senior dans une grande maison d'édition new-yorkaise, en charge des manuscrits étrangers. Elle ne faisait pas cela pour l'argent, car elle était loin d'en manquer, mais tout simplement par passion pour ce travail.

Elle aurait pu prendre sa retraite depuis longtemps déjà, mais elle avait peur de vieillir sans l'activité professionnelle qu'elle avait pratiquée toute sa vie, avec un énorme talent, il faut le dire.

De plus, la maison d'édition refusait de la laisser partir. Trop difficile à remplacer.

Toujours sous l'emprise d'un léger excès d'alcool, Linda s'avança et lui tendit la main.

— Eh bien nous allons vous laisser, dit-elle sur un ton qui se voulait jovial.

Kristi hocha la tête.

— OK, les filles. Merci pour votre aide. Sans vous j'aurais été dans le pétrin. Prenez deux jours pour vous reposer, vous le méritez bien.

— Tu es sûre ? questionna Linda.

— Oui, oui, moi-même je suis fatiguée, je vais fermer la boutique jusqu'à jeudi. Mais retrouvons-nous demain. Je vous invite au Café des antiquaires de la gare.

Lorsque la mère et la fille se furent éloignées et eurent disparu à l'angle du quai Rouget-de-Lisle, Kristi tira une chaise de sous une table et s'assit face à Sophia. Harlan s'allongea à ses pieds.

— C'est quoi tout ce cinéma ? demanda-t-elle sur un ton rugueux. Pourquoi est-ce que tu m'as amené ce gamin ? Tu croyais que j'allais sauter de joie, le prendre dans mes bras et m'émerveiller devant lui ? C'est cruel.

— Je voulais… ta sœur voulait juste que tu le voies. Ce n'est pas un monstre, tu sais. Il a même un prénom. Il s'appelle Harlan.

Kristi ouvrit de grands yeux incrédules.

— C'est une mauvaise blague, n'est-ce pas ? Tu es de mèche avec ce traître de Doug ?

Un peu surprise par la réaction de sa fille, Sophia poursuivit néanmoins :

— Tu ne peux pas lui en vouloir. J'ai débarqué chez lui à l'improviste pour lui faire signer les contrats pour l'édition américaine de son prochain roman.

— Six mille kilomètres pour un truc que l'on peut faire par Internet… Maman, tu te moques de moi ?

— Outre le fait que ce type-là est en train d'exploser les ventes et de rendre la maison d'édition riche à millions, c'est vrai qu'il fallait que je te voie. Mais tu ne préfères pas qu'on aille chez toi ? Ce serait mieux que je te dise ce que j'ai à te dire ailleurs qu'ici.

Kristi fronça les sourcils. En général, Sophia ne prenait pas de gants.

— D'accord, si tu veux, dit-elle en se levant, un peu suspicieuse.

Elle ouvrit la porte de sa boutique et s'écarta pour laisser passer sa mère. Harlan, qui commençait à avoir faim, fonça vers l'arrière-boutique.

— Ton chien ressemble beaucoup à FBI. Comment s'appelle-t-il ?

— Ce n'est pas encore bien défini ! mentit Kristi. Attends-moi cinq minutes, il faut que je prépare sa gamelle.

Lorsque ce fut fait, les deux femmes empruntèrent l'étroit escalier de pierre qui menait à l'appartement.

Kristi invita sa mère à s'asseoir sur le canapé du salon, alla servir deux verres de vin, un cru local, et s'installa dans le fauteuil en face.

— Je t'écoute. Pourquoi ce traquenard ?

— Un traquenard ! Tu n'as pas perdu ton don pour les expressions.

— Maman, s'il te plaît, aux faits !

Sophia posa son verre sur la table basse et se rapprocha de sa fille dont elle prit les genoux dans ses mains. Ça, ce n'était pas bon signe du tout.

— Il s'est passé quelque chose de grave, de très grave. Qui justifiait que ta sœur et moi venions en personne te le dire.

Kristi sentit un goût amer envahir sa bouche puis, immédiatement, une impression de moutarde qui monte au nez. Des larmes emplirent ses yeux.

— C'est papa ! Il est arrivé quelque chose à papa !

53

Harlan avait accouru en entendant sa maîtresse crier, prêt à la défendre en cas d'agression pas trop violente tout de même. Il déboula dans le salon comme une balle de fusil et dérapa sur le carrelage pour finir en glissade contre le canapé.

Sophia avait saisi les mains de sa fille et les tenait fermement.

— Non ma chérie, il n'est rien arrivé à ton père. Il est juste parti quelques jours dans notre maison des Hamptons. Il n'a pas pris son téléphone comme d'habitude. Il voulait s'isoler, car la nouvelle l'a énormément secoué. C'est Vince !

Kristi fit signe qu'elle ne voyait pas ce que sa mère cherchait à lui dire.

— Il est mort ma chérie, tué en service il y a une semaine. On l'a enterré samedi dernier.

Kristi resta sans réaction durant une période qui parut une éternité, mais qui ne dura en réalité que quelques secondes. Elle avait haï cet homme, mais elle l'avait aussi follement aimé par le passé. Elle ne savait plus où en était son cœur. Mais ses émotions se chargèrent de le lui rappeler. Elle fondit en larmes dans les bras de sa mère.

— Qu'est-ce qui s'est passé ? questionna-t-elle.

— Une chose stupide. Il est intervenu sur une scène de ménage. Le mari était armé et Vince s'est interposé quand celui-ci a fait feu sur sa femme.

— Je vois, dit Kristi en replongeant ses lèvres pâles dans le café. Pourquoi ne pas m'avoir prévenue tout de suite ?

Sophia expira longuement :

— C'était trop difficile de t'annoncer ça par téléphone. Et puis ta sœur était effondrée, il a fallu que je m'occupe d'elle…

— Et comme moi je n'ai pas de sentiments, je passe encore une fois au second plan, s'énerva Kristi.

Sophia ferma les yeux et soupira à nouveau :

— Mais non bien sûr, tu le sais bien. Mais il y avait aussi Harlan…

Le chien leva la tête en entendant son nom, puis la reposa entre ses pattes en s'apercevant que personne ne se souciait de lui. Quelle drôle d'idée d'avoir affublé ce petit d'homme d'un nom de chien !

Kristi serra les mâchoires puis, finalement, se radoucit :

— Oui, c'est vrai, il y a Harlan.

Le chien leva une nouvelle fois la tête puis, lassé de constater qu'il n'était pas le centre des conversations, partit se coucher un peu plus loin.

Sophia berça sa fille en lui caressant doucement les cheveux, comme elle le faisait lorsqu'elle était enfant, jusque tard dans la nuit. Puis Kristi finit par s'endormir. Son sommeil fut peuplé de rêves étranges où se mêlaient des scènes de son ancienne vie, avec Vince et les événements récents : il y avait eu tant de morts violentes autour d'elle.

Elle n'avait pas encore parlé à sa mère de son lien de parenté avec l'agent immobilier. Était-elle au courant, son père lui avait-il raconté l'histoire ? *A priori*, il n'avait aucune raison de lui cacher la vérité, vu que cette liaison avait eu lieu bien avant leur rencontre. Mais elle savait que Sophia et Bob s'étaient éloignés au fil des ans et qu'ils ne communiquaient pas beaucoup. La trahison de Vince avait précipité le mouvement.

Ce fut l'odeur du café chaud qui réveilla une nouvelle fois Kristi, vers une heure de l'après-midi. Les bruits provenant de la cuisine lui indiquèrent qu'elle n'était pas seule. Elle s'étira, se demandant si, finalement, elle n'avait pas fait un cauchemar et si tous les événements de ces derniers jours étaient bien réels.

Son bras tomba du canapé et elle sentit la fourrure soyeuse d'Harlan, qu'elle caressa doucement. Le chien se retourna sur le dos pour offrir son poitrail à la main de sa maîtresse.

— Te voilà réveillée, ma chérie ?

En voyant Sophia, Kristi comprit qu'elle n'avait pas rêvé. La septuagénaire tendit une tasse de café que Kristi prit après s'être adossée à l'accoudoir du sofa. Elle saisit la tasse à deux mains et but une gorgée. Le liquide chaud et sucré lui fit du bien.

Sophia s'assit près de sa fille.

— Ma chérie, ton père et moi, nous aimerions que tu te réconcilies avec ta sœur.

Kristi secoua la tête :

— Non, ça, je ne peux pas, pas encore. C'est au-dessus de mes forces, je suis désolée.

Sophia, qui connaissait parfaitement sa fille, n'insista pas, mais elle savait qu'au fond elle avait bon cœur ; elle finirait par revenir à de meilleurs sentiments.

— D'accord, nous verrons cela plus tard. Nous restons quelques jours dans la région, voici où nous sommes descendues, dit-elle en posant sur la table basse une carte de visite.

Le petit rectangle de carton portait l'adresse de Laetitia Albaron. Un peu étonnée, Kristi demanda :

— Pourquoi est-ce que vous êtes descendues là ?

— Avant de venir, j'avais réservé cette maison d'hôtes par Internet. Ils ont une charmante bicoque attenante à leur propriété. Ce n'est pas très grand, cent vingt mètres carrés environ, mais c'est parfait pour nous trois. Lorsqu'il l'a su, Doug nous a gentiment proposé de demeurer chez lui. C'est vrai qu'il a de la place, mais ta sœur voulait être indépendante.

54

Les rues de L'Isle-sur-la-Sorgue qui, deux jours plus tôt, fourmillaient encore de visiteurs avaient repris leur allure villageoise. Après l'agitation et la frénésie de la brocante, Kristi retrouvait sa ville, car désormais, c'était bien SA ville. Son ancienne vie, dans la banlieue chic de New York, lui semblait à présent à des années-lumière derrière elle, même si, ces derniers temps, elle l'avait un peu rattrapée.

La Maison rouge avait rouvert ses portes, Linda avait réintégré son poste et dorénavant Lilou venait en renfort lorsque c'était nécessaire. Il s'agissait d'un bon moyen, pour l'adolescente, de se faire un peu d'argent de poche.

Kristi respirait à pleins poumons les effluves subtils de la Sorgue qui s'écoulait tranquillement sous le petit pont, surnommé le pont des Amoureux. C'était une simple passerelle qui enjambait la rivière au niveau de la manufacture de couvertures qui datait de plusieurs siècles. Le lieu était appelé ainsi car les lycéens venaient régulièrement y flirter, à l'ombre du grand figuier qui déployait ses branches au-dessus d'un vieux banc en pierre.

Kristi contourna la fabrique de couvertures et fut bientôt devant la porte de Mme Machin avec qui elle avait un nouveau rendez-vous. L'acariâtre bonne femme avait retrouvé, au fin fond de son grenier, un authentique gramophone à manivelle « La Voix de son maître » dont elle espérait tirer un bon prix. Et comme jusque-là Kristi était l'antiquaire qui lui avait proposé les meilleurs tarifs pour ses objets, c'était tout naturellement à elle qu'elle s'était adressée en premier.

Kristi toqua à la porte qui s'ouvrit au bout de quelques minutes, laissant apparaître la mine toujours aussi peu engageante de l'ancienne femme de ménage. Cette dernière consulta sa montre, prête à faire une remarque désagréable, mais cette fois Kristi avait près de dix minutes d'avance.

— Entrez et refermez bien derrière vous, dit simplement la mégère en lui tournant le dos.

Sur la table basse, Kristi repéra tout de suite le fameux gramophone qui semblait presque neuf. C'était une pièce exceptionnelle et elle sentit qu'elle allait débourser un bon prix pour l'acquérir. Elle se demanda au passage ce que cette sorcière pouvait bien fabriquer de tout l'argent qu'elle lui avait remis jusque-là, pour des objets certes de belle qualité, mais payés à des prix tout à fait honorables.

Mme Machin ne menait pas un train de vie prestigieux. Mais après tout, elle pouvait bien faire ce qu'elle voulait de son fric. D'ailleurs, Kristi n'était pas venue seulement pour les affaires. Elle comptait bien cuisiner la vieille dame, au courant de tous les cancans et potins locaux depuis quarante ans, sur les origines de Lucas Laurent.

Le gramophone fut rapidement acquis pour une somme qui satisfit les deux parties.

— J'enverrai quelqu'un le prendre dans l'après-midi. Il est un peu lourd pour que je l'emmène, dit Kristi en remplissant un chèque qu'elle tendit à Mme Machin.

— Inutile, mon neveu doit passer d'une minute à l'autre. C'est un costaud, je lui demanderai de vous l'apporter avant midi.

Ensuite, elle n'eut pas beaucoup à manœuvrer pour inciter l'ex-femme de ménage à s'épancher sur Sandrine Laurent.

— La pauvre, elle en aura eu des malheurs, dit Kristi.

— Il faut dire que quand on décide de vivre comme une hippie, on doit en accepter les conséquences.

— Si vous parlez de ses ateliers de rigologie et de sa philosophie de vie, c'était une manière d'échapper au chagrin du décès de son fils.

Mme Machin fit claquer sa langue contre le palais en remettant son dentier en place.

— Oui, ça peut s'expliquer ainsi. N'empêche !

— J'ai appris qu'elle avait accouché chez elle, toute seule, poursuivit l'Américaine.

— Vous ne trouvez pas que c'était irresponsable, au XXIe siècle ?

Kristi qui n'avait pas vraiment d'opinion sur la question, insista :

— Bien sûr, mais si sa grossesse se déroulait bien, pourquoi pas ?

Mme Machin soupira profondément :

— Je vois que j'ai affaire à une autre beatnik. Et puis en ce qui concerne sa grossesse, je ne pourrais pas vous dire, le couple a passé un an à Lyon avant de revenir dans la région avec le bébé.

Lorsqu'elle fut dans la rue, devant chez Mme Machin, Kristi avait encore plus de questions qu'à son arrivée. Elle reprit le chemin de La Maison rouge, emprunta à nouveau le pont des Amoureux près duquel deux ados se bécotaient maladroitement. Elle sourit en passant à côté d'eux. Vu l'heure, ils avaient probablement séché les cours pour se retrouver ici. Elle poursuivit sa route, passa en face de la vieille synagogue et parvint à sa boutique.

Elle se figea en apercevant une jeune femme qui lui ressemblait presque trait pour trait, mais avec quasiment vingt années de moins. Elle s'avança vers elle, comme dans un film au ralenti. Elle demeura immobile, presque en état de choc. La jeune femme, les yeux baissés, se mordit la lèvre inférieure comme elle le faisait elle-même dans les moments de doute.

— Kristi, je suis tellement désolée, dit-elle.

Soudain, elles tombèrent dans les bras l'une de l'autre.

— Moi aussi, Abi, moi aussi ma chérie, tu ne peux imaginer à quel point je suis désolée. C'est tellement injuste.

Sur le pas de la porte, Linda et Lilou versèrent une larme devant ces retrouvailles émouvantes entre les deux sœurs.

55

Abigaïl, installée dans le canapé du salon au premier étage, gardait les yeux rivés sur ses chaussures. On aurait dit qu'un poids énorme pesait sur ses frêles épaules. Ses paupières étaient rougies et fatiguées, sans doute par de nombreuses nuits sans sommeil. Le bout de son nez brillait. Kristi lui tendit un mouchoir en papier dans lequel elle souffla discrètement. Elle avait toujours été fascinée par la délicatesse des gestes de sa jeune sœur qui contrastait avec ses manières un peu brutales.

Harlan, étonnamment calme, s'était assis près de la visiteuse et la dévisageait en penchant la tête sur le côté droit. Il était captivé par sa ressemblance avec sa maîtresse. Kristi, de son côté, avait l'impression que des sentiments contradictoires jouaient aux autos tamponneuses dans sa poitrine. Elle observait cette jeune femme en face d'elle qui, malgré leur parenté évidente, avait toujours été son opposé. Elles avaient dix-huit ans de différence et, au même âge, Kristi était une baroudeuse, presque un garçon manqué, un peu brute parfois, qui faisait du cheval et avait déjà voyagé dans pas mal de pays. Abi était au contraire une petite fleur fragile que l'on avait envie de protéger et c'était peut-être ce qui avait séduit Vince, pensa Kristi.

Il est vrai qu'avec ses magnifiques yeux bleu outremer, sa chevelure blonde, légèrement plus foncée que celle de sa grande sœur, qui tombait en cascade jusqu'au milieu de son dos, son nez fin et sa peau de pêche, on aurait dit une poupée de porcelaine prête à se briser au moindre choc.

Kristi, assise dans un fauteuil en rotin, tout près, posa une main sur celles d'Abigaïl qui serrait si fort les doigts que ses jointures avaient blanchi.

— Tu tiens le coup ? demanda-t-elle sur le ton le plus doux dont elle était capable.

Abigaïl fit un geste vague. Non, elle ne tenait pas vraiment le coup. Elle répondit en se mouchant une nouvelle fois :

— C'est dur, tu sais de perdre quelqu'un comme…

Elle s'arrêta soudain, s'apercevant que Kristi en avait une petite idée. Elle balbutia :

— Je… ce n'est pas ce que je voulais dire…

Kristi accentua la pression de sa main :

— Oui, je sais ! Je sais ce que tu voulais dire !

Elle changea de conversation.

— Tu es bien chez les Albaron ?

Abigaïl hocha la tête :

— La maison est très jolie, confortable et spacieuse. Mais…

Kristi fronça les sourcils en constatant l'embarras de sa jeune sœur :

— Il y a quelque chose qui ne va pas ?

Abigaïl soupira :

— Il y a ce type, Karim je ne sais plus comment. Il me met mal à l'aise. J'ai parfois le sentiment qu'il m'observe, il ne me paraît pas très net.

— Oui, je le connais, articula Kristi. Je l'ai croisé à deux ou trois reprises. N'hésite pas à en parler à Laetitia si tu n'es pas tranquille.

— Tu sais, ce n'est qu'une impression. Sinon la maison est agréable. Mme Albaron m'a dit que c'était la maison dans laquelle elle avait grandi. Ce n'est que plus tard qu'elle et son mari ont construit celle où ils vivent actuellement et ont transformé l'ancienne habitation en maison d'hôtes. Tu devrais un jour venir voir leur grenier, tu y trouverais des merveilles, j'en suis sûre.

— Je le ferai, assura Kristi.

Abi sauta sur l'occasion.

— Tu pourrais passer ce week-end si tu as le temps, dit-elle timidement.

Kristi eut l'impression qu'une décharge électrique lui traversait la colonne vertébrale en comprenant qu'elle serait ainsi obligée de rencontrer le fils de Vince.

— C'est que j'ai pas mal de travail avec la boutique. Je ne peux pas laisser Linda et Lilou seules, tenta-t-elle de se justifier.

Abi, qui comprit son trouble, rajouta :

— Tu sais, il n'y est pour rien lui. C'est une victime aussi, il a perdu son papa.

Une nouvelle fois, une foule de sentiments contradictoires se bouscula dans l'esprit de Kristi et une larme vint même faire briller ses yeux. Elle ne se sentait pas vraiment prête, mais pouvait-elle fuir indéfiniment ?

— Je ferai ce que je peux, mais je ne te promets rien.

Les deux sœurs discutèrent un long moment, jusque vers midi, puis Abigaïl prit congé. Kristi la raccompagna dans la rue. Au moment de se séparer, Abigaïl eut une hésitation :

— Tu sais, tu devrais rappeler M. Alexander. Il semble vraiment très peiné par la situation.

Kristi hocha la tête et la regarda s'éloigner. Oui, elle téléphonerait à Doug, mais pas tout de suite.

— Excuse-moi, patronne, tu veux qu'on reste encore un peu ou on peut aller déjeuner ?

Kristi, perdue dans ses réflexions, se retourna vers Linda et Lilou qui attendaient ses instructions.

— Bien sûr, les filles, allez-y ! Bon appétit.

— Merci. Pense à manger, toi aussi. Ah, au fait, il y a un jeune homme qui a livré le gramophone que tu as acheté à Mme Machin, ce matin. Je l'ai fait mettre sur l'établi, dans l'arrière-boutique.

En réalité, Kristi n'avait pas très faim. Les retrouvailles avec sa sœur cadette s'étaient plutôt bien passées, mais elle avait l'estomac noué. Impossible d'avaler quoi que ce soit. Elle décida donc d'examiner son acquisition.

Le gramophone était une pièce réellement magnifique, un coffre de section polygonale, en bois rouge. Le plateau était recouvert d'une feutrine également rouge et le pavillon en laiton brillait comme un sou neuf – une expression française que Kristi aimait beaucoup.

Elle alla dans un meuble, au fond de l'atelier, où elle savait trouver ce dont elle avait besoin pour tester son nouveau joujou. Elle en extirpa plusieurs vieux soixante-dix-huit tours emballés dans leur papier d'origine. Elle choisit un vinyle à l'étiquette bordeaux sur laquelle était inscrit en lettres blanches : *Disque Pathé*. C'était *Cach' ton piano*, de Maurice Yvain. Elle le posa sur le plateau, régla la vitesse sur soixante-dix-huit tours et tourna la manivelle pour remonter le ressort. Hélas, il y eut un déclic à l'intérieur de la machine et, après quelques rotations, le plateau s'immobilisa.

— Oh non, c'est pas vrai ! Ne me dis pas que je me suis fait avoir par la mère Machin, lança-t-elle à Harlan.

Le chien la regarda en penchant la tête sur le côté, comme s'il partageait la déception de sa maîtresse. Il pensa que celle-ci s'attendait probablement à ce que de la nourriture sorte de ce grand tube doré, tout comme cet imbécile de chien noir et blanc sur l'image, qui restait planté devant l'étrange fleur en métal.

— Bon, j'ai compris, je ne peux pas compter sur toi, se désola Kristi en s'adressant une nouvelle fois au labrador. Sur ce coup-là, je vais devoir me débrouiller seule. Ce genre de truc ne doit pas être bien compliqué à réparer.

Elle extirpa d'un tiroir une trousse à outils contenant des tournevis et des pinces et entreprit de démonter le gramophone. L'opération était plus complexe qu'elle l'avait imaginé et, au bout d'une demi-heure, elle se retrouva avec un tas de vis, de clavettes et de pièces en laiton qui encombraient son établi. Malgré tout, elle réussit à ouvrir le coffre. En découvrant la complexité du mécanisme, elle se sentit soudain gagnée par un sentiment de découragement. Finalement, elle devrait faire appel à un professionnel, ce qui allait lui coûter cher. À moins qu'elle ne demande à Mme Machin de lui rembourser une partie du prix qu'elle lui avait donné en lui assurant que l'appareil fonctionnait. Mais cette hypothèse lui parut pour le moins aléatoire. Jamais la sorcière ne rendrait l'argent et peut-être même l'accuserait-elle d'avoir abîmé l'objet elle-même. Et puis elle n'avait qu'à le tester avant de l'acheter. Que ça lui serve de leçon !

Elle allait reposer le couvercle lorsqu'elle remarqua, collée sur le dessous, une note rédigée sur un papier jauni. Il s'agissait d'une fiche de réparation qui datait des années 1970, émise par une société avignonnaise.

Elle la décolla avec précaution et écarquilla les yeux en lisant ce qu'il y était inscrit.

Elle saisit son portable et composa le numéro de Mme Machin.

56

Kristi roulait depuis un bon quart d'heure sur une petite route qui serpentait dans la colline, à travers une forêt de conifères, en suivant les indications du GPS de son téléphone. Les vitres de la vieille Peugeot de Linda baissées, elle conduisait le coude à la portière en profitant du courant d'air rafraîchissant qui s'engouffrait dans le véhicule avec un léger sifflement.

De son côté, Harlan, les oreilles au vent, avait passé la tête par la fenêtre et humait les odeurs qui s'exhalaient des sous-bois. Il reniflait la présence de lièvres, de hérissons et de plein d'autres bestioles qu'il ne parvenait pas à identifier, certaines agréables, d'autres moins. Mais après tout, c'était un labrador, pas un chien de chasse, on pouvait donc lui pardonner ce manque de précision.

Kristi rétrograda pour aborder un virage serré et, à la reprise, le moteur toussa un peu.

— Ah non, tu ne vas pas me refaire ce coup-là ! cria-t-elle en tapant sur le volant.

Immédiatement, le moteur reprit son régime de croisière. Harlan regarda sa maîtresse d'un air désolé, se demandant après qui elle s'énervait ainsi.

— Quoi ? Tu vois bien que ça marche, rétorqua cette dernière en riant.

Elle avait passé un petit chemisier à manches courtes mais ne portait pas de soutien-gorge, ses seins étant assez fermes pour se le permettre. L'air s'engouffrant par les ouvertures du vêtement lui procurait une sensation rafraîchissante et agréable. Elle plongea la main dans sa poche de poitrine et en extirpa le document découvert dans le gramophone.

— Combien de chance y avait-il que cela arrive ? demanda-t-elle à Harlan en agitant le morceau de papier. Elle relut le texte à haute voix : « Fiche de réparation émise le 3 septembre 1970. Nom du client : Émilien Troskus… »

Suivait une adresse à la périphérie de la ville. Lorsqu'elle avait vu le nom, un nom très peu répandu, elle avait immédiatement fait le lien avec l'ancien amant de Nicole. Elle avait téléphoné à Mme Machin qui lui avait confirmé que Julian Troskus était bien le fils d'Émilien, à qui son mari avait acheté pas mal d'objets quelques décennies plus tôt, dont le fameux gramophone.

Il n'y avait certes rien d'extraordinaire à ce que le professeur marseillais ne lui ait pas dit posséder une maison dans la région. Après tout, il n'avait aucune raison d'étaler sa vie, mais cela, ajouté à la disparition de sa secrétaire, témoin à charge contre Nicole… On nageait en pleine invraisemblance.

Le GPS lui indiqua soudain de prendre un petit chemin sur la gauche. C'était d'ailleurs plus un sentier qu'un véritable chemin, qui montait en pente douce vers une grande bâtisse en pierres apparentes dont on apercevait le faîtage au-dessus des arbres.

Kristi ne savait pas si le lieu était habité, à l'abandon ou bien encore si le médecin marseillais se servait de ce pavillon comme résidence secondaire. S'il y avait des gens, elle pourrait difficilement prétendre qu'elle s'était trompée de maison, vu que c'était la seule à plusieurs kilomètres à la ronde. Elle pourrait toujours improviser. Un panneau à moitié enfoui dans les broussailles indiquant « Maison à vendre » apparut soudain.

— Bonne pioche, on dira qu'on aimerait visiter, lança-t-elle à Harlan qui avait rentré la tête pour ne pas se faire fouetter le museau par les branches des chênes blancs qui encadraient la minuscule voie.

Elle n'eut finalement pas besoin d'excuses car le lieu était désert. Si, de loin, l'habitation avait l'air coquette, elle nécessitait tout de même de sérieuses réparations. De toute évidence, personne n'était venu ici depuis longtemps.

Un mur en pierres sèches, à moitié écroulé, délimitait l'enceinte d'une cour à l'arrière de laquelle se trouvait la maison. C'était certainement un ancien relais de chasse acheté dans les années 1960, alors que l'immobilier ne coûtait quasiment rien dans la région. Kristi gara la voiture près du muret et attendit quelques instants avant de descendre.

Pourquoi cette propriété était-elle laissée à l'abandon alors que, même en l'état, elle devait valoir, à l'heure actuelle, une petite fortune ? Kristi imagina que les propriétaires ne devaient pas avoir besoin d'argent ou bien qu'il y avait un problème de succession quelconque. Cela arrivait souvent.

Toujours est-il que la végétation était en train d'engloutir la demeure. Une immense vigne vierge mangeait la façade, du rez-de-chaussée au premier étage. Un volet avait même été à demi arraché par la pousse des ramifications. Harlan ne semblait pas apprécier le lieu. Il faisait des allers-retours entre la maison et sa maîtresse, nez collé au sol, émettant de petits grognements.

Kristi s'avança vers la porte, un robuste panneau de bois que le temps et les intempéries n'avaient entamé qu'en surface. Elle appuya de tout son poids en manœuvrant la poignée, mais celle-ci ne vibra même pas. Sa première idée fut de contourner l'habitation. Elle ne savait pas vraiment ce qu'elle cherchait, ni exactement pourquoi elle était là, mais la découverte de cette note dans le gramophone, qui faisait le lien entre le mari de Mme Machin, Nicole Chastang et le toxicologue marseillais, lui apparaissait comme la pièce d'un puzzle qui demandait à être remise au bon endroit. C'était plus fort qu'elle, il fallait qu'elle trouve l'emplacement qui lui correspondait.

Derrière le bâtiment, elle découvrit un appentis sous lequel étaient entassées des bûches de chêne. Elle repéra également les traces d'un véhicule qui avait stationné là dernièrement. Pour preuve, les marques de pneus étaient encore bien visibles sur le sol humide. Plusieurs empreintes de pas, assez récentes, conduisaient du hangar à un portail métallique vert que l'on apercevait au bas de trois marches d'escalier. C'était l'entrée d'une cave, comme on en trouve beaucoup dans ce genre de construction. Là encore, le battant était solide et bien fermé.

Kristi n'aimait pas particulièrement violer l'intimité d'autrui, aussi s'apprêtait-elle à repartir lorsqu'une étrange odeur retint son attention. C'était une émanation douceâtre et un peu écœurante de viande faisandée à laquelle venait se superposer une senteur de bois brûlé. Elle repensa au récit un peu rocambolesque de Nicole Chastang qui affirmait avoir respiré une telle odeur durant sa supposée détention.

Il fallait qu'elle en ait le cœur net. Elle retourna à la voiture, fouilla un instant dans la boîte à gants et en retira la petite pochette qui contenait le nécessaire de crochetage qu'elle avait déjà utilisé pour pénétrer chez l'ancienne prof de chimie.

La serrure se rendit rapidement. Harlan grogna à nouveau quand elle s'infiltra dans le bâtiment.

— Allons amène-toi, espèce de trouillard. Tu vois bien qu'il n'y a personne, dit-elle autant pour motiver l'animal que pour se rassurer.

Elle n'était pas spécialement peureuse, mais n'avait pas envie d'entrer seule là-dedans.

À l'intérieur régnait une pénombre qui permettait tout de même de deviner la configuration des lieux. Kristi distinguait des voûtes auxquelles pendaient des formes qu'elle ne put identifier sur le moment. L'odeur, assez légère tout à l'heure, devint plus forte. Elle trouva, à tâtons, un interrupteur sur sa droite. Elle le pressa sans beaucoup d'espoir et poussa un petit cri de victoire lorsqu'une mauvaise lumière jaune déchira les ténèbres. Son cri s'étrangla cependant dans sa gorge en découvrant ce qu'étaient les formes suspendues à des crochets fixés dans le plafond. Elle cria encore au moment où une main se posa sur son épaule.

57

Kristi fit volte-face et balança au hasard un coup de pied que l'homme évita de justesse. Une plainte répondit à son geste d'autodéfense :

— Non, mais ça ne va pas ? Vous êtes folle, vous auriez pu me faire mal !

— Doug ! Mais bon sang, qu'est-ce que vous faites ici ? Vous me suivez ou quoi ? s'exclama Kristi en reconnaissant, malgré la faible clarté, le visage de l'écrivain.

— Vous êtes toujours fâchée ?

Elle soupira. Non, elle n'était plus fâchée et elle était même contente qu'il soit là. Elle commençait à se dire qu'elle n'avait pas eu une bonne idée de s'introduire dans cette cave.

— Bien sûr que je suis encore fâchée, mentit-elle, mais, puisque vous êtes là, vous allez peut-être me dire ce que sont ces choses.

Elle désigna les carcasses de volatiles pendant au plafond et produisant, dans le clair-obscur de ce sous-sol, un tableau macabre.

— Il semblerait que le docteur Troskus soit un chasseur. Il s'agit de gibier mis à faisander.

Kristi rétorqua avec une grimace de dédain :

— Mais c'est dégoûtant, cette viande va finir par pourrir.

— Normalement, ça ne va pas jusque-là, mais c'est le principe du faisandage. Le gibier faisandé est un mets de choix pour pas mal d'épicuriens.

Il fallut à Kristi quelques secondes pour s'habituer à l'idée.

— Mais au fait, vous ne m'avez pas répondu. Qu'est-ce que vous faites là, Doug ?

— Je pourrais vous retourner la question !

— Ne jouez pas à ça avec moi. Ne répondez pas à une question par une autre.

L'écrivain leva les yeux au ciel. Inutile de discuter avec elle :

— Je suis passé à La Maison rouge tout à l'heure. Et là, Linda m'a expliqué ce que vous aviez découvert et où vous alliez. Alors, j'ai décidé de vous rejoindre.

Kristi pinça les lèvres et son nez se retroussa :

— La traîtresse, on ne peut avoir confiance en personne.

— Allons, elle était simplement inquiète pour vous, tout comme moi. Mais rassurez-moi, vous n'avez pas forcé la serrure pour entrer ici ?

— Vous voulez vraiment le savoir ?

Doug désigna du doigt un fil électrique gris qui courait le long du mur de la cave et aboutissait près de la poignée de la porte :

— Dans ce cas, nous ferions bien de déguerpir, car il me semble que ceci est un système d'alarme assez primitif, mais tout de même efficace.

Kristi répondit avec un haussement d'épaules :

— L'habitation est déserte et le premier voisin doit être à plus de cinq kilomètres. Le temps que quelqu'un arrive, nous serons loin.

Elle n'avait pas fini de prononcer sa phrase que la porte d'entrée claqua violemment et l'on entendit le bruit de la serrure que l'on refermait. Instinctivement, Kristi s'accrocha au bras de l'écrivain.

— Peut-être que la maison n'était pas aussi vide que vous l'avez pensé, dit-il.

— Mince, nous sommes faits comme des rats, s'exclama l'Américaine. Et Harlan qui est resté dehors ! J'espère qu'ils ne vont pas le maltraiter.

— C'est curieux, rétorqua Doug, je ne l'ai pas vu quand je suis arrivé. Je crois qu'il ne faut pas trop s'en faire pour lui, froussard comme il est, il se sera bien caché. Pour l'instant, nous devons découvrir comment sortir de cette prison avant que l'habitant du lieu ne prévienne les gendarmes que des cambrioleurs sont entrés chez lui.

Kristi le regarda en plissant les yeux :

— À moins que celui-ci n'ait pas l'intention d'appeler les forces de l'ordre, mais de nous laisser faisander ici.

— Je ne vois pas trop pourquoi.

— Vous ne trouvez pas que l'odeur qui règne ici ressemble étrangement à celle qu'a décrite Nicole ?

Doug en convint d'un signe de tête et demanda :

— Vous avez votre portable avec vous ?

Kristi fit la grimace :

— Laissé dans la voiture et vous ?

— Pareil ! Et votre trousse du parfait petit cambrioleur ?

Elle tapota la poche arrière de son jean et en extirpa la pochette noire. Puis elle se dirigea vers la sortie, inséra les instruments dans le barillet de la serrure et déverrouilla le pêne.

— Après vous, dit-elle en manœuvrant la poignée.

Le sourire triomphant qu'elle avait affiché s'effaça d'un seul coup lorsqu'elle sentit le panneau métallique résister. Elle tira sur la poignée de toutes ses forces, mais la porte demeura parfaitement close.

— On dirait que celui qui nous a enfermés a pensé à mettre un appui de l'autre côté. Il y avait un madrier près de l'entrée, se souvint Doug. Je parie que c'est ce qui bloque la porte.

— Bon, pas de panique ! s'exclama Kristi en s'adressant à son ami. Soit vous avez raison et, au pire, les gendarmes viendront bientôt nous délivrer, soit c'est moi qui suis dans le vrai et nous avons un peu de temps devant nous.

— Vous pensez que c'est ici, dans la maison familiale du docteur Troskus, que Nicole a été séquestrée durant une semaine ?

— Réfléchissez, Doug, rétorqua-t-elle en comptant sur ses doigts. Troskus nous a bien mis sur la piste de l'ancienne prof dépressive et addict aux NAC. Sa secrétaire est, comme par hasard, témoin de la pseudo-tentative de meurtre de Nicole sur Sandrine. Déjà là, c'est louche ! Ensuite ladite secrétaire, qui est à mon avis la maîtresse de Troskus, mais ça, on s'en moque, disparaît sans laisser de traces. Enfin, re-comme par hasard, notre toubib, qui connaît parfaitement les espèces venimeuses de serpents soit dit en passant, possède une maison qui pourrait bien être celle dans laquelle Nicole est restée prisonnière durant plusieurs jours. Vous ne trouvez pas que ça fait beaucoup ?

— Vous avez sans doute raison, convint Doug. Puisque nous sommes coincés ici, autant essayer d'en savoir plus.

Ils s'enfoncèrent plus avant dans la pénombre de la cave et ne tardèrent pas à apercevoir une nouvelle porte qu'ils ouvrirent avec précaution. Derrière, ils découvrirent une salle sombre et un peu plus humide que le reste de la cave. Doug repéra un interrupteur et le manœuvra. Là encore, une ampoule crasseuse se mit à briller d'une pâle lueur.

— Et voilà, j'avais raison, murmura Kristi en reconnaissant le sinistre décor parfaitement décrit aux enquêteurs par l'ancienne prof de chimie.

— On dirait bien, approuva Doug. Ainsi, tout ça ne serait qu'une machination pour faire accuser Nicole Chastang ? Mais pourquoi et par qui ? Et pourquoi avoir tué Camille et Stéphane Carpentier ?

Kristi s'appuya contre le mur et prit sa tête entre ses mains. Elle poussa un cri de rage :

— Bon sang, je n'y comprends rien moi non plus. Rien ne colle dans cette affaire. C'est exaspérant ! Allez, ça suffit, il faut trouver un moyen de s'évader…

Elle ne termina pas sa phrase, mais poussa un nouveau cri.

— Qu'est-ce qui vous arrive ? s'inquiéta l'écrivain.

— Quelque chose m'a frôlé la jambe !

Doug s'approcha mais ne vit rien.

— Vous êtes sûre ? Ce sera sans doute un courant d'air !

— Je vous répète que quelque chose est passé sur mon pied !

— Bien, sortons d'ici.

Ils s'empressèrent de quitter cette cellule pour regagner la faisanderie. Soudain Kristi prit Doug par le bras :

— Là, une autre pièce, dit-elle en désignant un encadrement à partir duquel on devinait une série de marches qui descendait.

Ils s'approchèrent et découvrirent, en effet, un petit escalier à trois degrés qui donnait dans une nouvelle salle.

— Oh non, pas encore ! Mais ils sont tous devenus débiles ou quoi ? se lamenta Kristi.

Devant eux se trouvaient d'anciens établis sur lesquels étaient disposés plusieurs vivariums dont l'un contenait un énorme boa constrictor. Dans une autre cage de verre, on distinguait au milieu d'un abondant feuillage un fin reptile d'un vert éclatant. Un autre serpent, dont la couleur tirait sur le gris, complétait cette terrifiante ménagerie.

Doug s'approcha des vivariums pour observer les animaux.

— Faites attention, Doug, supplia Kristi qui détestait ces bestioles.

— Ne vous inquiétez pas, la rassura Doug. Ces parois sont extrêmement résistantes, il n'y a aucun danger. Celui-ci est un mamba noir, expliqua-t-il en désignant le reptile gris. On l'appelle ainsi à cause de la coloration noire de l'intérieur de sa gueule. Et celui qui est tout vert est notre fameux boomslang. C'est en croisant ces deux spécimens que le meurtrier a obtenu l'hybride retrouvé chez Nicole Chastang.

— Vous en savez des choses sur les serpents, Doug.

— J'ai fait pas mal de recherches… mais regagnons l'autre pièce, car je crois que j'ai commis une petite erreur.

Kristi le regarda, surprise :

— Pourquoi est-ce que vous dites ça, Doug ?

— Eh bien quand je vous ai affirmé qu'il n'y avait aucun risque, je me suis peut-être légèrement trompé. Il y a deux serpents par vivarium, un mâle et une femelle, je suppose.

— Et alors ?

— Et alors, je ne compte qu'un seul individu dans la cage du mamba noir et il me semble que le couvercle a été mal remis en place.

Kristi se figea et retint sa respiration :

— Doug, dites-moi que c'est juste une technique de drague pour que je me jette dans vos bras ! lança-t-elle d'une voix à peine audible.

Il lui répondit par une mimique qui n'augurait rien de bon.

58

Le jour commençait à décliner lorsque la Peugeot Partner blanche s'engagea sur le chemin menant à la propriété du docteur Troskus. Les roues de la camionnette patinèrent un peu, projetant des petits cailloux contre la carrosserie, mais le véhicule continua sa progression sans rechigner.

Au bout d'une centaine de mètres, la conductrice repéra les voitures de Doug et de Kristi et vint se garer tout près de la Maserati de l'écrivain. Harlan arriva en aboyant furieusement.

Pendant ce temps, Kristi et Doug avaient refait, en sens inverse, le trajet vers la porte de sortie de la faisanderie.

Ils avaient progressé avec une extrême prudence pour éviter une rencontre fatale avec le mamba noir échappé de sa cage. Ni Kristi ni Doug n'avaient envie de mettre accidentellement le pied sur le reptile.

— Doug, je voudrais vous demander quelque chose, murmura Kristi.

— Je vous écoute.

— Est-ce que vous voulez bien me prendre sur vos épaules ?

— C'est drôle ce que vous dites, j'allais vous poser la même question.

La situation ne s'y prêtait pas du tout, mais Kristi explosa de rire. C'était un rire nerveux qui déclencha la même réaction chez Doug.

Ils sursautèrent en entendant Harlan aboyer derrière la porte. Des voix et des bruits de pas résonnèrent également à l'extérieur de la cave.

— Quelqu'un vient. Vous aviez peut-être raison, Doug, ce sont les gendarmes, dit Kristi.

L'écrivain désigna le gibier pendu aux voûtes.

— Espérons que ce soit bien eux et pas les gens qui utilisent cet endroit. Nous pourrions bien finir comme ces oiseaux.

À l'extérieur, Harlan s'était mis à gratter avec frénésie contre la porte métallique que quelqu'un ouvrit soudain. La luminosité à l'extérieur avait sensiblement baissé, mais restait suffisante pour les aveugler après ces heures passées dans la semi-obscurité de la cave.

Ils distinguèrent deux silhouettes à contrejour. L'une d'elles s'adressa à eux. Ils reconnurent la voix de Linda :

— Mais qu'est-ce que vous faites là, tous les deux ? Il est plus de dix-neuf heures, on était mortes d'inquiétude.

Lilou qui accompagnait sa mère approuva :

— On a essayé de vous appeler au moins vingt fois, mais on tombait toujours sur votre messagerie, alors on a décidé de venir. Heureusement que tu avais donné l'adresse à maman, Kristi.

Linda enchaîna les questions :

— Vous pouvez me dire comment vous vous êtes retrouvés enfermés là-dedans ?

— On va tout t'expliquer, rétorqua Kristi. Mais pour l'instant, laisse-nous sortir le plus vite possible de cette cave mal fréquentée.

Leurs deux libératrices frissonnèrent quand ils leur racontèrent leurs mésaventures.

— Il faut prévenir les gendarmes, dit Doug en se dirigeant vers sa voiture.

Linda entoura les épaules de Kristi d'un bras protecteur :

— Toi, ma vieille, je sens que tu vas avoir des problèmes avec un certain lieutenant de ma connaissance.

Moins d'une demi-heure plus tard, les abords de la maison du docteur Troskus étaient envahis d'uniformes bleus qui dansaient un étrange ballet dans la lueur psychédélique des gyrophares.

Dangelo semblait particulièrement mécontent et s'en prit à Kristi :

— Je vous ai fait confiance en partageant avec vous des informations que je n'avais pas à vous donner. J'attendais au moins un peu d'honnêteté de votre part, madame Monier. Vous auriez dû me prévenir que vous veniez ici. Je suis très déçu et en plus, je vais être obligé de vous embarquer pour être entrée par effraction dans cette propriété.

Kristi désigna la cave où des pompiers spécialisés s'activaient toujours pour récupérer les serpents et sécuriser les lieux :

— Écoutez, Lieutenant, je suis venue ici sans objectif précis, comme une simple touriste. Je ne savais pas que j'allais tomber sur tout ça, c'était juste de la curiosité, répondit-elle le plus gentiment dont elle était capable.

— Soit, mais il reste l'effraction ! Bon, il est vrai que la serrure ne porte pas de traces visibles de crochetage et qu'il est possible, après tout, que le propriétaire ait oublié de fermer derrière lui. Par ailleurs, vu les circonstances, ça m'étonnerait qu'il porte plainte. Néanmoins, tout cela ne me paraît pas très clair. Alors…

Il laissa sa phrase en suspens et fit signe à un gendarme de leur passer les menottes.

— Vous n'allez quand même pas faire ça, s'exclama Doug demeuré silencieux jusque-là.

Dangelo le dévisagea avec un sourire malicieux. Il prenait un plaisir évident à la situation.

— Vous pensiez être au-dessus des lois, monsieur Alexander ?

Doug ne répondit pas, mais Kristi s'emporta :

— Vous n'êtes pas fair-play, lieutenant ! Quand la presse apprendra que ce sont des amateurs qui vous ont empêché de commettre une erreur judiciaire en accusant à tort Nicole Chastang, que croyez-vous que les gens vont penser ?

Le gendarme fit un geste vague :

— Ils penseront ce qu'ils voudront et je ne vois pas en quoi votre découverte innocente Nicole Chastang.

Les narines de Kristi se contractèrent et elle souffla comme un cheval énervé. Elle allait retourner au gendarme un propos bien senti, mais celui-ci leva la main pour l'en dissuader :

— N'aggravez pas votre cas par un outrage, madame Monier.

Il fit signe au militaire qui s'approchait avec les menottes de s'éloigner.

— Non je ne vais pas vous incarcérer, mais avouez que vous le mériteriez. Allez, rentrez chez vous, mais je veux vous voir demain à quatorze heures à la brigade pour faire une déposition.

Kristi allait le remercier de manière ironique, mais elle bloqua sa respiration en apercevant Harlan qui, une fois de plus, se soulageait contre le pantalon du lieutenant sans que ce dernier se rende compte de quoi que ce soit.

Kristi, Linda, Lilou et Doug repartirent vers leurs véhicules le plus dignement possible, suivis par Harlan, extrêmement satisfait de lui.

59

Kristi et Doug arrivèrent ensemble, un peu avant quatorze heures, sur le parking de la gendarmerie de L'Isle-sur-la-Sorgue. Kristi avait les traits tirés à cause de la mauvaise nuit qu'elle venait de passer. En effet, elle avait eu du mal à trouver le sommeil après leur aventure dans la maison du docteur Troskus. Il faut dire que dès qu'elle fermait les yeux, elle avait l'impression de ressentir le contact froid du serpent contre ses pieds. Elle n'était pas spécialement craintive mais, comme chez beaucoup de personnes, ces animaux déclenchaient en elle un irrépressible sentiment de peur.

À plusieurs reprises, elle avait repoussé le drap pour vérifier qu'il n'y avait rien dessous. Elle se fustigea de cette phobie, mais décida tout de même de dormir sur le drap. De toute manière, la température était telle qu'elle n'avait aucun besoin de se couvrir.

Doug, quant à lui, paraissait en pleine forme. Il était frais et dispos et sentait le savon à la lavande. Ce type était parfois énervant avec son flegme et ses bonnes manières toutes britanniques, toujours propre sur lui.

Quatre personnes patientaient, assises sur des chaises grises en plastique, dans le hall d'accueil de la gendarmerie. Il y avait trois femmes, deux jeunes, dont l'une portait un énorme coquard sur l'œil gauche, une plus âgée, dans les soixante-dix ans, et un homme, la cinquantaine bien frappée, habillé comme un gentleman-farmer.

Kristi et Doug s'approchèrent du bureau derrière lequel veillait toujours la même gendarme. Elle était en plein combat avec le clavier de son ordinateur.

— Nous avons rendez-vous avec le lieutenant Dangelo, dit Doug.

La militaire le regarda par-dessus l'écran de la machine qui s'entêtait à ne pas vouloir obéir à ses ordres :

— Vous allez devoir attendre un peu, il est parti en intervention, mais il ne devrait pas tarder. Vous pouvez vous asseoir là, dit-elle en désignant les chaises restées vides, entre la femme au coquard et le gentleman-farmer.

Ils patientèrent en réalité plus d'une heure avant que Dangelo ne rentre de sa mission. Durant ce temps, la gendarme reçut les trois femmes qui venaient toutes pour déposer une plainte. Les auditions se déroulaient dans le bureau le plus proche de l'accueil, si bien que Doug et Kristi eurent tout le loisir d'écouter leurs misères. Pour les deux jeunes femmes, l'une d'elles avait accompagné son amie victime de violences conjugales, afin de l'inciter à dénoncer son compagnon. Cela donna lieu à de vives discussions dont ils ne manquèrent pas un mot, bien contre leur volonté.

La vieille femme était une paysanne qui voulait se plaindre d'un vol de cultures. Son champ avait été vidé de ses légumes la nuit précédente. C'était une véritable catastrophe économique pour sa petite exploitation. Quant au gentleman-farmer, c'était un problème de voisinage qui l'amenait, comme Doug et Kristi l'apprirent directement par l'intéressé.

Il secoua la tête en entendant la cultivatrice raconter sa mésaventure et s'adressa à Doug, assis à côté de lui :

— C'est terrible l'insécurité qui règne dans cette région. Et ces Provençaux, quel sans-gêne et quel manque d'éducation !

Doug le regarda sévèrement. Lui aimait bien les gens d'ici :

— Pourquoi vivez-vous ici, dans ce cas ?

— Mais sans doute pour les mêmes raisons que vous, monsieur Alexander !

Il lui fit un clin d'œil et lui tendit la main en se présentant :

— Jérôme Castagneur ! Je vous ai reconnu dès que vous êtes entré avec votre amie. Je suis ici parce que le climat est agréable et les propriétés, moins chères qu'à Paris. Ce serait le paradis sans ces gens qui se croient tout permis du fait qu'ils sont nés ici.

Les mâchoires de Doug se contractèrent. Ce type lui déplaisait vraiment. Pensant avoir trouvé dans l'écrivain anglais une personne de son niveau social, capable de le comprendre, il poursuivit :

— Tenez, moi par exemple, je respecte tout le monde. Est-ce qu'ils feraient de même ? Non, bien sûr. Je viens porter plainte pour la cinquième fois en trois mois contre mes voisins, les Albaron. Vous savez, lui est entrepreneur et elle n'en fout pas une de la journée.

— Je vois, dit simplement Doug que seule sa bonne éducation retenait de lui balancer une injure bien sentie.

L'homme avait soudainement attiré l'attention de Kristi qui se pencha un peu en avant pour demander :

— Et pourquoi donc avez-vous porté plainte ?

— Oh la plupart du temps pour tapage nocturne. Tenez, j'ai aménagé le jeudi 1er avril, c'est drôle, non ?

Comme personne ne rit, il poursuivit :

— Eh bien, figurez-vous que, dès le samedi, j'étais déjà obligé d'appeler la police municipale pour faire cesser le vacarme infernal qu'ils produisaient avec leur sono.

— Et vous n'avez pas essayé de parler avec eux ? interrogea Kristi.

L'homme s'emporta un peu :

— Mais je ne veux pas discuter avec eux, je veux simplement qu'ils respectent ma tranquillité. Je n'ai pas quitté la capitale pour venir me faire emmerder par des bouseux. De la graine d'assassins, en plus.

Kristi fronça les sourcils et fit mine de compatir :

— Ne me dites pas qu'ils vous ont brutalisé ?

— Pardon ! Pas brutalisé ? Ils ont juste essayé de me renverser avec leur voiture en passant à une vitesse folle sur mon chemin, le jeudi suivant.

— J'ai pourtant croisé cette dame une fois ou deux, elle ne m'a pas paru très dangereuse.

— Mais j'ai parlé de sa voiture, pas d'elle. Ce n'était pas elle au volant. C'était cette espèce d'agent immobilier, vous savez, celui qui est mort au parc Gautier. J'ai vu ça dans la presse.

Kristi et Doug se regardèrent.

— Le jeudi suivant, vous voulez donc dire le 8 ? C'est le jour où Stéphane Carpentier est décédé.

— Tout à fait, ça ne lui a pas porté chance de tenter de m'éliminer ! rétorqua l'acariâtre voisin.

— Et vous vous souvenez de l'heure à laquelle ça s'est produit ?

— Bien sûr, il était exactement huit heures trente.

Ils étaient effarés. Ainsi, le jour du meurtre, Carpentier était chez les Albaron à huit heures trente. C'était étrange que ces derniers n'en aient rien dit au cours de l'enquête.

M. Castagneur s'apprêtait à poursuivre la longue liste des plaintes qu'il avait déposées contre ses semblables lorsque le lieutenant Dangelo arriva enfin. Sauvés par le gong ! pensa Kristi qui avait atteint son seuil de tolérance avec cet exécrable individu.

Le gendarme leur fit signe de le suivre dans son bureau.

— Alors, demanda-t-il en allumant son vieux Lenovo. Je vous accuse d'entrée par effraction dans une propriété privée ?

Kristi soupira. Elle sentait bien que le militaire s'amusait à leur faire perdre leur temps. Une petite vengeance mesquine pour les punir d'avoir poursuivi leur enquête.

— Mais je vous ai déjà dit pourquoi nous étions là. Nous étions venus visiter cette maison à vendre. La porte de la cave était ouverte. Nous y sommes entrés et soudain, elle s'est refermée. Sans doute l'œuvre d'un mauvais plaisant.

Dangelo hocha gravement la tête. Ils étaient nombreux, ceux qui s'étaient assis sur ces chaises, à avoir tenté de le prendre pour un imbécile, mais cette femme mettait un énorme cœur à l'ouvrage.

— Et comme par hasard, la propriété appartient au docteur Troskus qui, soit dit en passant, a disparu à l'instar de sa secrétaire témoin dans l'affaire Nicole Chastang.

Kristi fit un petit geste de la tête qui signifiait « c'est à peu près ça ». Doug prit la parole :

— Mais il y a plus important, Lieutenant ! Nous avons découvert d'où venait Stéphane Carpentier le jour de sa mort !

L'écrivain raconta ce que leur avait révélé le gentleman-farmer. Dangelo décrocha immédiatement son téléphone et appela l'accueil :

— M. Casta-noisettes est toujours là, brigadier ? Bien, dans ce cas vous le retenez, il faut que je le voie après mon rendez-vous.

Il raccrocha et posa ses coudes sur le bureau, contemplant silencieusement le couple face à lui.

— Vous pourriez avoir raison, dit-il. Mme Chastang a peut-être, je dis bien peut-être, été piégée, mais par qui et dans quel but ? Je n'en sais encore rien.

Kristi demanda avec un froncement de sourcils :

— Vous avez de nouvelles preuves, Lieutenant ?

— Effectivement, nous avons retrouvé le couple de serpents qui a servi à fabriquer l'hybride chez le docteur Troskus, ainsi que des empreintes toutes fraîches dans la maison : celles de sa secrétaire disparue.

— Il aurait voulu nuire à une ancienne maîtresse, des années après leur séparation ? interrogea Kristi.

— Mais pourquoi ce type qui a une excellente situation s'est-il lancé dans une telle folie ? dit Dangelo.

Doug secoua la tête :

— Non, ça ne tient pas la route. À moins que... Lieutenant, est-ce que vous avez les résultats ADN de Lucas Laurent ?

— Pas avant une bonne semaine. Pourquoi, vous avez une idée fumeuse à me soumettre ?

— Peut-être, attendons les conclusions !

60

Après leur audition par le lieutenant Dangelo et les révélations de M. Castagneur concernant la présence de l'agent immobilier chez les Albaron le jour de son meurtre, Doug et Kristi décidèrent de se rendre chez l'entrepreneur.

Le militaire leur avait formellement interdit de parler au couple Albaron de ce qu'ils venaient d'apprendre, mais bien sûr il ne pouvait pas interdire à Kristi de rendre visite à sa mère.

La grille de la propriété des Albaron était grande ouverte. Les larges pneus de la Maserati crissèrent sur le gravier de l'allée, un peu comme sur de la neige. Au bout, la villa de Laetitia se profila, mais Doug dirigea le véhicule sur un chemin qui bifurquait vers la droite. Au bout d'une centaine de mètres, ils parvinrent face à un bâtiment plus modeste, mais qui n'était pas dénué de charme. Comme l'avait expliqué Abi, il s'agissait de l'ancienne maison familiale de Laetitia, reconvertie en gîte et totalement invisible depuis la route, car cachée dans les pins.

Une terrasse pavée de grosses pierres blanches mordait sur l'allée. Sophia Monier, étendue sur une chaise longue en maillot une pièce, se faisait dorer au soleil. En entendant le bruit rauque du moteur de la Maserati, elle releva le chapeau de paille à larges bords qui protégeait son visage. Elle se leva, s'avança vers la voiture et parut surprise en voyant Kristi en descendre.

— Bonjour Maman, dit Kristi en s'approchant.

— Bonjour ma chérie. Je suis contente que tu sois venue, mais ne restez pas dehors sous ce soleil de plomb.

L'intérieur de la maison était typique des vieilles habitations provençales : sol en tommettes rouges, murs crépis à la chaux et plafond à la française. Le mobilier était rustique et donnait une atmosphère campagnarde au lieu. Ce n'était pas luxueux, mais tout à fait coquet.

À peine étaient-ils entrés qu'Abigaïl arriva à son tour, vêtue d'une petite robe à bretelles qui laissait apparaître ses cuisses d'une blancheur d'albâtre.

Doug fut une nouvelle fois frappé par la ressemblance entre les deux sœurs, avec certes quelques kilos en moins pour la plus jeune, ce qui n'enlevait aucun charme à son aînée, bien au contraire.

— Asseyez-vous ! proposa Sophia, avant de disparaître dans la cuisine.

Elle revint quelques secondes plus tard, portant un plateau sur lequel se trouvaient des verres et une carafe de citronnade maison dans laquelle infusaient plusieurs rondelles d'un beau jaune vif.

Kristi, installée sur le canapé, les mains sagement posées sur ses genoux, accepta la boisson que sa mère lui tendit. Abigaïl, qui avait pris place dans un fauteuil, face à elle, la regardait d'un air triste, presque craintif. Un long silence s'établit dans la pièce puis, soudain, Abigaïl parla d'une voix douce en s'adressant à Kristi :

— Tu veux le voir ?

Kristi se raidit et sa main trembla à tel point qu'elle dut reposer son verre sur la table basse, face à elle. Elle demeura silencieuse un instant puis fit oui de la tête.

Presque mécaniquement, la jeune femme se leva et disparut dans l'escalier. Elle redescendit, quelques minutes plus tard, en tenant un petit paquet de linge qu'elle serrait fort contre sa poitrine et qu'elle déposa délicatement sur les genoux de sa sœur. Celle-ci ferma les yeux pour retarder encore un peu le moment où elle apercevrait le visage de Vince dans celui de ce minuscule être humain. Lorsqu'elle les rouvrit, elle ne put retenir une larme qui glissa le long de sa joue.

Sur un autre fauteuil, face à elle, Sophia observait la scène d'un regard attentif qui se brouilla bientôt, tout comme celui de Doug, assis près de Kristi.

— Je sais que c'est bizarre, dit Abigaïl.

Kristi confirma d'un hochement de tête. Elle ne pouvait détourner ses yeux de la petite frimousse qui lui souriait. Ce regard ! Oui, c'était bien celui de Vince.

Ils restèrent tous ainsi, sans prononcer la moindre parole, comme s'ils se trouvaient dans un sanctuaire. Soudain, on frappa quelques coups secs à la porte. Sophia se leva pour aller ouvrir et se retrouva face à une carte professionnelle de la gendarmerie, tendue par le lieutenant Dangelo.

— Je souhaiterais parler à Kristi Monier et Doug Alexander. Ils sont bien ici ? dit-il avec un sourire forcé.

— Lieutenant Dangelo ? s'étonna Doug. On ne se quitte plus, décidément.

Sophia s'écarta un peu pour laisser passer le militaire qui entra d'autorité et se dirigea vers l'écrivain.

— En fait, je venais voir Mme Albaron pour lui poser quelques questions. J'ai aperçu votre voiture, qui est un modèle de discrétion, et je me suis dit : « Et si j'allais saluer mon vieil ami pour être sûr qu'il se souvient de notre dernière conversation d'il y a moins de deux heures ? »

Kristi se leva, portant toujours le bébé dans les bras, et s'avança à son tour vers Dangelo :

— Nous venions simplement rendre visite à ma mère et ma sœur, ne vous inquiétez pas.

Le gendarme sourit intérieurement, mais conserva un visage impassible. Bien sûr, il n'était pas dupe.

— Tant mieux, alors. Je vais donc vous laisser en famille.

Il se retira après avoir salué Sophia et Abigaïl.

— Tu peux nous expliquer, ma chérie ? demanda Sophia Monier lorsque le militaire eut disparu dans l'allée qui conduisait à la maison des Albaron.

Kristi raconta leur aventure de la veille chez le docteur Troskus : la cave où Nicole avait été détenue, l'enfermement et le serpent.

Sophia ouvrit des yeux horrifiés :

— Mais vous auriez pu vous faire tuer tous les deux !

Puis, s'adressant à Doug :

— Et vous, comment avez-vous pu l'entraîner là-bas ?

Kristi dut lui expliquer que l'écrivain était en réalité venu à son secours et qu'elle avait décidé seule d'aller voir la maison de Troskus.

— Il y avait un article dans un journal local, ce matin, qui parlait de la disparition de ce médecin et de son assistante, intervint Abigaïl.

Elle prit un exemplaire de *La Provence* sur la table basse du salon et l'ouvrit à la page des faits divers.

— Vous avez dû avoir peur, supposa la jeune femme en reposant le quotidien. Heureusement que ton amie et sa fille sont arrivées pour vous libérer.

— Kristi, tu devrais te contenter de ton commerce et ne plus jouer les détectives amateurs, la récrimina vivement Sophia. Tu vas finir par t'attirer des problèmes.

Kristi soupira profondément pour rester calme. Elle avait du mal à supporter la prédisposition de sa mère à être toujours dans le reproche à son égard, et cela depuis qu'elle était enfant.

— Tiens, en parlant de brocante, tu veux voir le grenier ? lança Abigaïl pour éviter que la situation ne s'enflamme entre elles, comme d'habitude.

— Bonne idée, rétorqua Kristi en tendant le bébé à Sophia qui s'en empara comme s'il s'était agi d'un vase Ming.

Après avoir quitté Abigaïl et Sophia, Kristi et Doug se dirigèrent vers la maison de Laetitia.

La visite du grenier avait révélé pas mal de meubles en mauvais état, des vêtements abîmés, de vieux ustensiles de cuisine… bref tout ce que l'on peut s'attendre à trouver dans ce genre d'endroit. Rien de bien exceptionnel, contrairement à ce que l'Américaine avait découvert dans les combles de Mme Machin.

Lorsqu'ils arrivèrent sur le parking, ils constatèrent que le lieutenant Dangelo était déjà reparti.

— On y va ? questionna Kristi en se dirigeant vers l'entrée de la maison.

Doug la retint par le bras :

— Vous êtes sûre ? Dangelo ne va pas être content !

— Et ça vous pose un problème ?

Elle n'attendit pas la réponse et frappa à la porte qui s'ouvrit au bout de quelques secondes, laissant apparaître le visage de Laetitia, toujours encadré par sa flamboyante chevelure rousse.

Elle ne parut pas spécialement enchantée de les voir, mais les invita tout de même à entrer. Une fois qu'ils furent tous à l'intérieur, elle se détendit un peu.

— Je viens d'avoir la visite des gendarmes, dit-elle pour expliquer son humeur maussade.

— Nous avons en effet croisé le lieutenant Dangelo, dit Doug. Tout va bien, vous n'avez pas de soucis ?

Laetitia s'empressa de mentir :

— Oui, oui, ne vous inquiétez pas, c'était juste une histoire de voiture et d'assurance. Mais c'est réglé à présent.

61

La Maserati de Doug ralentit dans un miaulement rauque, en passant le panneau d'entrée de la ville.

— Pourquoi Laetitia nous a-t-elle menti avec son histoire d'assurance de voiture ? demanda Kristi.

Doug haussa les épaules :

— Elle n'avait peut-être tout simplement pas envie de nous raconter sa vie !

— Vous avez sans doute raison, mais je trouve tout de même curieux qu'elle n'ait pas signalé que, le matin du meurtre, Carpentier était parti de chez elle. C'était important pour l'enquête !

— Je ne sais pas. Peut-être que personne ne l'a questionnée, après tout.

— À moins qu'elle ait quelque chose à voir avec le décès de Carpentier.

Doug sourit :

— Remarquez qu'à force de soupçonner tout le monde, nous finirons par tomber sur le bon coupable.

Il la déposa devant La Maison rouge et reprit la route. Kristi le regarda s'éloigner un instant, puis entra dans sa boutique où Linda et Lilou paraissaient débordées par l'afflux de clients. C'était normal pour un samedi après-midi et Kristi culpabilisa un peu d'avoir abandonné ses employés. Elle se mit rapidement au travail, malgré les assauts d'Harlan qui s'était senti délaissé lui aussi.

— On a fait une superbe journée. T'inquiète pas, on gère avec Lilou, dit Linda, comme si elle avait compris les remords de son amie.

En réalité, la mère et la fille s'amusaient énormément à travailler ensemble dans cette jolie boutique et les absences répétées de leur patronne ne les gênaient pas du tout.

Vers dix-huit heures, le téléphone de Kristi sonna dans la poche arrière de son jean. Elle jeta un bref coup d'œil sur l'écran qui affichait le numéro d'Abigaïl. D'un glissé du pouce elle raccrocha, car un client s'avançait vers la caisse avec un panier en rotin portant un bandeau vichy.

— Combien ? demanda-t-il en déposant son article sur le comptoir.

— Vingt-cinq euros !

— Super, je le prends !

Il en fut ainsi jusqu'à l'heure de la fermeture, si bien que Kristi finit par oublier l'appel de sa sœur. Ce n'est qu'après avoir verrouillé la grille d'entrée et promené Harlan qu'elle se remémora le coup de fil d'Abi. La jeune femme avait laissé un message. Elle paraissait excitée.

« Kristi, après ton départ, je suis retournée dans le grenier et j'ai découvert quelque chose qui pourrait t'intéresser dans l'enquête. Je n'ai rien dit à maman, mais rappelle-moi dès que tu peux, je t'expliquerai. »

Kristi raccrocha et rappela immédiatement, mais elle tomba directement sur son répondeur. Elle relança l'appel à plusieurs reprises, sans succès. Finalement elle laissa un message et composa le numéro de sa mère. Cette fois, elle obtint la communication du premier coup.

— J'aimerais parler à Abi, est-ce qu'elle est avec toi ?

— Elle est allée chez nos hôtes, il y a une demi-heure, je suppose qu'elle y est encore. Elle a dû couper son portable, je lui demande de te téléphoner dès qu'elle rentre, d'accord ?

— D'accord Maman, on fait comme ça.

Elle raccrocha, prépara sa gamelle à Harlan, puis se concocta un rapide dîner qu'elle mangea en regardant la télévision. Elle ne pouvait refouler un sentiment d'inquiétude en pensant à Abi. Qu'avait-elle découvert et pourquoi ne rappelait-elle pas ?

Vers dix heures, n'y tenant plus, elle téléphona à Sophia qui parut étonnée :

— Mais je croyais que vous étiez ensemble. Après son retour, je lui ai demandé de te rappeler, mais elle a dit qu'elle préférait passer te voir. Elle a pris notre voiture et elle est partie. Mon Dieu, j'espère qu'il ne lui est rien arrivé !

— Elle était avec son bébé ?

— Non, il est ici, il dort.

— Ce n'est pas normal, il faut à peine une quinzaine de minutes pour venir jusqu'ici. J'arrive tout de suite !

Elle raccrocha et composa le numéro de Doug. L'écrivain répondit immédiatement.

— Je viens vous chercher. Attendez-moi devant chez vous, dit-il quand elle lui eut raconté son histoire.

Une voiture de gendarmerie se trouvait sur place lorsque Doug et Kristi se garèrent devant la maison d'hôtes des Albaron. Kristi jaillit de la Maserati et se précipita vers le lieutenant Dangelo qui venait apparemment d'être tiré du lit à en juger par sa coiffure en désordre et le vieux jogging qu'il portait.

— Vous avez des nouvelles de ma sœur ? Il s'est passé quelque chose de grave ? Où est-elle ?

Dangelo l'invita à se calmer :

— Ne vous inquiétez pas, madame Monier, votre sœur a eu un accident de la route, mais elle va bien, elle est juste un peu choquée. Je l'ai fait conduire à l'hôpital de Cavaillon, pour plus de sécurité, mais elle s'en tirera simplement avec une belle bosse sur le crâne.

Sophia sortit à cet instant et serra sa fille dans ses bras :

— S'il te plaît, ma chérie, va vite la voir. Moi je dois rester ici pour garder Harlan.

— C'est inutile, intervint Dangelo, j'ai demandé qu'elle soit prise en charge en priorité et vous ne pourrez pas la voir tout de suite.

— Vous avez une idée de ce qui s'est passé ? questionna Doug.

— Il semblerait qu'un autre véhicule soit impliqué dans l'accident, mais le conducteur ne s'est pas arrêté. Nous en saurons plus lorsque j'aurai pu interroger Mme Granger.

Kristi eut la sensation qu'on lui plantait une aiguille brûlante dans le cœur en entendant son ancien nom de femme mariée.

62

Devant l'entrée des urgences de l'hôpital de Cavaillon, le scintillement bleu du gyrophare d'une ambulance des pompiers rythmait le ballet habituel des admissions du dimanche matin. Blessures dues à des bagarres, accidents de voiture à la sortie des boîtes de nuit, excès de boisson, bobologie… le jour du Seigneur n'était pas vraiment le plus calme pour le personnel hospitalier.

Lorsque la porte vitrée automatique s'ouvrit pour laisser passer Doug et Kristi, ils sentirent cette odeur d'éther et de médicament propre à tous les hôpitaux. Le hall était bondé de gens qui portaient des pansements et des bandages de fortune en attendant d'être pris en charge par une infirmière ou par un médecin.

Kristi se dirigea vers le comptoir de l'accueil, mais il n'y avait personne derrière l'épais panneau de plexiglas.

— Il n'y a que deux infirmières pour s'occuper de tout le monde. Vous allez devoir patienter un bon moment, leur dit une vieille Gitane dont la joue était déformée par un énorme abcès.

Kristi la remercia et alla s'asseoir sur une chaise libre. Doug la suivit et prit place près d'elle.

— Ne vous inquiétez pas, le lieutenant Dangelo a dit qu'elle n'avait rien de grave.

Kristi hocha la tête. Malgré tout, Abigaïl restait celle dont elle avait changé les couches et avec laquelle elle avait partagé ses goûters, ses premiers émois, ses premières peines. Et puis, Kristi avait un bon fond. La haine et la rancœur, ce n'était pas son truc.

— Je me demande ce qu'elle a pu découvrir qui justifiait qu'elle vienne me voir ainsi, en pleine nuit.

— C'est effectivement troublant. Et pourquoi est-elle allée chez Laetitia ?

Cette dernière, interrogée par le lieutenant Dangelo, avait expliqué que la jeune femme était simplement passée prendre l'apéritif, puis était repartie vers vingt heures.

Après deux heures et demie d'attente, une infirmière arriva enfin pour s'occuper d'eux et ils purent voir Abigaïl. Elle était allongée dans son lit, les yeux fermés, les mains sagement posées sur les draps le long de son corps. Cette vision mit Kristi mal à l'aise, tout comme le gros pansement qui lui ceignait le crâne.

Abigaïl ouvrit les paupières et leur adressa un sourire crispé.

— Comment est-ce que tu te sens ? questionna Kristi.

Abigaïl secoua doucement la tête et répondit faiblement :

— Un peu comme la fois où je suis tombée dans l'escalier à la maison, quand j'avais trois ans, tu te souviens ?

Elle termina cette phrase sur un petit rire qui lui arracha une grimace de douleur. Kristi sourit. Elle se rappelait parfaitement la peur qu'elle avait eue lorsque sa petite sœur, dont elle avait la garde, avait basculé et roulé au bas des marches. Elle se remémorait aussi l'engueulade que lui avaient servie ses parents. La gamine n'avait rien eu de grave, mis à part une bosse qui, au fil des jours, avait changé de couleur à plusieurs reprises, allant du rouge au noir, en passant par le jaune et le bleu.

— Abigaïl, vous pouvez nous dire exactement ce qui s'est passé, hier soir ? demanda Doug.

— Comme je l'ai raconté au gendarme qui est venu très tôt ce matin, une voiture est arrivée derrière moi, tous phares allumés, et m'a éblouie. Ensuite il y a eu un choc, je pense que le conducteur roulait trop vite et m'a percutée. J'ai perdu le contrôle et je me suis réveillée ici. Il n'y a pas grand-chose d'autre à dire.

Kristi prit la parole à son tour :

— Et qu'est-ce que tu voulais me dire de si important ?

— Après votre départ, je suis retourné dans le grenier. Ce n'était que de la curiosité. J'ai songé que je trouverais peut-être des objets qu'on n'avait pas vus au premier abord, et que je pourrais proposer à Laetitia de les racheter pour ta boutique. En fouillant, j'ai découvert, dissimulées dans le double fond d'un tiroir d'un petit secrétaire en acajou, des lettres écrites par le docteur Troskus.

Doug fronça les sourcils :

— Et à qui étaient adressées ces lettres ? demanda-t-il.

— À Laetitia, et elles étaient vraiment explicites, très… osées, si vous voyez ce que je veux dire.

— Ne me dis pas qu'elle et ce Troskus étaient amants ! s'exclama Kristi.

Abigaïl se redressa un peu dans son lit et répondit par la négative :

— Au ton qu'il employait, je pense qu'elle devait l'envoyer balader, mais ce n'est pas ça qui m'a interpellée. Ce qui a attiré mon attention, c'est que ces lettres ont été écrites il y a plus de vingt ans.

Kristi et Doug étaient interloqués. L'écrivain fit un rapide calcul mental :

— Mais à cette époque, Laetitia devait avoir à peine douze ou treize ans !

— Et lui, la quarantaine passée, poursuivit Kristi.

— Là, je crois que je vais vomir, rétorqua Doug.

Kristi le sermonna :

— Eh bien, pour l'instant, refoulez vos humeurs gastriques.

Puis, se tournant vers Abi :

— Et pourquoi es-tu allée voir Laetitia ?

Le ton sur lequel elle avait posé sa question ne laissa aucun doute à Abigaïl sur le fait que sa sœur était en colère. Elle balbutia comme une écolière honteuse d'avoir eu une mauvaise note :

— C'était pour vous aider dans votre enquête. Je l'ai interrogée discrètement sur le docteur Troskus et elle m'a dit qu'elle l'avait rencontré une fois ou deux quand elle était gamine, mais qu'elle se souvenait à peine de lui. J'ai bien vu qu'elle était mal à l'aise et qu'elle mentait.

— Et ces lettres, où sont-elles, à présent ? demanda Doug.

Abigaïl fit un signe d'impuissance :

— Elles ont dû rester dans la voiture, je les avais déposées sur le siège passager.

— Est-ce que tu as parlé de ces lettres aux gendarmes ?

Abigaïl fit non de la tête. Elle avait gardé cette information pour sa sœur.

— Très bien, rétorqua l'écrivain. Nous allons les chercher. Et lorsque vous sortirez, vous, votre mère et votre bébé viendrez vous installer chez moi.

Abigaïl le dévisagea, surprise et horrifiée en même temps :

— Vous ne pensez tout de même pas que Laetitia est pour quelque chose dans mon accident ? Je suis sûre que si elle ne m'a pas parlé de Troskus, c'est simplement parce qu'elle estimait que ça ne me regardait pas, mais je ne l'imagine pas m'envoyer volontairement dans le décor. Non, je veux rester au gîte ! Nous y sommes très bien, mais merci quand même.

Doug se désespéra. L'entêtement était donc génétique chez les Monier. Une infirmière entra à ce moment et leur demanda de sortir pendant qu'elle procédait à des examens. Elle leur annonça que la patiente se portait bien et qu'elle pourrait s'en aller en début d'après-midi, dès que le médecin de garde aurait signé les papiers.

Ils prirent congé de la jeune femme et convinrent de venir la chercher plus tard pour la ramener au gîte.

— Allons tout de suite voir la voiture d'Abi, proposa Kristi lorsqu'ils eurent regagné la Maserati stationnée sur le parking de l'hôpital. Elle a dû être conduite au garage de Lagnes, c'est le dépanneur le plus proche.

— Vous savez que nous sommes dimanche aujourd'hui et que les gens normaux ne travaillent pas ce jour-là ?

Kristi sourit malicieusement et rechercha dans le répertoire de son téléphone le numéro que lui avait laissé le jeune employé du garage.

— Je connais quelqu'un qui est prêt à m'ouvrir les portes du paradis, même un dimanche, plaisanta-t-elle.

63

Lorsque Doug et Kristi arrivèrent sur le petit parking du garage de Lagnes, le portail métallique jaune, couvert d'autocollants de marques d'huile, était entrouvert. Presque immédiatement apparut le jeune mécano qui avait entendu le bruit rauque du moteur de la Maserati. Il contourna le bolide et hocha la tête en connaisseur, mais ne fit aucun commentaire.

— C'est gentil à vous de nous recevoir un dimanche, mais c'était vraiment important, le remercia Kristi.

Il roula un peu des épaules :

— Il n'y a pas de problème, madame, de toute manière, je travaillais sur ma voiture. Je participe à une compétition de stock-car la semaine prochaine, vous viendrez peut-être me voir courir ?

— Pourquoi pas ? Mais je suis sûre que vous faites la même proposition à toutes vos clientes, répondit Kristi qui s'amusait du ton charmeur qu'empruntait le garçon lorsqu'il s'adressait à elle.

— Seulement aux plus jolies.

— En attendant, nous aimerions bien jeter un coup d'œil à la Peugeot que vous avez dépannée cette nuit. C'est possible ? s'impatienta Doug.

— Vous savez que je prends des risques en faisant ça. Les flics ont dit qu'ils devaient envoyer un expert pour relever des traces sur l'épave. Ils nous l'auraient demandé, on leur aurait dit que la voiture a été poussée par un plus gros véhicule.

Doug plongea une main dans sa poche et sortit son portefeuille duquel il extirpa un billet de cinquante euros :

— Nous pourrions peut-être vous dédommager pour les risques que vous prenez pour nous.

Le jeune mécano fit un signe de protestation :

— Gardez votre argent, Monsieur, je gagne bien ma vie ici et j'aime ce que je fais. Mais la course que je fais dimanche prochain est au profit d'une gamine d'ici, qui a été renversée par un chauffard il y a deux ans et qui est aujourd'hui en fauteuil. Si vous voulez participer, vous pouvez glisser votre billet dans la tirelire sur l'établi. Quant à moi, je me contenterai de la promesse d'un café avec madame.

Doug, un peu gêné de s'être énervé contre le garçon, sortit un deuxième billet de la même valeur et inséra les deux coupures dans la boîte métallique qu'il lui avait désignée.

— Alors, on peut la voir, cette voiture ? demanda-t-il.

Le mécanicien leur fit signe de le suivre. Ils passèrent dans une arrière-cour où se trouvaient des véhicules en attente de réparation. Il souleva une bâche couleur armée et découvrit une Peugeot 3008 dont l'avant était totalement embouti.

Kristi mit une main en bâillon devant sa bouche, impressionnée par cet amas de tôles pliées.

Le mécanicien la rassura :

— La conductrice a vraiment eu de la chance d'avoir ce modèle. Voyez, toute la caisse s'est déformée, mais l'habitacle est intact. Cela dit, elle a quand même dû prendre un sacré choc contre les airbags.

— On peut regarder à l'intérieur ? C'est ma petite sœur qui conduisait et je voudrais récupérer quelques affaires, questionna Kristi.

Le mécano secoua la tête, négativement.

— Ça, je ne peux pas vous le permettre ! Les gendarmes l'ont interdit.

Il s'éloigna.

— Bien sûr, je ne suis pas non plus payé pour vous surveiller. De toute manière j'ai quelques bricoles à faire au garage.

Sur ces paroles, il laissa Doug et Kristi seuls. La porte passager avait été découpée par les pompiers. Ce fut par là que Kristi entra dans le véhicule.

— Faites attention, avertit Doug, il y a des morceaux de verre partout.

Kristi, à quatre pattes sur les sièges, fouilla consciencieusement l'habitacle sans rien découvrir. Elle se retourna vers l'écrivain :

— Il n'y a aucune lettre, c'est bizarre.

— Elles ont peut-être été éjectées au moment de l'impact !

Kristi lui désigna des prospectus publicitaires qui s'étaient éparpillés sur la moquette.

— C'est possible, mais ça m'étonnerait, car la voiture n'a pas fait de tonneaux et regardez, les autres papiers se sont retrouvés sur le sol.

— Quoi alors, on les aurait volées ?

Après une ultime vérification, Kristi s'adressa une dernière fois au mécanicien pour lui demander de venir dans la semaine expertiser la vieille 301 puis ils s'en allèrent. Ils reprirent le chemin de la maison des Albaron pour tenir Sophia au courant de l'état de santé d'Abigaïl.

Lorsqu'ils arrivèrent, elle était en train de donner le biberon à Harlan sur la terrasse. Laetitia était là également. Les deux femmes se levèrent et s'avancèrent vers eux :

— Mon Dieu, c'est terrible ce qui est arrivé. Comment va ta sœur ? interrogea Sophia.

— Ça va ! Plus de peur que de mal. Elle pourra sortir en début d'après-midi d'après l'infirmière qui s'occupait d'elle.

— Mais pourquoi est-elle partie ainsi, à cette heure tardive ? se lamenta Laetitia. Elle ne m'a rien dit lorsqu'elle est venue à la maison. Nous avons parlé de choses et d'autres et bien sûr de cette horrible affaire avec Nicole. Elle m'a également questionnée au sujet de ce professeur qui avait disparu avec sa secrétaire. Elle désirait savoir si je le connaissais.

— C'était le cas ?

Laetitia baissa les yeux en soupirant. Elle fit signe à Doug et à Kristi de s'asseoir :

— Je lui ai raconté que je le connaissais à peine, mais ce n'était pas tout à fait exact. C'est une vieille histoire. À l'époque, je n'étais pas vraiment ce que l'on pourrait appeler une bonne élève et notamment en sciences. Mes parents, qui étaient amis avec ceux du docteur Troskus, lui ont demandé de me donner des cours de rattrapage.

Mais très vite, il s'est montré indécent, si vous voyez ce que je veux dire.

Kristi hocha la tête. Oui, elle l'imaginait parfaitement :

— Il a abusé de toi ?

— Non, jamais ! Mais il a été accusé de l'avoir fait avec une autre fille de mon âge. Il y a eu un dépôt de plainte. Comme les Troskus étaient riches, ils ont négocié avec les parents de la fille. C'était vraiment un tordu et s'il y avait eu un procès, sa carrière aurait été brisée. Après ça, mon père a mis un terme à leur relation.

— Et sais-tu qui était la gamine dont il a abusé ?

Laetitia répondit par un signe de tête négatif :

— Ce n'était pas une fille d'ici et, après cette histoire, toute la famille a déménagé.

64

Kristi rêvassait, appuyée sur son comptoir, tandis qu'Harlan était allongé à ses pieds. On était jeudi et elle se rendit compte que les séances de rigologie de Sandrine lui manquaient. Pendant ce temps, Linda lisait un magazine en buvant un café, assise à une table en face d'elle. L'après-midi débutait à peine et les touristes préféraient profiter de la climatisation de leur chambre d'hôtel ou de la fraîcheur des terrasses ombragées des bars et des restaurants. Ce n'était que vers seize heures que la ville s'animerait à nouveau.

Abigaïl avait rejoint son bébé et se remettait vite de son accident. Kristi en était heureuse, mais elle ne parvenait pas à retrouver cette complicité perdue avec sa cadette. Cela dit, elle était tout de même très inquiète, car elle était sûre à présent qu'Abi avait été volontairement poussée dans le ravin, sans doute pour récupérer les lettres de Troskus.

Mais qui pouvait être derrière cet acte affreux ? Troskus ? Comment aurait-il pu savoir que, ce soir-là, Abigaïl avait découvert ses infâmes courriers ? Et puis même si leur contenu était écœurant, est-ce que cela justifiait un nouveau meurtre, vingt ans plus tard ? D'ailleurs, où étaient-ils, lui et sa secrétaire qui avait fait accuser Nicole ? La seule autre personne qui aurait pu soupçonner que la jeune femme avait mis la main sur les lettres était Laetitia, car Abigaïl l'avait certainement interrogée de manière un peu maladroite. Mais là encore, si la rousse incendiaire avait reçu ces lettres d'un pervers, elle n'était coupable de rien puisqu'elle n'était qu'une enfant à l'époque.

Kristi aurait tout de même bien aimé lire ces lettres. Abigaïl n'avait consulté que les plus anciennes, celles d'un dépravé qui s'adresse à une gamine. Mais pourquoi Laetitia les avait-elle conservées ?

Elle n'eut pas le loisir de répondre à cette question car la clochette de la porte d'entrée tinta. Linda et elle levèrent les yeux en même temps et restèrent un instant muettes d'étonnement en reconnaissant, dans l'encadrement de la porte, M. Dreyfus.

Une fois la stupéfaction passée, elles se dressèrent d'un bond et vinrent à la rencontre de l'homme qui paraissait avoir vieilli de dix ans en quelques mois. Son dos s'était voûté et sa silhouette, empâtée.

— Vous devez être surprises, n'est-ce pas ? questionna-t-il.

Kristi sentit une irrésistible envie le serrer dans ses bras et elle ne s'en priva pas.

— Nous sommes vraiment contentes de vous revoir, monsieur Dreyfus. Pour ma part, je dois dire que vous m'avez manqué. Mais comment se fait-il…

— Que je sois dehors ? Eh bien, mon état de santé s'est rapidement détérioré en prison. Alors vu l'ancienneté des actes, même s'ils ne sont pas pardonnables et étant donné le peu de chance que j'avais de m'enfuir au Venezuela, le juge a décidé de me placer sous contrôle judiciaire. Et je dois dire que le fait que le lieutenant Dangelo ait glissé un mot en ma faveur a également joué.

Linda tira une chaise de sous une table et invita le vieux bonhomme à s'asseoir. Sans rien lui demander, elle alla jusqu'au comptoir et revint avec un café qu'elle posa devant lui.

— Avec un sucre et un peu de lait, comme vous l'aimez, dit-elle en prenant place en face de lui.

Kristi fit de même.

— Vous allez tenir le coup ? interrogea-t-elle.

M. Dreyfus répondit en souriant :

— Mais bien sûr, jeune fille. J'en ai vu bien d'autres, vous savez. Et puis je suis content de ne plus avoir à vivre avec ce secret. J'assumerai mes fautes au procès.

Il avala une gorgée de café et reposa sa tasse.

— Lorsque j'étais en prison, j'ai appris pour Camille ainsi que pour Sandrine. Mon Dieu, c'est terrible, cette ville n'est pas habituée à ce genre de choses. Et Julian Troskus y serait mêlé, d'une manière ou d'une autre ?

Kristi se figea un instant, comme un chien de chasse qui vient de flairer la piste d'un lièvre.

— Ne me dites pas que vous le connaissez ! s'exclama-t-elle.

M. Dreyfus répondit du tac au tac :

— Mais oui, je le connais. Il a été mon élève au lycée durant trois ans. C'était un personnage… dérangeant.

— C'est-à-dire ? interrogea Kristi.

— Un type extrêmement pervers qui avait des problèmes psychologiques, c'était évident. Il avait un fonctionnement très compliqué, il tendait des pièges à ses camarades, les faisait accuser à sa place, adorait monter les amis les uns contre les autres. On aurait dit que tout ça était un jeu pour lui, et un jeu qui l'amusait beaucoup. Je croyais qu'il s'était calmé avec l'âge.

— Il paraît qu'il a été l'amant de Nicole Chastang. Il ne devait pas avoir que de mauvais côtés.

Ce fut au tour du vieil homme d'avoir l'air surpris.

— L'amant de Nicole ? Je n'étais pas au courant. En tout cas, je ne les ai jamais vus ensemble et puis Nicole n'était pas vraiment son genre de femme.

— Ils ont approximativement le même âge, intervint Linda, restée silencieuse jusque-là.

— Justement !

Kristi hocha doucement la tête. Elle sentait bien que cette histoire était loin d'être terminée et qu'elle promettait de mettre au jour de vilains secrets.

65

Le lieutenant Dangelo, assis à son bureau, demeurait perplexe devant le dossier que lui avait remis une heure plus tôt le docteur Salim. Il s'agissait des résultats de l'ADN prélevé sur les restes du petit Lucas, exhumé quelques jours auparavant. Tout le monde avait cru, durant des années, qu'il était le véritable fils de Sandrine Laurent, ce qui, selon le légiste, était tout simplement impossible car la rigologue était stérile.

Mais alors bon sang, qui était ce gamin ? Dangelo avait parié sur l'enfant enlevé à Lyon pendant le séjour de Sandrine et de son mari. Mais là encore, c'était une impasse d'après l'ADN. C'était une sale histoire qui avait fait remonter chez les parents du petit disparu un espoir évanoui depuis longtemps, celui de savoir enfin ce qu'était devenu leur bébé. Il fallait à présent leur dire qu'il s'agissait encore d'une fausse piste. Et d'ailleurs, toute cette histoire avait-elle vraiment quelque chose à voir avec ce gamin tué dix ans plus tôt ?

C'était pour le gendarme un véritable casse-tête qui, il le sentait, allait faire tache dans son dossier s'il ne parvenait pas à boucler cette enquête. Mais pour l'heure, il devait bien le reconnaître, il était au point mort.

On frappa à la porte qui s'ouvrit sur un jeune militaire portant une fine moustache.

— Mon lieutenant, dit-il, il y a une certaine Nathalie Leblond qui souhaite vous voir.

Il s'agissait de la sœur de Camille. Dangelo demanda à l'aspirant de la conduire jusqu'à son bureau. Lorsque la jeune femme entra, il eut un pincement au cœur tant elle ressemblait à sa défunte sœur. Il avait déjà eu affaire à elle et cette ressemblance l'avait frappé dès leur première rencontre.

— Que puis-je faire pour vous ? interrogea-t-il gentiment en l'invitant à s'asseoir en face de lui.

— Eh bien, je voulais savoir où en est l'enquête sur l'assassinat de ma sœur. J'ai entendu dire qu'il y avait eu des rebondissements !

Dangelo lui expliqua qu'il ne pouvait pas lui en dire beaucoup plus car l'instruction était toujours en cours.

Elle se mit à fouiller dans un sac militaire qu'elle portait en bandoulière et en extirpa un carnet en skaï rouge qu'elle déposa devant le gendarme :

— En débarrassant l'appartement de Camille, j'ai cassé l'horrible sculpture que lui avait léguée Stéphane Carpentier. À l'intérieur, il y avait ceci.

Dangelo attrapa le calepin, fit glisser l'élastique qui le maintenait fermé et le feuilleta :

— Incroyable ! murmura-t-il. Le fameux carnet dans lequel Carpentier consignait ses petits chantages.

Effectivement, au fil des pages s'étalaient des noms, des dates, des lieux, des sommes… Nicole Chastang et Roland Dreyfus étaient loin d'être les seules victimes de l'odieux agent immobilier. Cela augmentait considérablement le nombre des suspects potentiels dans le meurtre de l'agent immobilier.

Dangelo compulsa rapidement le reste du carnet qui contenait une série de feuillets vides puis les écritures reprenaient. Il s'agissait cette fois d'une comptabilité. Le militaire n'en croyait pas ses yeux. Il avait entre ses mains toutes les dernières opérations financières de Carpentier qui avait fait disparaître son patrimoine pour le transformer en or.

La somme finale était exorbitante et représentait, comme l'avait déterminé l'auditeur chargé de la liquidation de l'agence immobilière, pas moins de dix kilos de métal précieux.

— Merci de m'avoir apporté ceci, dit-il à Nathalie Leblond.

Il ne lui restait à présent qu'à éplucher la longue liste de personnalités locales que Carpentier faisait chanter et à les interroger les unes après les autres.

Il remercia à nouveau la jeune femme et la raccompagna lui-même jusqu'à la sortie. Il la suivit du regard jusqu'à ce qu'elle ait rejoint sa voiture garée sur le parking de la gendarmerie.

Il allait regagner son bureau mais changea d'avis au dernier moment. Il se dit qu'une petite balade lui éclaircirait les idées. Sans réellement savoir pourquoi, il traversa la route et entra dans le cimetière. Le lieu ombragé par de grands pins était propice à la réflexion pour le militaire.

Il repassa dans son esprit tout le dossier dans lequel tellement de choses ne collaient pas. Cette manière tout d'abord de tuer Carpentier. Pourquoi avoir choisi un procédé aussi compliqué ? N'aurait-il pas été plus simple de le poignarder ou de lui tirer une balle ? L'emploi du poison suggérait une femme, car ce sont elles qui utilisent le plus souvent cette technique. Et la sophistication de l'arme désignait une scientifique. Nicole Chastang était donc la candidate idéale, puisqu'elle avait non seulement les compétences, mais en outre un sérieux motif pour éliminer l'agent immobilier. Elle avait encore un excellent mobile pour tuer Camille Leblond, si cette dernière avait compris qu'elle était la meurtrière. Le serpent hybride qui avait fourni le venin avait été découvert chez elle, preuve supplémentaire qui l'accusait, et les deux sujets qui avaient engendré cette horreur hautement mortelle avaient été retrouvés chez son ancien amant. Oui, aucun doute, tous les indices pointaient vers Nicole Chastang.

Dangelo s'assit un instant sur une sépulture en pierre grise. Plusieurs éléments troublants demeuraient cependant inexpliqués, comme le fait que la secrétaire particulière de Troskus se soit trouvée comme par hasard sur le lieu du dernier meurtre imputé à Nicole, puis qu'elle se soit volatilisée, suivie de près par Troskus lui-même. Ça n'avait aucun sens, tout comme la mésaventure d'Abigaïl Granger. Accident, tentative d'assassinat ?

Le gendarme reprit ses déambulations et arriva, presque sans y penser, devant la tombe de Lucas Laurent qui avait été refermée récemment. Il remarqua que des fleurs fraîches y avaient été déposées.

66

Kristi eut un pincement au cœur en pénétrant dans l'allée qui conduisait à l'ancienne maison d'Alexandrine Fage. Tous les vernis du Japon avaient été arrachés et des camions de chantier avaient imprimé de profonds sillons dans la terre grise du chemin. Des échafaudages, dressés contre les murs, encadraient la villa d'un exosquelette métallique qui lui donnait un aspect lugubre. Harlan semblait lui aussi totalement désorienté. Il levait la patte toutes les deux minutes pour marquer ce nouveau territoire qu'il ne reconnaissait pas.

Kristi, quant à elle, ne retrouvait pas l'intense émotion qui l'avait étreinte au cours de ses précédentes visites, alors que la maison n'était pratiquement qu'une ruine. Mais elle savait que bientôt se dresserait là une jolie résidence pour peu que les artisans qu'elle avait embauchés n'alourdissent pas encore la note. Et surtout qu'ils viennent travailler, ce qui n'était visiblement pas le cas aujourd'hui.

En effet, cela faisait déjà deux fois que les maçons, charpentiers et couvreurs révisaient leurs devis à la hausse. La faute à la crise et au manque de matériaux, soi-disant. Entre le prêt pour sa boutique et celui pour retaper cette maison, son banquier commençait à s'inquiéter et l'appelait de plus en plus régulièrement pour, comme il disait, « tirer la sonnette d'alarme ».

Kristi n'avait parlé de ses problèmes ni à sa mère ni à Doug qui, l'un comme l'autre, se seraient empressés de lui faire un chèque généreux qui aurait sans doute réglé ses difficultés. Mais, comme c'était le cas depuis sa plus tendre enfance, elle ne voulait rien devoir à qui que ce soit. Et puis si elle ne parvenait plus à joindre les deux bouts, elle pourrait toujours répondre à l'offre de Vincent Albaron qui revenait systématiquement à la charge pour le rachat de cette maison.

Kristi se tourna vers Sophia et Abigaïl qui l'avaient accompagnée afin de découvrir cette propriété léguée d'une façon si étrange par Carpentier.

Le premier moment de stupeur passé, Sophia avait pris de manière plutôt philosophique le fait que son mari ait eu un enfant caché, dont il ignorait d'ailleurs totalement l'existence. Apprendre que le labrador qui courait dans tous les sens portait le même nom que son petit-fils avait été, en comparaison, beaucoup plus difficile à accepter.

Ce serait, dans le futur, un motif de plaisanterie, mais pour l'heure le sujet restait tabou. Quant à Abigaïl, elle avait simplement regretté de ne pas avoir rencontré son demi-frère, malgré tout le mal que les gens pensaient de lui.

— Alors ? demanda Kristi.

— Je crois que ça fera une très jolie propriété ! s'exclama Abigaïl avec enthousiasme.

Sophia parut plus réservée :

— Tu es sûre que tu n'as pas vu trop grand, ma chérie ? J'ai peur que la restauration de cette ruine, aussi agréable soit-elle, ne te coûte une fortune.

— Ne t'inquiète pas pour ça, Maman, rétorqua Kristi en se dirigeant vers l'entrée de la maison. Venez, faisons le tour du propriétaire.

Lorsqu'elles ressortirent du chantier, une demi-heure plus tard, les trois femmes étaient couvertes de poussière. Elles éclatèrent de rire en se voyant ainsi.

— Et j'ai autre chose à vous montrer, poursuivit Kristi en les attirant vers l'appentis jouxtant le bâtiment.

Elle débâcha la vieille Peugeot et se recula, autant pour l'admirer que pour observer la réaction de sa mère et de sa sœur. Sophia fit la moue :

— C'est sûr qu'au poids de la ferraille, tu pourras en tirer quelques euros.

— Mais tu plaisantes, Maman ? Les mécanos doivent passer la récupérer pour la retaper. Je vous présente le futur véhicule officiel de l'entreprise : La Maison rouge de Kristi Monier.

Sophia lui répondit, peinée :

— Écoute ma chérie, laisse-moi au moins t'offrir une voiture digne de ce nom.

— Une Maserati par exemple ?

L'élégante septuagénaire haussa les épaules :

— Je pensais à un véhicule utilitaire ou à un petit camion neuf.

Abigaïl, qui connaissait parfaitement sa mère et sa sœur, deux caractères bien trempés, sentit que la situation n'allait pas tarder à s'envenimer. Elle fit mine de consulter sa montre.

— Il va falloir rentrer. J'ai promis à la nourrice que Doug nous a trouvée d'être revenue avant seize heures pour donner le sein à Harlan. Non, pas à toi, idiot ! dit-elle en riant au labrador qui avait dressé l'oreille en entendant son nom.

Effectivement, cela lança Sophia dans une autre direction :

— Au fait Kristi, Doug nous invite à dîner, ce soir. Il espérait que tu serais là, avec ton employée et sa fille. Agatha vient passer quelques jours de vacances et il voulait faire une petite fête.

Kristi, un peu vexée de ne pas avoir été conviée directement par son ami, allait argumenter qu'elle était prise lorsqu'elle se souvint qu'absorbée par son travail, elle n'avait pas répondu à plusieurs appels de l'écrivain et qu'elle avait une dizaine de messages en absence sur son téléphone. Probablement la fameuse invitation. Elle rétorqua sur un ton fataliste :

— Si mademoiselle super flic est là ce soir, alors je viendrai également.

— Moi je suis jalouse de ses yeux, soupira Abigaïl. Non, mais vous les avez vus, ces yeux ? On dirait deux véritables émeraudes.

Sophia revint à la charge :

— Donc on compte sur toi, n'est-ce pas ? Kristi ?

Cette dernière ne répondit pas. Elle s'était figée, comme si son cerveau s'était soudain déconnecté. D'un seul coup, toutes les pièces du puzzle s'étaient mises en place dans son esprit.

— Oui, je serai là, bien sûr ! rétorqua-t-elle.

67

Kristi gara la Peugeot 205 devant la maison d'hôtes des Albaron. Ainsi, si quelqu'un la surprenait, elle pourrait toujours alléguer être venue chercher un objet oublié par sa mère. À l'intérieur du gîte tout était éteint. C'était tout à fait normal, puisque Sophia et Abi étaient déjà parties pour la petite fête que Doug donnait en l'honneur de sa fille. Auparavant, sa mère et sa sœur avaient fait un détour par L'Isle-sur-la-Sorgue pour récupérer Linda et Lilou. Kristi, quant à elle, avait prétexté un rendez-vous de dernière minute avec un client important pour emprunter une nouvelle fois la voiture de Linda, promettant d'être là à l'heure.

En réalité, elle voulait vérifier une chose bien précise. Elle se glissa discrètement dans l'allée qui menait chez Laetitia et Vincent Albaron, invités eux aussi chez Doug. Elle ne craignait donc pas de les rencontrer, mais ne savait pas si Karim Laribi serait là. Elle soupçonnait d'ailleurs une relation trouble entre ces trois-là.

Il n'y avait devant la maison que la Renault Duster de Laetitia. C'était exactement ce qu'elle avait espéré.

Elle tira sur la poignée de la porte qui s'ouvrit sans difficulté.

Elle attendit quelques instants, les sens aux aguets. Comme rien ne se produisit, elle se mit à inspecter l'intérieur du véhicule. Elle passa consciencieusement la main sur le volant, puis sur le levier de vitesses et finit par trouver ce qu'elle cherchait.

Elle referma doucement la portière et regagna sa voiture, puis elle quitta la propriété en direction de la maison de Doug.

Vingt minutes plus tard, elle franchit la grille d'entrée de la luxueuse villa.

Plusieurs véhicules étaient garés sur le grand parking gravillonné face à l'imposante bâtisse.

Lorsqu'elle pénétra dans le hall, Agatha vint à sa rencontre :

— Heureuse de te voir enfin, Kristi, on allait justement passer à table, dit-elle en l'embrassant sur chaque joue.

Kristi, un peu surprise par cette marque d'affection et par le tutoiement, la suivit dans le salon où une belle table était dressée. Les autres discutaient sous la véranda dont les vitres étaient grandes ouvertes pour laisser entrer la fraîcheur du soir.

Linda et Lilou étaient là, ainsi que Sophia et Abigaïl, les Albaron, Philippe et son compagnon, et bien sûr Doug, le maître des lieux, qui portait un élégant costume en lin blanc.

Linda aperçut soudain les deux femmes et vint à leur rencontre.

— Alors, ça s'est bien passé avec ton client ? demanda Miss Catastrophe.

— Très bien, même mieux que je l'imaginais, mais je vous raconterai ça dans un moment.

Linda la regarda, surprise, mais ne prêta pas plus attention à ses paroles car à ce moment, Doug les convia à passer à table.

— À présent que notre dernière invitée est arrivée, dit-il, je vous propose de goûter au succulent repas que je vous ai concocté, mes amis, pour fêter un grand événement : la promotion d'Agatha à la direction générale d'Interpol à Lyon.

Tous applaudirent.

— Félicitations, dit Kristi. Je n'étais pas au courant que tu briguais ce poste. Si tu es basée à Lyon, tu pourras venir voir ton père plus souvent. Et après le dîner, j'aurai aussi un petit cadeau pour toi.

Elle fit signe à Agatha qu'il était inutile de tenter d'en savoir plus pour l'instant. Ils prirent place et Doug disparut dans la cuisine. Il revint quelques instants plus tard, portant un énorme faitout en fonte noire qu'il déposa au centre de la table en annonçant fièrement :

— Pour cette soirée, je vous ai cuisiné un plat très spécial, une recette cent pour cent locale que m'a donnée Francis Hebron, le fameux chef provençal : la soupe au pistou.

Lorsque toutes les assiettes furent remplies, Sophia Monier s'exclama en dégustant le potage à base de haricots secs :

— Ainsi, mon cher Doug, en plus d'être un écrivain génial, vous êtes aussi un cuisinier hors pair. Quel dommage que je sois déjà mariée et surtout trop vieille !

— Maman ! s'écria Abigaïl, un peu gênée.

Doug fit un geste de modestie.

— Mais Sophia, vous êtes l'éternelle jeunesse incarnée.

— Et où est Harlan ? demanda Kristi à sa jeune sœur, placée en face d'elle.

Abigaïl fit un signe en direction du premier étage.

— J'ai installé son berceau dans l'une des chambres. Tiens, je peux même le surveiller avec mon portable, dit-elle en lui montrant une vidéo du petit ange captée par une caméra wifi qui surplombait le lit pliable.

— Il est craquant, reconnut Lilou, assise juste à côté d'Abi.

La soupe au pistou fut un véritable succès. Bien sûr le couple Albaron connaissait ce mets provençal, mais les autres découvrirent avec enchantement cette recette.

Après le repas, Doug invita ses convives dans le salon pour prendre un digestif. Kristi s'éloigna pour passer un appel téléphonique, puis vint rejoindre les autres.

— Au fait, et cette surprise, c'est quoi ? interrogea Agatha en tendant un verre à Kristi.

— Eh bien, ce soir est un soir vraiment particulier, parce que j'ai fait une découverte. J'ai compris comment, par qui et pourquoi Stéphane Carpentier, Camille Leblond et Sandrine Laurent ont été assassinés.

L'annonce provoqua un moment de stupeur parmi les invités. Tous les regards se tournèrent vers elle.

— Super, nous allons donc faire un Cluedo ! s'exclama Laetitia, appuyée contre la cheminée, les bras croisés.

Doug s'approcha de Kristi :

— Vous êtes certaine de ce que vous allez avancer ?

Elle lui adressa un geste rassurant :

— J'ai eu la confirmation de mon hypothèse juste avant de venir vous rejoindre. Laissez-moi vous raconter une histoire : il y a vingt ans naissait un enfant non désiré. Probablement le fruit d'un viol sur une toute jeune fille de quatorze ans à peine. Sans doute pour éviter l'opprobre qui se déverse toujours sur la victime, les parents de l'adolescente l'envoyèrent à Lyon pour accoucher. J'imagine que la grossesse fut diagnostiquée trop tard pour un avortement.

Doug approuva avec un hochement de tête :

— Vous parlez du petit Lucas Laurent, n'est-ce pas ? Vous avez découvert qui était sa mère biologique ?

Kristi lui fit un signe affirmatif avant de poursuivre :

— Le nouveau-né fut secrètement adopté par un couple en mal d'enfant et ami de la famille : les Laurent. Et puis un jour, un terrible accident survint.

Linda fit la réponse du berger à la bergère :

— Dont la responsable était Nicole Chastang.

— Exactement. Et comme par hasard ce soir-là, Stéphane Carpentier passait sur cette route et a compris qu'il pourrait gagner beaucoup d'argent en faisant chanter la conductrice.

— Quel salaud, quand on y pense ! s'exclama Laetitia.

Kristi hocha gravement la tête. Elle allait poursuivre lorsque Vincent Albaron, assis dans un fauteuil près de sa femme, s'impatienta :

— Je ne vois vraiment pas où cela nous mène.

— Comme vous le savez, la mort de Lucas a détruit le couple Laurent, mais pas seulement. La mère naturelle de l'enfant, même si elle l'avait abandonné, a également été brisée. Une mère reste une mère.

— D'autant plus que c'était un abandon forcé, d'après ce que tu nous as raconté, précisa Laetitia en vidant d'un trait le verre d'alcool qu'elle tenait à la main.

— C'est vrai et je ne peux même pas imaginer ton désarroi lorsque tes parents ont confié ton gamin à Sandrine.

Tous les regards se braquèrent vers Laetitia et Vincent Albaron. Ce dernier se leva d'un bond et s'emporta :

— Mais qu'est-ce que c'est que cette histoire, vous êtes complètement folle ? Nous n'avons jamais pu avoir d'enfant, moi et Laeti.

Il se tourna vers sa femme.

— Dis-le-lui, toi.

Laetitia secoua doucement la tête. Son visage affichait un air navré :

— J'ai tout fait pour ne jamais retomber enceinte. Cette épreuve a été trop dure, rétorqua la rousse en fixant son mari droit dans les yeux.

Vincent Albaron se rassit, terrassé par cette révélation. Laetitia s'adressa à Kristi :

— Oui c'est vrai, j'étais la mère biologique de Lucas. Mais en quoi le fait de déterrer cette vieille tragédie a quelque chose à voir avec le meurtre de Carpentier, de Camille et de Sandrine ?

— Parce que tout part de là, Laetitia, tu le sais bien. C'est à cause de ce drame que tu as assassiné trois personnes.

La rouquine éclata d'un rire qui mit toute l'assemblée mal à l'aise :

— C'est stupide ! Si j'avais dû tuer quelqu'un, ça aurait été Nicole. Et puis, pourquoi est-ce que j'aurais attendu si longtemps ?

— Parce que tu n'as appris la vérité que très récemment. Je suppose que Carpentier, affaibli par la maladie, s'est soûlé un soir et a dû te parler de son petit chantage, peut-être pour soulager sa conscience. Il t'a tout raconté sans savoir qu'il s'adressait à la véritable mère de Lucas. C'est là qu'il a signé son arrêt de mort. Tu as imaginé un plan, non pas pour éliminer Nicole, mais pour la faire accuser du meurtre de Stéphane afin qu'elle passe le reste de sa vie en prison où les autres détenues lui auraient fait vivre un enfer. C'est ainsi pour les tueurs d'enfants.

Laetitia secoua la tête :

— C'est pourtant bien Nicole qui élevait ces sales bestioles qui ont servi à fabriquer le poison qui a tué Carpentier et Camille. C'est bien elle qui a acheté le reptile à un trafiquant de Marseille. Tu pédales dans la semoule, ma vieille.

Dans le grand salon, tous retenaient leur respiration. Kristi poursuivit :

— Non, elle n'élevait que des serpents inoffensifs pour ses recherches. C'est toi qui as caché l'hybride chez elle, le soir où tu l'as enlevée en constatant que ton plan dérapait. Et ce serpent, tu l'as eu par ton complice, le père biologique de Lucas, le docteur Troskus. Il ne pouvait rien te refuser, n'est-ce pas ? Tu avais ses lettres et tu aurais pu briser sa carrière quand tu le voulais. Pour brouiller les pistes, tu as contacté un trafiquant de NAC auprès duquel tu t'es fait passer pour Nicole et tu lui as acheté une bestiole. Tu savais que, tôt ou tard, ce type serait retrouvé.

Laetitia haussa les épaules :

— Et bien sûr, tu as des preuves de tout ça ?

En guise de réponse, Kristi décrocha son téléphone :

— Vous pouvez venir à présent, dit-elle simplement avant de raccrocher.

Quelques instants plus tard, le lieutenant Dangelo entra, accompagné par quatre gendarmes qui encadraient un individu, menottes aux poignets, dont le visage émacié était mangé par une barbe de trois jours.

Dangelo poussa devant lui le prisonnier :

— Voici M. Diego Fernandez, *alias* « Cœur de jungle », que nous avons pu retrouver grâce aux indications du contact de M. Alexander. Je crois qu'il a quelque chose à nous dire.

Laetitia se raidit lorsque l'homme la désigna du doigt et accusa :

— C'est à elle que j'ai vendu le boomslang. Elle s'était grimée, mais je la reconnais parfaitement.

— Arrêtez cette femme, ordonna Dangelo.

Comme deux militaires s'avançaient vers elle, la rousse eut une réaction inattendue. Elle lança son verre que l'un d'eux reçu en plein front. Avant que l'autre ait pu esquisser un geste, Laetitia s'était enfuie par l'escalier.

— Poursuivez-la ! hurla Dangelo à ses hommes.

Mais un cri retentit qui les stoppa net. C'était Abigaïl qui fixait l'écran de son téléphone avec des yeux exorbités :

— Elle est dans la chambre d'Harlan, elle est dans la chambre avec mon bébé !

Le lieutenant Dangelo bondit à sa poursuite, suivit par ses hommes, et grimpa les marches quatre à quatre. Les militaires se retrouvèrent devant une porte fermée de l'intérieur.

— Range-moi ça ! hurla-t-il à l'un de ses agents qui avait sorti son arme.

Il n'avait pas l'intention que cette affaire se termine dans un bain de sang.

Il frappa à la porte :

— Madame Albaron… Laetitia, allez, ça suffit à présent. Soyez raisonnable, ouvrez cette porte. Je sais que vous ne voulez pas faire de mal au petit. Pensez à votre propre enfant…

68

Le temps avait tourné à la pluie. Une légère brise, humide et collante, balayait la longue allée du cimetière dans laquelle le corbillard gris avançait à petite vitesse. Les grands pins agitaient en douceur leurs ramures éternellement vertes. Doug, Kristi, Linda et une petite poignée de personnes déployèrent leurs parapluies en suivant le véhicule mortuaire qui s'arrêta devant un tombeau fraîchement ouvert.

— C'est un temps de circonstance, murmura Doug.

— Tout de même, qui aurait cru que ça finirait comme ça ? renchérit Linda.

— Mais taisez-vous donc tous les deux ! les gronda Kristi.

Linda lui répondit sur un ton dubitatif :

— De toute manière tu ne l'appréciais pas beaucoup, comme nous tous. Il faut dire que c'était une méchante femme.

— Ce n'est pas une raison ! lança Kristi sur un ton sans équivoque. Mme Machin, même si elle était une méchante femme, mérite un peu de respect.

— Vous avez raison, approuva M. Dreyfus. Mais pendant que le curé fait son homélie, j'aimerais bien que vous finissiez de me raconter comment s'est terminée cette soirée qui a failli tourner au drame chez M. Alexander.

Kristi répondit à mi-voix :

— Eh bien, après que Laetitia s'est enfermée dans la chambre avec le bébé, le lieutenant Dangelo a essayé de parlementer avec elle à travers la porte pendant que ma sœur, morte d'inquiétude, surveillait l'écran de son smartphone. En réalité, comme l'avait supposé Dangelo, Laetitia n'avait aucune intention de faire du mal au bébé. Elle l'a pris dans ses bras, l'a bercé un moment puis l'a reposé dans son couffin et elle s'est rendue.

M. Dreyfus, qui était un homme hypersensible, frotta ses yeux du revers de la main. Il poursuivit :

— Mais je pense à une chose : si le professeur Troskus lui a fourni le serpent qui fut l'arme du crime, pourquoi Laetitia s'est-elle donné la peine d'aller à Marseille acheter ce boomslang ?

— C'était un leurre supplémentaire. Elle s'est fait passer pour Nicole, sachant que quelqu'un finirait bien par remonter jusqu'au trafiquant et que ce dernier orienterait les soupçons sur l'ancienne prof de chimie. En réalité, elle n'avait besoin du serpent que pour cela ; elle n'aurait pas pu réaliser elle-même le croisement, il faut des mois pour cela. L'hybride fourni par Troskus était une bestiole qu'il avait croisée lui-même pour les besoins de ses recherches. C'est aussi lui qui a fabriqué le poison et qui a donné de fausses informations sur Nicole pour qu'elle semble coupable. Il agissait sous la pression de Laetitia qui pouvait raconter ce qu'il lui avait fait lorsqu'elle était enfant.

M. Dreyfus parut désemparé :

— Et l'accident de votre jeune sœur ? demanda-t-il encore.

— Un simple accident à cause d'un chauffard qui a pris la fuite. On a finalement retrouvé les lettres du professeur Troskus à plus de cent mètres, dans un ruisseau. Elles étaient hélas devenues illisibles pour la plupart, mais les gendarmes ont pu en reconstituer une bonne partie.

Le vieux monsieur semblait impressionné par les talents de détective de Kristi. Il allait poursuivre son interrogatoire mais Kristi lui fit signe de se taire.

Un jeune homme portant des lunettes rondes lut un texte qui énumérait de manière un peu caricaturale les qualités humaines de Mme Machin, sa grand-tante, morte bêtement en chutant dans son escalier. L'assemblée, constituée principalement de professionnelles des funérailles, c'est-à-dire de quelques vieilles grenouilles de bénitier, se dispersa comme un vol de moineaux au coup de feu.

Kristi et ses amis regagnèrent tranquillement le centre-ville, situé à cinq cents mètres à peine du cimetière. Lorsqu'ils furent de retour à La Maison rouge, où Harlan les accueillit avec des bonds de joie, Kristi les invita à prendre le thé. Ils s'installèrent à une table et regardèrent silencieusement tomber la pluie.

M. Dreyfus avala une gorgée du liquide chaud et parfumé et reposa la tasse :

— Et donc, c'est également Laetitia qui a tué Sandrine Laurent. Mais pourquoi ?

C'est Doug qui répondit au vieil anarchiste :

— Tout simplement parce que Sandrine avait compris que Laetitia était derrière tous ces meurtres et qu'elle voulait la dénoncer pour arrêter le massacre.

M. Dreyfus hocha gravement la tête :

— Et Laetitia a demandé une nouvelle fois de l'aide à son ancien bourreau, qui a envoyé sa secrétaire et maîtresse pour faire un faux témoignage et charger Nicole Chastang. C'est tout de même tordu, il lui aurait suffi de tuer Nicole. Pourquoi toute cette mise en scène ?

— Elle ne voulait pas tuer Nicole, mais l'expédier en prison finir le reste de ses jours, commenta Doug.

— Je vois ! L'esprit humain est extrêmement complexe. Et pour Camille ?

Kristi reprit la parole :

— Laetitia a expliqué aux gendarmes que le soir où elle s'était introduite chez Nicole pour l'enlever, Camille qui trafiquait dans le labo sous ma maison l'avait aperçue. Ensuite, elle a bêtement tenté de tirer parti de la situation.

— Tout le monde voulait faire chanter tout le monde, philosopha Linda avec un geste théâtral qui envoya valdinguer la tasse posée devant elle.

Elle se leva en s'excusant pour aller chercher de l'essuie-tout. Lorsqu'elle revint, elle épongea le liquide répandu et dit :

— Moi, ce que je n'ai pas compris, c'est comment Laetitia a empoisonné Carpentier.

— Elle s'est inspirée du livre de Doug, répondit Kristi, dans lequel le meurtrier copie lui-même un prince italien qui empoisonne une petite clé destinée à ouvrir sa bibliothèque, qu'il confie à ses victimes.

— Elle a utilisé une clé ? s'exclama naïvement Miss Catastrophe.

— Mais non ! Elle s'est débrouillée pour bidouiller la voiture de Carpentier afin qu'il tombe en panne près de chez elle. Elle se doutait qu'il viendrait lui demander de l'aide et c'est exactement ce qu'il a fait. Elle lui a donc volontiers prêté sa Renault dont elle avait trafiqué le levier de vitesses.

— Ne me dites pas qu'elle y avait placé un aiguillon empoisonné ? s'exclama M. Dreyfus.

Doug poursuivit le raisonnement :

— Mais si ! Ainsi, à chaque changement de rapport, Carpentier s'injectait lui-même une infime dose de venin, sans même s'en rendre compte. C'est encore Troskus qui nous a enfermés l'autre jour dans la faisanderie avant de s'enfuir avec sa maîtresse et complice, comprenant qu'à présent ils seraient vite démasqués.

— Ce Troskus autant que Laetitia étaient diaboliques, lança Miss Catastrophe.

Kristi approuva :

— Oui, c'est certain ! Mais j'imagine aussi la souffrance de Laetitia lorsque Carpentier, sous l'effet de l'alcool, lui a avoué le soir de la fête d'anniversaire sa complicité dans la mort de Lucas. Ça a dû la rendre folle et il lui a fallu des nerfs d'acier pour ne pas lui arracher les yeux.

— Et Troskus, poursuivit Linda. Il est entré dans ce jeu meurtrier pour éviter que Laetitia ne révèle qu'il était le père de Lucas ?

— Les faits se sont produits il y a vingt ans, le délai de prescription pour viol sur mineur courait donc toujours. Troskus risquait gros, autant socialement que pénalement. Laetitia le tenait. Il a exécuté tous ses ordres et, finalement, il s'est retrouvé si empêtré dans ses crimes qu'il ne pouvait plus revenir en arrière.

M. Dreyfus se caressa le menton, perdu dans ses pensées :

— Et qu'est-ce qui vous a mis sur la piste de Laetitia ? demanda-t-il encore à Kristi.

— La boucle d'oreille que j'ai vue dans la cave avant d'être intoxiquée par les vapeurs chimiques.

Dreyfus la fixa avec une expression d'incompréhension dans le regard.

— Lorsqu'elle est venue prendre de mes nouvelles, le lendemain de l'accident et qu'elle m'a raconté comment elle et Nicole m'avaient sauvé, elle m'a dit que cette dernière ne volerait pas un bijou, fût-il en émeraude. Or, jamais je ne lui avais dit que la boucle était en émeraude. Et quand ma jeune sœur m'a dit qu'elle était jalouse des yeux de la fille de Doug, qui ressemblait à des émeraudes, j'ai tout compris.

— Fantastique ! s'extasia M. Dreyfus. Et pour Troskus et sa complice ?

— Le lieutenant Dangelo nous a appris qu'ils avaient été arrêtés au moment où ils tentaient de quitter le pays pour l'Amérique du Sud, précisa Doug.

La clochette de la porte d'entrée tinta. Une jeune femme portant l'uniforme de la poste s'avança :

— Un recommandé pour Mme Kristi Monier, dit-elle en présentant le document à l'Américaine qui s'était levée pour venir à sa rencontre.

La factrice sortit un stylo de sa poche de poitrine et le lui tendit en même temps que le récépissé de la petite enveloppe jaune et blanc. Kristi signa et la jeune femme repartit vers son caddy à lettres stationné devant la porte.

Kristi décacheta le pli et se figea en lisant les premières lignes. Ses yeux s'humidifièrent et elle dut s'asseoir tant l'émotion qui l'étreignit fut intense.

Épilogue

Doug, Linda et M. Dreyfus se levèrent d'un bond en apercevant Kristi prête à défaillir. Doug s'empara de la lettre posée sur la table. Il s'agissait d'un courrier adressé par les services fiscaux, qui réclamaient à l'entreprise pas moins de cinquante mille euros.

— Je crois que l'aventure de La Maison rouge se termine ici, marmonna Kristi. Je ne vois pas comment je pourrais obtenir une telle somme.

— Ce doit être une erreur, se lamenta Linda. Ils se sont sûrement trompés.

Kristi secoua la tête :

— J'ai bien peur que non. Je n'ai pas voulu t'en parler plus tôt, mais nous avons perdu de l'argent malgré les bons chiffres de la brocante.

Linda s'assit à son tour.

— Allons, ne vous inquiétez pas, la rassura Doug toujours positif. Cinquante mille euros, ce n'est pas non plus une somme démente. C'est vrai que les charges en France sont énormes, mais moi, je peux vous les avancer.

Kristi le fusilla du regard :

— Vous voulez me faire la charité, c'est ça ? Merci, mais non merci ! Je vais me débrouiller. Il me reste la villa de Lagnes pour laquelle Vincent Albaron m'a proposé une somme plus qu'honnête, ça couvrira largement les frais et ça me permettra de repartir aux États-Unis.

Linda blêmit :

— Tu ne vas pas faire ça. Tu ne peux pas nous laisser tomber, c'est ici chez toi à présent.

Kristi posa une main sur celle de Linda. La cause était entendue.

Doug esquissa un geste fataliste. Parfois, l'entêtement de son amie l'épuisait.

Deux semaines plus tard, Kristi pénétra pour la dernière fois dans la longue allée de la maison de Lagnes. Doug, Linda et Lilou l'accompagnaient, ils n'avaient pas réussi à la faire fléchir. Kristi avait les yeux rougis et le cœur déchiré, mais elle avait accepté la proposition de Vincent Albaron. Ils devaient signer le compromis de vente aujourd'hui même chez le notaire local.

Elle était d'autant plus triste que les travaux avaient bien avancé et que, désormais, la bâtisse commençait à ressembler à une belle villa provençale avec sa façade en pierres apparentes.

L'appentis avait été totalement dégagé et la vieille Peugeot 301 n'était plus là. Les mécaniciens étaient venus la chercher pour la restaurer. Elle devrait aussi leur dire d'arrêter les frais.

Justement, elle aperçut au bout de l'allée le jeune mécano. Elle s'étonna de le voir accompagné par le lieutenant Dangelo. Il s'avança vers elle, mais cette fois il n'arborait pas son sourire enjôleur. Il affichait une mine grave.

— Je suis désolé, balbutia-t-il, mais c'est mon patron qui a appelé les flics. C'est par rapport à votre 301, on a eu un problème. Vous comprenez, les câbles étaient bouffés par le temps et les souris. Alors quand on a voulu tester le circuit avec une batterie, tout a pris feu.

Kristi le dévisagea, un peu surprise :

— Et en quoi cela nécessitait-il l'intervention des gendarmes ? J'imagine que vous êtes assurés pour ce genre d'accident ?

— Oh oui, bien sûr, mais ce n'est pas ça le souci !

Kristi lui fit signe qu'elle s'impatientait. Dangelo vint à la rescousse du garçon.

— Je crois que le mieux serait que vous nous accompagniez, dit-il.

Intrigués, elle, Doug et Linda suivirent l'officier de gendarmerie à pied jusqu'au garage qui se trouvait à moins de cent mètres de là.

Kristi se mordit la lèvre inférieure en apercevant, sur le parking, l'épave de sa Peugeot presque totalement carbonisée.

Elle passa une main dans ses cheveux. Finalement, c'était peut-être mieux ainsi car elle n'aurait pas à payer les frais déjà engagés pour la réparation.

— Eh bien c'est dommage, une si belle voiture, dit-elle un peu hypocritement, mais je ne vois toujours pas pourquoi les gendarmes sont là.

— À cause de ça, dit Dangelo en désignant du doigt une flaque jaune sous la Peugeot.

Doug s'approcha et se pencha sous le véhicule.

— Mais c'est…

— De l'or, compléta Dangelo. Oui, et à vue de nez, il y en a au moins dix kilos.

— L'or détourné par Carpentier, il était caché dans la voiture, murmura Kristi.

— C'est probable, mais impossible à affirmer, car les lingots, s'il s'agissait bien de lingots, ont totalement fondu. Donc, plus de numéro de série.

Linda, Doug, Kristi et le jeune mécano étaient littéralement hypnotisés par le métal précieux qui avait durci sur le sol.

— Et que va-t-il se passer, à présent, Lieutenant ? J'imagine que cet or va être saisi et placé sous scellés ? questionna Doug.

— S'il s'agit vraiment du magot détourné par Carpentier, alors oui. Mais comme je viens de vous le dire, sans les numéros de série ce sera impossible à déterminer. Cet or appartient donc légalement au propriétaire de la voiture. Bien sûr, il y aura des taxes à payer…

Un cri les fit sursauter. Linda venait de se rendre compte que les soucis financiers de sa patronne étaient terminés. Elle la prit dans ses bras et l'embrassa fougueusement sur les joues. Kristi demeurait paralysée, comme si elle ne parvenait pas à saisir ce qui arrivait. Puis soudain elle éclata de rire en comprenant l'origine des trous dans les murs de sa maison. Vincent Albaron se doutait que le butin était caché quelque part dans l'ancienne résidence d'Alexandrine Fage et c'était probablement lui ainsi que son acolyte, Laribi, qui avaient fait des fouilles pour le retrouver.

Un mois encore s'était écoulé depuis la découverte de l'or dans la vieille Peugeot. La Maison rouge avait rouvert ses portes après avoir réglé ses dettes au Trésor public, mais les avait exceptionnellement refermées aujourd'hui pour que Kristi et ses amis puissent fêter la réception des travaux de la maison de Lagnes.

On était entré de plain-pied dans l'arrière-saison. Les jours avaient raccourci, mais la température restait agréable et la nature s'était parée d'une belle couleur rousse. C'était ce que les Nord-Américains appellent l'été indien.

Kristi avait invité ses amis à un véritable repas de pendaison de crémaillère. Il y avait Doug, bien sûr, Agatha, Linda et Lilou, Sophia et Abigaïl, avec bébé Harlan, M. Dreyfus et le lieutenant Dangelo étaient là également. Kristi leva son verre pour porter un toast :

— Merci à tous d'être venus pour inaugurer ma nouvelle maison. J'espère que nous n'aurons plus à revivre un drame tel que celui que nous avons connu. Je voudrais avoir une pensée pour Sandrine, Camille et aussi Stéphane, mon demi-frère qui m'a laissé cette belle demeure.

Sophia porta un toast à son tour :

— Et à toi, ma chérie, qui ne lâches jamais rien, ajouta-t-elle en prenant la main de sa fille.

Abigaïl se pencha vers sa sœur et lui murmura à l'oreille :

— Je pense que finalement, tu ne rentreras pas avec nous au pays ?

Kristi lui sourit, l'enlaça et déposa un baiser sur sa joue.

— Pour moi, c'est ici le pays à présent. Mais tu sais, les États-Unis ce n'est qu'à quelques heures d'avion de Marseille. Je viendrai vous voir et vous pourrez venir en vacances quand vous le désirez, la maison assez grande. Et puis, Harlan pourra bientôt gambader dans le jardin avec Harlan.

Les deux femmes éclatèrent de rire.

Retrouvez-nous sur les réseaux sociaux :

MLM

City Editions

www.city-editions.com

@cityeditions

www.facebook.com/cityeditions/

@CityEditions

@cityeditions

Achevé d'imprimer en février 2024
sur les presses de la Nouvelle Imprimerie Laballery
58500 Clamecy
Numéro d'impression : 401715

Imprimé en France

La Nouvelle Imprimerie Laballery est titulaire de la marque Imprim'Vert®